마리오와 마술사

마리오와 마술사

토마스 만

인디북

차례

마리오와 마술사
– 어떤 비극적인 여행 체험기 (1929)

토레 디 베네레[1]는 기억 속에 불쾌한 느낌으로 남아 있는 곳이다. 처음부터 어쩐지 짜증나고 긴장되는 분위기가 느껴지더니 결국 나중에는 그 끔찍한 치폴라 사건으로 큰 충격을 받고 말았다. 치폴라라는 인물은 인간적으로 유달리 사악한 분위기를 풍기는 데다 불길하면서도 위태로워 보이는 것이 매우 인상적인 사람이었다. 그 끔찍한 종말을 (돌이켜 생각해보니 그것은 미리 정해진 필연적인 일이었던 것 같다) 우리 아이들까지 함께 지켜보지 않을 수 없었으니, 그 이상한 남자의 속임수에 넘어간 결과로 참담함 그 자체

---

1) Torre di Venere는 비너스의 종탑이라는 뜻으로 여기서는 가공의 지명이다.

였다. 다행히도 아이들은 구경거리가 어디서 끝나고 참변이 어디서 시작되었는지 이해하지 못했다. 그래서 우리는 아이들이 그 모든 일이 연극이었을 뿐이라는 행복한 착각에 빠져 있도록 내버려두었다.

토레는 이탈리아 남서부의 티리아 해의 가장 인기 있는 피서지들 중 하나인 포르토클레멘테에서 15킬로미터 정도 떨어져 있다. 포르토클레멘테는 도시적이면서 단아하고, 여름철이면 몇 달씩이나 피서객들로 넘쳐났다. 해변을 따라 거리에는 호텔과 상점들이 오밀조밀 들어서 있고, 드넓은 백사장은 방갈로와 깃발을 꽂아놓은 모래성과 구릿빛으로 그을린 사람들로 넘쳐났고, 시끌벅적한 유흥장도 한 곳 있다. 얼마 떨어지지 않은 곳에서 굽어보면 삿갓솔 숲이 끝없이 이어지는 것이 보이는데, 해변 전체에 걸쳐 기분 좋고 부드러운 모래가 깔린 널찍한 백사장이 펼쳐져 있다. 따라서 곧바로 좀 더 한적한 휴양지가 경쟁적으로 생겨난 것은 놀라운 일이 아니다. 그중 한 곳이 바로 토레 디 베네레다. 이 이름은 종탑에서 유래한 것인데, 그 종탑의 흔적은 이미 오래전에 사라지고 말았다. 토레는 인근의 큰 해수욕장인 포르토클레멘테의 보조 해수욕장 역할을 하는 휴양지로서, 처음 몇 해 동안은 이곳을 찾는 소수의 사람들에게 목가적인 분위기를 선사했고, 세상을 멀리 하고픈 사람들에게 도피처가 되었다. 그러나 이런 장소들 의 운명이 흔히 그렇듯이, 평온한 분위기는 이제 해변을 따라 마리나 페트리에라 같은 한참 멀리 떨어진 다른 곳 으로 옮겨가지 않을 수 없었다. 알다시피 그런 곳이 세상 사람들에게 발견되면 터무니없는 동경에 사로잡힌 나머 지 한꺼번에 몰려들어 오히려 망쳐놓기만 할 뿐이다. 그곳 과 융화될 수 있고, 공존할 수 있으리라 착각하기 때문이 다. 사람들은 평온한 곳에 이미 북적대는 대목장을 열어놓 고서도 아직 평온함이 남아 있다고 믿어 마지않는다. 그래 서 토레도 아직은 포르토클레멘테보다 한적하고 초라하기 는 하지만 내외국인 모두에게 인기가 높다. 사람들은 이제 더 이상 포르토클레멘테를 즐겨 찾지 않는다. 그래도 그곳 은 여전히 만원으로 북적대는 세계적인 해수욕장임에는 변함이 없다. 그들은 인근의 토레를 찾게 된다. 그렇게 하 는 것이 더 품위가 있을 뿐더러 비용도 적게 든다. 이러한 장점이 사라져버린 지 오래지만, 그 장점의 매력을 사람들 은 계속 잊지 못하고 있었다. 토레에는 그랜드호텔도 하나 들어섰다. 화려하거나 약간 단출한 펜션들이 수없이 지어 졌고, 바다를 내려다보고 있는 별장과 솔밭의 주인과 손님들도 해변에서 결코 한가롭게 거닐지 못한다. 7, 8월에 이곳의 모습은 포르토클레멘테와 조금도 다를 바 없다. 고함치고 다투고 환호성을 지르는 해수욕객들로 북적대고, 어떤 이는 미친 듯이 내리쬐는 태양에 목덜미가 심하게 그을려 피부가 벗겨져 있기도 했다. 선체가 평평하고 요란하게 칠을 한 보트들이 아이들을 태우고 눈부시게 푸른 바다 위에서 흔들거리고, 그들을 지켜보는 어머니들이 근심에 차 이름을 목청껏 불러대는 소리가 공중에 가득하다. 행상들도 백사장에 진을 치고 누워 있는 피서객들의 팔다리를 건너뛰며 남국 특유의 카랑카랑한 목소리로 굴, 음료수, 꽃, 산호 장식품, 버터 크로와상 같은 물건들을 사라고 외치고 다닌다.

우리가 도착했을 때 토레 해변은 이런 모습이었다. 대단히 멋진 광경이었지만, 그럼에도 우리는 너무 이른 때에 왔다는 생각이 들었다. 그때는 8월 중순이었고, 이탈리아의 피서철은 아직 한창이었던 것이다. 외국인들에게는 이곳의 매력을 제대로 평가할 수 있는 적당한 때가 아니었다. 해변 산책로의 야외 카페는 오후에 얼마나 번잡한가. 예를 들면 우리가 가끔씩 들렀고, 마리오가 마실 것을 날라다주었던 '에스퀴지토(Esquisito)' 같은 곳도 그랬다. 바로 이 마리오에 관해서는 이제 곧 이야기할 기회가 올 것이다! 카페에는 빈자리가 거의 없었는데, 악단들이 서로 아랑곳 않고 음악을 연주해대는 통에 대화가 끊어지기 일쑤였다. 그 외에도 특히 오후에는 포르토클레멘테에서 날마다 사람들이 몰려들었다. 당연하게도 그곳 피서지에서 휴식을 취하지 못하는 행락객들에게 토레는 인기 있는 나들이 장소이기 때문이다. 그리고 두 곳을 질주하며 오가는 피아트 자동차들로 인해 간선도로 양쪽의 키 작은 월계수와 협죽도 나무들은 뿌연 먼지를 두껍게 뒤집어쓰고 있다. 그것은 볼썽사나우면서도 진기한 광경이다.

사실, 토레 디 베네레에 가려면 해수욕장에서 북적이는
인파가 빠져나가버린 9월이나, 바다의 수온이 이 남국인
들을 물속에 뛰어들도록 유혹하는 온도에 도달하기 전인 5
월이 제격이다. 성수기 전후라 해도 그곳은 한산하지는 않
지만, 그때는 지내기가 더 수월하고 내국인도 적다. 방갈
로의 차양 아래와 펜션의 식당에서 들리는 말은 영어, 독
어, 불어가 대부분이다. 반면에 8월만 되어도, 적어도 우리
가 개인적으로 아는 곳이 없어서 방을 예약했던 그랜드호
텔만은, 피렌체와 로마의 상류층 사람들이 진을 치고 있어
서 외국인은 자신이 외톨이고 일시적으로 이류 손님 같다
는 느낌이 들지도 모른다.

그곳에 도착한 날 저녁에 우리도 그런 일을 겪어 약간
난처했다. 그때 우리는 저녁을 먹으러 식당으로 갔고, 담
당 웨이터가 자리를 지정해주었다. 그 자리도 나쁠 것이
없었지만, 바로 옆의 바다 쪽으로 나 있는 유리 베란다의
모습이 우리의 눈길을 끌었다. 그곳도 홀만큼이나 사람들
로 붐볐지만 자리가 완전히 다 찬 것은 아니었고, 테이블
에는 빨간 갓을 씌운 램프가 켜져 있었다. 우리 아이들은
이 흥겨운 분위기에 황홀해하는 모습이었고, 우리는 별 생
각 없이 베란다에서 식사를 하는 편이 낫겠다는 의사를 밝

했다. 이 말은 무지에서 나온 것임을 나중에 알게 되었다. 왜냐하면 우리는 약간 지나치다 싶을 정도로 공손한 태도로 그 아늑한 장소는 '단골 고객들'을 위한 곳이라는 설명을 들었기 때문이다. 단골 고객이라니? 바로 우리가 아니란 말인가. 우리는 지나가다 들렀거나 하룻밤 묵고 떠날 뜨내기가 아니라, 적어도 3, 4주 동안 머물 장기 투숙객이었다. 하지만 우리 같은 사람들과 빨간 램프가 켜진 테이블에서 식사를 해도 좋은 단골 고객들 사이에 어떤 차이가 있는지 명확히 밝혀달라고 고집하지는 않았다. 대신 모두에게 공평하게 조명이 들어오는 홀 테이블에서 저녁을 먹었다. 그것은 아주 평범한 식사로, 특색도 없고 맛도 별로 없는 전형적인 호텔 요리였다. 나중에 우리는 육지 쪽으로 열 걸음 정도 더 들어가면 나오는 엘레오노라 펜션의 음식이 더 뛰어나다는 것을 알았다.

말하자면 우리는 그랜드호텔에 제대로 적응하기도 전에, 그러니까 사흘인가 나흘 후에 이미 그곳으로 거처를 옮겼던 것이다. 그것은 그곳의 베란다와 램프 때문이 아니었다. 우리 아이들은 금세 웨이터와 직원들과 친해졌고, 바닷가 생활의 즐거움에 푹 빠져 그 화려한 유혹은 얼마 지나지 않아 잊어버렸다. 그러나 곧 어떤 베란다 단골 고객들, 더 정확히 말해 그들에게 아첨하기 좋아하는 호텔 경영진과는 처음부터 머물기 불편했다고 판단할 만한 그런 갈등이 벌어졌다. 그 호텔의 단골 고객들 중에는 가족들을 데리고 온 X 공작이라는 로마의 귀족이 있었다. 그리고 이 귀족 가족들이 머문 방들은 우리의 방들과 가까이 있었다. 그 때문에 귀부인이자 열성적인 어머니 역할을 하기도 했던 공작부인이 우리 아이들의 기침소리를 듣고 기겁을 하게 되었다. 우리 아이들은 모두 얼마 전에 백일해를 이겨냈고, 그 미약한 후유증으로 기침이 나와 특히 막내아들이 평소 그토록 곤히 자던 잠을 이루지 못하고 가끔 깨는 것이었다. 이 병은 실체가 거의 알려지지 않아 잘못된 믿음을 더욱 부풀려놓았다. 따라서 우리는 옆방의 귀부인이 백일해가 기침소리로도 전염된다는 소문에 사로잡혀 어리석게도 자기 자녀들이 그 병에 걸리지 않을까 두려워하는 것을 도무지 나쁘게 생각할 수가 없었다. 공작부인은 여자답게 자신의 고귀한 신분을 철저하게 앞세워 경영진에게 항의했고, 그러자 경영진은 허겁지겁 흔히 쉽게 떠오르는 그런 프록코트 차림의 지배인을 시켜 우리에게 거듭 사죄하며 이런 상황에서는 호텔 부속 건물로 숙소를 옮기는 것이 절대 불가피하다고 알려왔다. 우리는 아이들의 병이 거의 회복된 단계라 완치된 것으로 봐도 좋으며, 주위 사람들에게 전염될 위험이 전혀 없다고 충분히 알아듣게 설득했다. 우리에게 주어진 권한은 이 일을 의학적 판단에 맡기고, 이 호텔 담당의를—우리가 정하는 의사가 아니라 오직 이 의사만—불러와서 결정을 내리도록 하자는 것이 고작이었다. 우리는 이 합의를 받아들였다. 그러면 그 귀부인도 안심시킬 수 있고, 동시에 숙소를 옮겨야 하는 불편을 겪지 않아도 된다고 확신했기 때문이다. 그 의사가 나타났고, 그는 과학을 충실하고 정직하게 섬기는 사람임을 보여주었다. 그는 우리 아들을 진찰하더니 병은 완치되었으며 그 어떤 감염의 위험도 없다고 밝혔다. 이것으로 우리는 이 소동이 일단락되었다고 믿어 마지않았다. 그런데 지배인은 의사의 확인을 거친 후에도 여전히 우리가 방을 비우고 부속 건물로 옮겨야 마땅하다고 주장했다.

이 아부 근성에 우리는 격분했다. 공작부인 때문에 약속을 어기고 우리에게 억지를 부리는 태도를 보였을 것 같지는 않았다. 그 비굴한 호텔 지배인은 그녀에게 의사의 판정에 관해 알려주려 하지도 않았을 것이 분명했다. 아무튼 우리는 그에게 호텔을 즉각 떠나는 편을 택하겠다고 통고했다. 그리고 짐을 꾸렸다. 우리는 홀가분한 마음으로 떠날 수 있었다. 왜냐하면 그 사이에 친근한 느낌을 주는 외관이 단번에 눈에 띈 엘레오노라 펜션에 잠깐씩 들러 이미 안면을 터놓았고, 여주인 시뇨라 안지올리에리라는 인물과 매우 우호적인 관계를 맺었기 때문이다. 안지올리에리 부인은 진갈색 눈의 아리따운 귀부인으로, 토스카나 지방 사람에다 30대 초반으로 보였으며, 남국 여자 특유의 윤기 없는 상아빛 피부를 가지고 있었다. 그녀의 남편은 세심한 옷차림에 말수가 적고 대머리였다. 그들 부부는 피렌체에 제법 커다란 민박집을 가지고 있어서 여름과 초가을에만 이곳 토레 디 베네레의 분점을 관리했다. 그러나 우리의 새 여주인은 결혼하기 전에는 여배우 엘레오노라 두세[2]의 말동무이자 여행 동반자, 의상 담당자이자 심지어 친구이기도 했다. 그녀는 분명 그 시절을 자신의 인생에서 위대하고 행복했던 시절로 여기고 있었고, 우리의 첫 방문 때부터 얼굴에 생기를 띠며 그 시절 이야기를 꺼냈다. 그 위대한 여배우의 애정 어린 글귀가 담긴 수많은 사진들과 이전에 함께 지내던 시절의 다른 기념품들이 안지올리에리 부인의 응접실에 있는 작은 탁자들과 장식장을 장식

---

2) Eleonora Duse(1858-1924), 이탈리아의 유명한 여배우

하고 있었다. 화려한 과거에 대한 예찬에는 현재의 사업을 유리하게 끌어가려는 의도도 어느 정도 들어 있는 것이 분명했다. 우리는 집안을 안내받으면서 상처 입기 쉬운 고결한 성품, 천부적 재능, 깊고 세심한 감성을 가진 그녀의 우상이 지금은 고인이라는 사실을 알게 되었다. 낭랑하고 또박또박한 토스카나 지방 말로 들려주는 그녀의 설명은 즐겁고 흥미로웠다.

이렇게 해서 우리는 그곳으로 짐을 옮겼고, 대부분의 이탈리아인들이 그렇듯이 아이들을 매우 좋아하는 그랜드 호텔의 직원들을 서운하게 만들었다. 우리에게 배정된 방은 별도로 떨어져 있어서 아늑했고, 어린 플라타너스 나무들이 심어진 가로수 길이 해변 산책로로 이어져 바다를 오가는 데 편리했다. 안지올리에리 부인이 점심때마다 손수 수프를 담아주는 식당은 시원하고 깨끗했고, 접대는 세심하고 흡족했으며, 식탁에 올라온 음식은 뛰어났다. 심지어 빈에서 온 친지들도 그곳에 머물고 있어서 저녁 식사를 마치고 집 앞에서 잡담도 하고, 그들이 또 다른 사람들도 소개해주어서 모든 게 다 순조로울 것 같았다. 우리는 숙소를 옮긴 것을 진심으로 기뻐했고, 사실 만족스러운 휴가를 보내기에 아쉬울 것이 전혀 없었다.

그런데도 진정한 만족감은 좀체 생겨나지 않았다. 어쩌면 숙소를 옮긴 어처구니없는 동기가 여전히 우리의 머릿속에 맴돌고 있었는지도 모른다. 나는 개인적으로 이 지방에서 흔히 볼 수 있는 약점, 고지식한 권력 남용, 부당한 언행, 비굴한 타락상과 그렇게 맞닥뜨린 일을 쉽게 떨쳐버리지 못한다는 점을 고백한다. 나는 이런 일들에 너무나 오래 신경이 쓰였고, 짜증이 나 골똘히 따져보았는데, 이러한 현상들은 너무나 당연하고 통상적인 일이기 때문에 결국 아무런 성과가 없는 것이다. 그러면서도 우리는 결코 그랜드호텔과 사이가 틀어졌다고 느끼지는 않았다. 우리 아이들은 그곳 사람들과 변함없이 친하게 지냈고, 그곳 직원도 아이들의 장난감을 고쳐주었다. 뿐만 아니라 우리는 때때로 그곳 정원에서 차를 마셨고, 공작부인을 언뜻 보게 되는 일도 없지 않았다. 공작부인은 입술을 연붉은색으로 돋보이게 칠하고, 우아하고 당당한 걸음으로 나타나 영국인 여자에게 맡겨둔 자신의 아이들을 둘러보았다. 그렇지만 그녀는 우리 가족이 그토록 가까이 있는 줄은 짐작조차하지 못했다. 왜냐하면 그녀가 나타나는 즉시 우리는 어린아들을 헛기침조차 하지 못하도록 엄하게 단속했기 때문이다.

보통 더운 것이 아니라고 말할 필요가 있을까? 아프리카에 와 있는 것 같았다. 쪽빛 바다의 가장자리에서 벗어나기만 해도 햇빛의 강도는 끔찍했다. 해변에서 점심 식탁까지 불가피하게 몇 발짝 움직이려고 생각하면, 느슨한 바지 한 겹만 걸쳤는데도 탄식이 절로 나올 정도로 고역으로 느껴졌다. 독자 여러분은 이런 무더위가 마음에 드는가? 몇 주 동안이라도 괜찮은가? 물론, 이곳은 남국의 전형적인 날씨다. 찬란한 인류문화를 만들어낸 기후이고, 호머가 찬양했던 태양이기도 하다. 그 외에도 매력은 얼마든지 있다. 그러나 얼마 못 가서 그것은 말도 안 된다는 쪽으로 내 생각이 쉽게 기우는 것은 어쩔 수 없는 일이다. 하늘이 날마다 구름 한 점 없이 이글거리면 나는 금세 견딜 수 없게 된다. 햇빛이 너무나 생생하게 만들어내는 눈부신 색채는 물론 흥겨운 감정들을 불러일으킬 뿐 아니라 근심을 잊고 날씨의 변덕과 기상 악화에 전혀 신경 쓸 필요가 없도록 해준다. 그러나 처음에는 실감이 나지 않아 허망하게도 북국 기질을 가진 사람의 더 깊고 복잡한 욕구를 채워주지 못하고 시간이 지나면서 경멸감 같은 것을 불어넣는 것이다. 여러분의 판단이 옳다. 그 멍청한 백일해 사건만 없었다면 나는 아마 그런 감정을 느끼지 않았을 것이다. 나는 신경이 곤두서 있었고, 어쩌면 그런 감정을 느끼고 싶었는지도 모른다. 그래서 나 자신도 모르는 사이에 이미 품고 있던 생각의 실마리를 끄집어냈고, 그것으로 그런 감정을 만들어내지는 않았다 해도 정당화하고 강화시켰을 것이다. 이 문제에 있어서는 우리의 의도가 불순했다고 해도 어쩔 수 없는 일이다. 그러나 바다, 영원한 장관을 눈앞에 바라보며 고운 모래사장에서 보낸 오전 한나절을 생각하면 그런 감정이 문제 될 리 없다. 그런데도 우리는 평소와는 전혀 다르게 해변에서도 마음이 편치 않았고, 즐겁지도 않았다.

너무 일렀다. 우리는 너무 이른 시기에 왔다. 이미 말했듯이 해변은 아직도 이탈리아 중산층 사람들이 장악하고 있었다. 이들이 명백히 호감이 가는 부류라고 여러분도 생각할 것이다. 젊은이들 사이에서는 올바른 행실과 건전한 기품도 많이 보였다. 그러나 또한 인간적인 진부함과 편협한 속물근성에 둘러싸이는 것도 피할 수 없는 일이었다. 여러분도 인정하겠지만, 이런 것은 이 지역 성향이라고 해도 우리 독일보다 나은 것도 아니다. 이곳 여자들의 목소리가 곱다니! 가끔은 서양 성악의 본고장에 와 있다는 것이 도무지 믿기지 않을 때도 있다. "푸지에로!" 나는 이 외침이 지금도 귀에 쟁쟁하다. 그곳에서 20일을 보내는 동안 오전 중에 바로 옆에서 울리는 이 소리를 백 번이나 들었기 때문이다. 숨넘어가는 쉰 목소리에다 소름끼치는 억양을 붙여 '에'를 찢어질 듯 외치며 불렀는데, 일종의 습관화된 절망감에서 울려 나오는 소리였다. "푸지에로! 부르면 대답을 해야지!" 이때 'Rispondi'의 'sp' 발음은 쉽게 말해 독일어처럼 '슈프'로 발음되는 것이다. 그렇지 않아도 기분이 나쁜데다 이런 소리까지 들으면 짜증이 나 견딜 수 없게 된다. 그 외침은 어깨 부위가 햇볕에 그을려 징그럽게 벗겨진 자국이 난 어떤 얄미운 소년을 부르는 소리였다. 내가 보기에 그 소년은 고집과 무례와 심술이 이루 말할 수 없이 심했다. 게다가 대단한 엄살쟁이여서 자지러지는 울음소리로 백사장을 온통 어수선하게 만들 정도였다. 이야기를 하자면 어느 날 그 아이는 물속에서 소라게에게 발가락을 물렸다. 그 아이가 이 대수롭지 않은 상처 때문에 내지른 소리는 고대 영웅이 내지르는 비탄의 절규 같아 소름이 끼칠 정도였고, 끔찍한 사고를 연상시켰다. 아마 그 소년은 독성이 강한 게에게 물렸다고 믿었던 모양이다. 그 아이는 물 밖으로 기어 나오더니 아파 죽겠다는 듯이 이리저리 뒹굴었고, '우와!', '아이고' 하고 고래고래 고함

쳤고, 팔다리를 버둥거리며 자기 어머니의 슬퍼하며 애원하는 말도 주변 사람들의 달래는 말도 듣지 않았다. 이 소동으로 사방에서 사람들이 몰려들었다. 의사가 불려왔는데, 바로 우리 아이들의 백일해를 그토록 공정하게 판단해 준 그 사람이었다. 그는 이번에도 과학을 정직하게 섬기는 태도를 여실히 보여주었다. 그는 마음씨 좋게 아이를 달래며 전혀 아무렇지도 않은 일이라고 설명하고, 다시 물속으로 들어가 물린 부위를 약간 식히도록 권유했을 뿐이다. 푸지에로는 그 말을 듣지도 않고 마치 높은 곳에서 떨어지거나 물에 빠진 사람이나 되는 것처럼 급조한 들것에 실려 여러 사람들이 뒤따르는 가운데 해변을 빠져나갔다. 그러나 다음날 아침에 어김없이 나타나더니 일부러 그런 것이 아닌 척하면서 다른 아이들의 모래성을 밟고 지나가는 것이었다. 한 마디로, 아주 얄미운 녀석이었다.

그런데 이 열두 살짜리 소년은 딱 꼬집어 말하기는 어렵지만 우리의 이 소중한 휴가를 끔찍하게 망쳐놓을 것 같은 공공연한 분위기를 만들었다. 순박함과 활달함이 빠져 있는 분위기였다. 이곳의 대중들은 '체면에 신경을 썼다.' 우리는 처음에는 그들이 어떤 이유와 의도에서 그러는지 제대로 알지 못했다. 그들은 위엄을 내세웠고, 자기들끼리나 외국인들 앞에서 근엄함과 단정한 품행, 투철한 명예심을 과시했다. 왜 그러는 것일까? 우리는 금세 여기에 정치적 관련성, 민족 감정이 개입되어 있다는 것을 알았다. 실제로 백사장에는 애국심 넘치는 아이들이 우글거렸다. 그것은 부자연스럽고 실망스러운 현상이었다. 아이들도 인간인지라 자체적으로 하나의 집단, 말하자면 그들만의 공동체를 이룬다. 그래도 비록 부족한 어휘로 저마다의 언어로 말하긴 했지만, 아이들은 만국 공통의 생활양식이 있어서 당연스럽게 모여 놀 수밖에 없었다. 우리 아이들도 이탈리아뿐 아니라 또 다른 나라에서 온 아이들과도 금세 함께 어울렸다. 그러나 우리 아이들은 이해할 수 없는 실망감에 시달리고 있는 것이 분명해 보였다. 한마디로 표현하기에는 너무 까다로운 것으로, 자부심의 과시라는 미묘한 감정들이 있었다. 그것은 국적을 둘러싼 다툼, 국가의 명성과 우위에 관한 언쟁이었다. 어른들은 달래기보다 판정을 내리고 도의를 따지면서 간섭했고, 이탈리아의 위대함과 존엄성을 드러내는 교묘한 표현들이 등장했고, 그것은 유쾌하지 못하게도 판을 망치고 말았다. 우리는 우리 아이들이 당황하고 어찌할 바를 몰라하며 물러서는 것을 보았고, 그래서 사정을 어느 정도 이해시켜주려고 노력했다. 우리는 이 나라 사람들이 지금 병 든 것과 같은 상황이라서, 그리 기분 좋은 일은 아니지만 어쩔 수 없을 것이라고 설명했다.

우리가 충분히 알아차리고 있었던 이 상황과 결국 갈등이 빚어진 것은 우리의 무책임과 부주의 탓으로 돌려야 했다. 또 한 번 갈등이 빚어진 것이다. 그러고 보니 앞서 일어난 일들이 순전히 우연의 산물은 아니었던 모양이다. 한마디로, 우리는 공중도덕을 어기고 말았다. 우리 딸아이는 여덟 살이지만 신체 발육 상태로 볼 때 족히 한 살은 더 어려 보였고 참새처럼 비쩍 말랐다. 이 아이는 날씨가 무더워 꽤 오랫동안 수영을 하고 나서는 축축한 수영복을 입은 채 물 밖으로 나와 다시 놀이를 시작했다. 그런데 수영복에 모래가 잔뜩 달라붙어 있어서 우리의 허락을 받고 다시 바닷물에 들어가 헹궈 입고 앞으로는 더럽히지 않기로 했다. 우리 아이는 발가벗은 채 몇 미터 떨어져 있는 물속으로 들어가 수영복을 흔들어 씻고 돌아왔다. 우리가 이 아이의 행동이 조소와 분노와 항의의 파문을 불러일으키리라고 예상해야 했단 말인가? 독자 여러분에게 설교를 하는 것은 아니지만, 전 세계적으로 신체, 그리고 그것의 노출에 대한 태도는 최근 몇십 년간 근본적으로 변했고, 그것을 바라보는 감정도 상당히 바뀌었다. 세상에는 '생각지도 않고' 무심코 하는 일들이 있고, 우리가 전혀 선정적이지도 않은 이 아이의 신체에 관대한 태도를 보였던 것도 그런 차원이었다. 하지만 이곳에서는 선정적인 행위로 받아들여졌다. 애국심 강한 아이들은 아우성을 질렀다. 푸지에로는 손가락을 오므려 야유의 휘파람을 불어댔다. 주변의 어른들이 흥분해서 말하는 소리가 들렸고, 조짐이 심상치 않아 보였다. 해수욕장과는 별로 어울리지 않는 중절모를 뒤통수에 눌러쓰고 도시풍의 연미복을 입은 한 신사가 노발대발하고 있는 부인에게 자신이 시정 조치를 요구할 작정이라고 다짐했다. 그는 우리 앞으로 나서더니 비난의 연설을 퍼부었다. 감각에 쉽게 도취되는 남국 사람답게 온정력을 기울여 품위 없는 훈육과 예절을 비난하고 나섰다. 우리가 저질렀다는 뻔뻔스러운 짓은 이탈리아의 손님 환대를 배은망덕하고 모욕적으로 악용한 것 이상이기 때문에 더더욱 처벌받아 마땅하다는 주장이었다. 대중 해수욕 규정의 내용과 취지만이 아니라 자기 나라의 명예도 수치스럽게 손상당했다는 것이다. 그리고 이 명예를 지키기 위해 그 연미복 신사는 국가의 위엄을 손상시킨 우리의 행위가 처벌받지 않고 넘어가는 일이 없도록 하겠다고 했다.

우리는 진지하게 고개를 끄덕이며 이 장광설을 귀담아

들으려고 최선을 다했다. 이 격분한 남자의 말을 반박하게 되면 또 다른 과오를 연이어 저지르게 될 것이 뻔했다. 이런저런 말들이 우리의 혀끝에 맴돌았다. 예컨대 가장 순수한 의미에서 손님 환대라는 말은 도대체 모든 정황들에 완전히 들어맞지는 않는 것이었다. 또 우리는 따지고 보면 이탈리아의 손님이 아니라 바로 몇 해 전부터 두세의 절친한 친구에서 숙박업으로 직업을 바꾼 안지올리에리의 손님이었다. 우리는 또한 이 고상한 나라에서 언제 이렇게 점잔 빼고 과민 반응을 하는 태도를 보일 지경으로 도덕이 황폐화되었는지 까맣게 몰랐다고 대답하고 싶은 마음이 굴뚝같았다. 하지만 우리는 그 어떤 도발적이고 무례한 태도도 보일 의도가 없었다고 다짐하고, 이 꼬마 피고인의 나이가 어리다는 이유를 들며 보잘것없는 신체를 지적하는 일에만 매달렸다. 그러나 소용이 없었다. 우리의 다짐은 믿을 수 없고, 우리의 반론은 근거가 없다며 들은 척도 하지 않고, 본때를 보여줄 필요가 있다는 주장이 나왔다. 내 생각에는 전화로 당국에 신고를 한 모양으로, 아무튼 담당자가 해변에 나타나서 이 일이 '처벌 받을 사건'이라고 말했고, 우리는 그를 따라 '광장'에 있는 관청으로 가야만 했다. 그곳에서는 한 상급 관리가 '처벌 받을 사건'이

라는 앞선 판정이 옳았다고 확인시켜주었다. 그는 우리의
행위에 관해 빳빳한 중절모를 쓴 그 신사가 했던 것처럼
관례적으로 보이는 훈계의 말들을 늘어놓았고, 우리에게
벌금과 보석금을 합쳐 50리라를 부과했다. 우리는 돌발적
인 사건에서 벗어나기 위해 이탈리아 국고에 그 정도의 액
수를 채워줄 가치는 있다고 판단해서 벌금을 물고 나왔다.
우리는 그때 떠나야 하지 않았을까?

그랬더라면 오죽 좋았을까! 만약 그랬더라면 우리는 끔
찍한 결과를 불러올 치폴라를 만나지 않았을 것이다. 그러
나 이런저런 일들이 겹쳐서 다른 곳으로 옮길 결심을 하
지 못했다. 어떤 시인은 인간이 괴로운 처지에서 빠져나오
지 못하는 것은 타성 때문이라고 했다. 이 명언은 우리가
머물러 있었던 이유에 대한 설명이 될 수 있을 것이다. 또
한 사람들은 이러한 돌발 사건이 일어난 후에 즉각 자신의
입장을 굽히는 것도 쉽지 않다. 특히 주위의 동정적인 의
견에 계속 고집을 피울 수밖에 없을 때는 자신이 웃음거리
가 되었다고 솔직히 시인하기가 망설여진다. 엘레오노라
펜션에서는 한목소리로 우리가 부당한 일을 당한 거라고
했다. 식사 후에 함께 대화를 나누곤 했던 이탈리아인들은
국가의 명성에 결코 도움이 될 만한 일이 아니라고 주장하

면서, 그 연미복 신사에게 동포로서 해명을 요구하겠다는 뜻을 밝혔다. 그러나 그 신사는 다음날 일행과 더불어 해변에서 사라져버렸다. 물론 우리들 때문은 아니었다. 떠날 때가 임박했다는 생각이 들자 내친 김에 행동으로 옮겼을 가능성이 컸고, 그가 떠나고 없으니 우리는 홀가분해졌다. 솔직히 말하자면, 우리는 이제 기묘한 느낌으로 인해 그곳에 머물렀다. 기묘함에는 편하거나 불편한 것을 떠나 그 자체로 어떤 가치가 있었기 때문이다. 즐거움과 자신감을 완벽하게 얻어낼 수 없다고 해서 곧장 포기해야 한단 말인가? 우리가 살아가면서 소름 끼치고 기분이 언짢아지거나 심지어 약간 고통스럽고 몸이 아플 조짐이 보인다고 해서 '떠나야' 한다는 말인가? 그래서는 안 된다. 우리는 머물러야 하고, 인생을 정면으로 바라보며 과감히 밀고 나가야 한다. 그래야만 배울 점도 생길 것이다. 그래서 우리는 떠나지 않았고, 남아 있었던 데 대한 끔찍한 대가로 인상적이고도 사악한 치폴라의 모습을 보게 되었다.

빠뜨리고 넘어갔지만, 우리가 이탈리아 국가로부터 벌금 처분을 받았던 바로 그 무렵에 피서철 성수기가 끝나가고 있었다. 우리를 고발한, 빳빳한 중절모를 쓴 그 가혹한 남자만이 그때 해수욕장을 떠난 유일한 피서객은 아니었다. 사람들은 본격적으로 떠나기 시작했으며, 수많은 짐수레들이 역으로 향하는 모습이 보였다. 해수욕장에서의 국수적이었던 분위기가 가라앉자, 토레에서의 생활은 카페에서나 솔밭 길에서나 더 친근해지고 더 유럽적인 분위기를 풍겼다. 우리는 이제 심지어 그랜드호텔의 그 유리 베란다에서 식사를 할 수도 있었지만, 그곳을 단념하고 아주 편안하게 안지올리에리 부인이 차려주는 식탁에 머물렀다. 편안하게 지냈다는 말은 현지의 수호신이 허용해주는 한에서만 그렇다고 이해하면 되겠다. 이러한 변화와 동시에 날씨도 급변해서 수많은 피서객들의 휴가 일정과 거의 정확하게 맞아떨어졌다. 하늘에는 구름이 덮였다. 그렇다고 해서 날씨가 더 서늘해지지는 않았지만, 우리가 도착한 후로 18일 동안이나 (그리고 그 전에도 분명 오래 그랬을 테지만) 계속해서 쨍쨍 내리쬐던 햇빛은 숨 막히는 시로코 열풍에 밀려 약해졌다. 그리고 보슬비가 간간이 우리가 오전 한나절을 보내는 부드러운 백사장을 적셔주었다. 우리가 토레에서 보내려던 일정의 3분의 2가 어차피 흘러가버렸다는 사실도 추가로 언급해야겠다. 잔잔하고 흐린 바다에 해파리들이 흐물거리며 떠다니는 것이 그래도 새로운 변화였다. 태양이 따갑게 내리쬘 때는 그토록 탄식을 해대다가 이제 와서 다시 내비치기를 바란다면, 그것은 염치없는 짓일 것이다.

바로 이 시점에서 치폴라에 대해 듣게 되었다. 어느 날 갑자기 마을 곳곳에, 심지어 엘레오노라 펜션의 식당에도 기사 치폴라를 선전하는 포스터가 붙었다. 순회공연의 대가, 예능인, 마술사, 최면술사인 (그렇게 소개되어 있었다) 그는 존경해 마지않는 토레 디 베네레의 주민들에게 신기하고 기발한 몇 가지 묘기를 선보일 예정이라고 했다. 마술사라니! 이 광고는 우리 아이들의 혼을 쏙 빼놓기에 충분했다. 이런 공연을 한 번도 본 적이 없었던 아이들에게 이번 휴가 여행 중에 가장 흥분할 일이 될 만했다. 그때부터 아이들은 우리에게 그 요술쟁이가 나오는 공연 입장권을 구해달라고 졸라대기 시작했다. 공연은 밤 9시로 예정되어 있어, 우리는 이 늦은 시작 시간이 처음부터 마음에 걸리기는 했지만 아이들의 부탁을 들어주었다. 별 신통할 것도 없을 치폴라의 재주 몇 가지만 구경하고 나서 집으로 돌아오면 되고, 아이들은 다음날 아침에 늦잠을 자도 좋을 거라는 계산에서였다. 그래서 안지올리에리 부인이 손님들에게 팔아달라는 부탁을 받고 넉넉히 맡아두고 있던 특별 입장권 중에서 우리 몫으로 4장을 샀다. 그녀는 그 남자의 능력이 대단하다고 보장할 수 없었고, 우리도 그런 기대는 하지도 않았다. 다만 우리도 어느 정도 기분전환을 하고 싶었는데, 아이들의 간절한 호기심에 전염된 것 같았다.

공연예정 장소는 강당 건물로, 성수기에는 매주 프로그램이 바뀌는 영화관으로 사용되어왔다. 그곳은 우리가 한 번도 가보지 않은 곳이었다. 그곳으로 가려면 무엇보다 팔려고 내놓은 성곽 모양의 영주 시대 유적인 '대저택' 앞을 지나 중심가를 따라가야 했다. 중심가에는 약국, 이발소, 자주 찾는 잡화점들이 줄지어 있었는데, 이 거리는 흡사 봉건 귀족 계급에서부터 시민 중산층을 거쳐 서민 계급까지의 생활을 보여주는 것 같았다. 왜냐하면 그 중심가는 가난한 어부의 집들 사이로 갈라지며 끝났기 때문이다. 어부들의 집 문앞에는 노파들이 나와 그물을 손질하고 있었다. 그리고 그야말로 사람들이 많이 사는 이곳에 '공연장'이 자리하고 있었다. 공연장은 사실 넓기는 했지만 판자로 만든 가건물에 지나지 않았다. 그 건물에 달린 성문 모양의 입구 양쪽에는 화려한 포스터들이 덕지덕지 붙어 있었다. 공연일이 되자 우리는 저녁을 먹고 나서 깜깜해질 즈음 그곳을 향해 출발했다. 화려하게 옷을 차려입은 아이들은 너무나 많은 것이 허용되어서 기뻐했다. 며칠 전부터 그랬듯이 날씨는 후텁지근했고, 가끔 번개가 번쩍이고 비도 약간 내렸다. 우리는 우산을 쓰고 갔다. 그곳은 걸어서 15분 정도 가야 하는 거리였다.

복도에서 검표를 받은 후 자리는 직접 찾아야 했다. 우리의 좌석은 왼쪽 세 번째 벤치였다. 그런데 우리는 자리에 앉는 동안 그렇지 않아도 시작 시간 때문에 망설였는데 그나마도 지켜지지 않을 거란 사실을 깨달아야만 했다. 늦게 입장하는 것에 전혀 신경도 쓰지 않는 것으로 보이는 관객들은 아주 느리게 겨우 관람석을 채우기 시작했을 뿐이었기 때문이다. 칸막이 좌석이 없어서 관람석은 일층이 전부였다. 이렇게 시간이 지체되자 우리는 약간 걱정이 되었다. 아이들은 벌써부터 잔뜩 기대에 부푼 데다 피로했는지 뺨이 붉게 물들어 있었다. 우리가 도착했을 때 유독 양옆과 뒤쪽 통로의 입석 자리만은 이미 만원이었다. 그곳에는 토레 디 베네레의 각양각색의 토박이 남자들이 선원용 줄무늬 셔츠를 입은 가슴 앞으로 반쯤 드러난 팔을 꼬고 서 있었다. 그들은 배짱 좋아 보이는 젊은 어부들이었다. 우리가 이런 공연의 분위기를 비로소 다채롭고 흥미롭게 돋궈줄 이 토박이 서민들이 와 있는 것을 매우 흡족하게 여겼다면, 우리 아이들은 그들의 모습에 황홀해하는 표정을 지었다. 왜냐하면 그들 중에는 우리 아이들과 친분이 있는 사람들도 있었기 때문이다. 그들은 오후에 멀리 떨어진 해변으로 산책을 나가면서 알게 된 사람들이었다. 태양이 맹렬한 기세로 내리쬐다 지쳐 수평선 너머로 내려앉으며 부서지는 파도에 밀려오는 거품들을 붉게 물들일 즈음, 숙소로 돌아오다가 종종 다리를 드러낸 어부들과 마주치곤 했다. 그들은 줄지어 버티고 서서 구령을 길게 빼며 그물을 끌어들였고, 거의 언제나 얼마 되지 않는 바다의 수확물을 거둬 물이 뚝뚝 떨어지는 광주리에 담았다. 아이들은 그 모습을 지켜보며 그 남자들에게 서툰 이탈리아어로 말을 걸고, 밧줄 당기는 것을 도와주고 하면서 친해진 것이다. 그래서 우리 아이들은 지금 입석 자리에 모여 있는 사람들과 인사를 나누는 중이었다. 저 사람은 귀스카르도고, 저 사람은 안토니오야. 아이들은 그들의 이름도 알고 있어서 약간 낮은 목소리로 손짓을 하며 건너편에 대고 소리쳤고, 가벼운 고갯짓이나 건강한 치아를 드러내는 환한 웃음이 답례로 돌아왔다. 봐, 저기 '에스퀴지토'의 마리오도 와 있어. 우리에게 초콜릿을 날라다주는 마리오 말이야! 그도 마술 구경을 하고 싶었고, 거의 맨 앞쪽에 서 있는 것으로 봐서 매우 일찍 온 것이 틀림없었다. 그러나 그는 우리를 알아보지 못했고, 신경도 쓰지 않았다. 그는 직원이기는 하지만 평소 습관 그대로였다. 대신 우리는 해변에서 보트를 빌려주는 남자를 향해 손짓을 했다. 그도 여기에 와서 맨 뒤에 서 있었다.

시간은 9시 15분이 지나, 9시 30분이 거의 다 되어가고 있었다. 여러분은 우리의 초조함을 이해하리라. 이러다가 아이들이 언제 잠자리에 든단 말인가? 아이들을 데려온 것부터가 잘못이었다. 흥이 오르기 시작하자마자 억지로 그것을 깨뜨리는 것은 아이들에게 너무 가혹한 일이 될 것이기 때문이다. 시간이 지남에 따라 관람석에는 사람들이 꽤 들어찼다. 토레 사람들 전부가 모였다고 해도 좋을 정도였다. 그랜드호텔의 투숙객들, 엘레오노라와 그 밖의 펜션들의 손님들, 백사장에서 안면이 있던 사람들도 보였다. 영어와 독일어로 말하는 소리가 들렸다. 프랑스어도 들렸는데, 그것은 이탈리아인들과 얘기를 나누느라 루마니아인들이 사용하는 것 같았다. 안지올리에리 부인은 우리와 두 줄 뒤에서 말수가 적은 대머리 남편과 앉아 있었고, 그 남편은 오른쪽 가운데 손가락 두 개로 콧수염을 쓰다듬고 있었다. 모두가 다 늦게 왔지만, 공연을 놓친 사람은 아무도 없었다. 치폴라는 관객들을 마냥 기다리게 만들었다.

치폴라가 관객들을 마냥 기다리게 만들었다는 말은 아마 올바른 표현일 것이다. 그는 등장을 미루며 기대감을 높였다. 관객들도 이 상투적 수법을 이해해주었지만 마냥 기다리고 있지는 않았다. 9시 반쯤 되자 그들은 박수를 치기 시작했다. 이것은 환호하고 싶다는 욕구도 동시에 드러내면서 인내가 한계에 다다랐음을 보여주는 애교 섞인 표현 방식이다. 아이들에게는 함께 박수를 칠 수 있다는 것만으로도 이미 즐거운 일이었다. 박수를 좋아하지 않는 아이는 없다. 사람들이 몰려 있던 곳에서 힘찬 함성이 터져 나왔다. "나와라!" "시작해!" 그러자 늘 보아왔던 방식대로 진행되었다. 무슨 사정으로 그토록 지체되었는지 모르지만 별안간 공연이 매끄럽게 시작된 것이다. 시작 종소리가 울리자 입석 자리에서 여러 사람들이 와! 하는 환호로 답했고, 그와 동시에 좌우로 막이 갈라졌다. 이제 무대가 드러났는데, 꾸며진 장치로 보아 마술사의 활동공간이라기보다 학교 교실에 더 가까워 보였다. 특히 왼쪽 앞부분에 작은 칠판 하나가 받침대에 놓여 있어서 그런 느낌이 더했다. 그 외에 평범한 노란 스탠드 옷걸이 하나와 그 지방에서 흔히 볼 수 있는 밀짚 쿠션을 깐 의자도 몇 개 있었다. 멀리 뒤편에는 조그만 원탁이 보였는데, 그 위에는 물병과 컵이 놓여 있었고, 독특한 모양의 쟁반에는 연노란 액체가 가득 채워진 휴대용 술병과 작은 술잔이 있었다. 이런 장치들을 살펴보는 것도 잠시, 마침내 실내조명이 꺼지지도 않고서 기사 치폴라가 등장했다.

그는 빠른 걸음으로 등장했다. 그것은 관객들에 대한 열의를 보여줄 뿐더러 그가 마치 한참이나 그 속도로 달려와 마침내 관객들 앞에 헐레벌떡 나서게 되었다는 착각이 들게 만들었다. 방금 전까지만 해도 무대 한 구석에 서 있었을 뿐이었는데 말이다. 옷차림도 밖에서부터 허겁지겁 들어왔다는 인상을 뒷받침해주었다. 그 남자는 나이를 정확히 가늠하기 힘들었지만 결코 젊지는 않았다. 그는 각지고 수척한 얼굴에다 쏘아보는 듯한 눈을 가지고 있었다. 입은 일자로 꼭 다물었고, 짧은 콧수염은 포마드로 검게 번들거렸고, 아랫입술과 턱 사이의 우묵한 곳에도 소위 황제 수염이 달려 있었다. 옷차림은 밤거리를 돌아다니는 건달처럼 요란했다. 그는 검은색 민소매 외투를 걸쳤는데 그 위에 우단 옷깃에다 공단 안감을 댄 망토를 펄럭이고 있었다. 그리고 팔을 구부려서 흰 장갑을 낀 두 손으로 외투를 모아 쥐고 있었다. 목에는 흰 스카프를 하고, 챙이 휘어진 실크해트를 이마 쪽으로 비딱하게 눌러쓰고 있었다. 이

탈리아에서는 18세기 양식을 그 어떤 나라보다 아직 생생하게 보존하고 있었다. 그와 더불어 그 시대를 주름잡았던 허풍선이, 시장에서 떠들썩하게 재담을 부리는 익살꾼 타입의 사람들도 여전히 남아 있었다. 오직 이탈리아에서만 그런 사람들이 당대의 모습을 가장 잘 보여주는 본보기였다. 치폴라의 전체적인 차림새에는 이러한 역사적 면모가 많이 들어 있었다. 그의 요란한 옷차림은 어떤 곳은 지나치게 당겨져 있고, 또 어떤 곳은 엉뚱하게 주름이 잡혀 있어서 이상하게도 맞지 않아 겨우 걸쳐져 있는 것이나 다를 바 없었다. 바로 이런 모습에서 그가 전통적인 익살꾼에게서 볼 수 있는 요란하고 앞뒤가 맞지 않는 바보짓을 할 거라는 인상이 느껴졌다. 그의 외관에는 무언가 어울리지 않는 구석이 있었다. 앞을 봐도 뒤를 봐도 그랬다. 이것은 나중에 가서는 더욱 명확해졌다. 그러나 나는 그의 태도와 표정과 동작에서는 익살맞고 심지어 바보 같은 흔적은 조금도 찾아볼 수 없었다는 점을 강조하지 않을 수 없다. 오히려 아주 진지하고 일체의 유머를 거부하는, 간혹 깔보는 듯한 분위기가 풍겨 나왔고, 불구자 특유의 자의식에 빠져 근엄함을 지키려는 느낌도 들었다. 그러나 그것과는 상관없이 그의 태도가 처음부터 관람석 여기저기서 웃음을 자아내게 하는 것은 어쩔 수 없는 일이었다.

그렇다고 그의 태도에서 관객들을 즐겁게 해주겠다는 각오가 보이는 것은 아니었다. 그가 빠른 걸음으로 등장한 것은 고분고분함이라고는 전혀 없이 순전히 힘찬 모습을 보여주기 위한 것이었다. 그가 무대 앞쪽에 서서 장갑을 슬쩍 당겨 벗자 누렇고 기다란 손이 드러났는데, 한쪽 손가락에 제법 큰 청금석이 박힌 인장 반지가 끼워져 있는 것이 보였다. 그러면서 그는 자루 모양의 주름이 달린 작고 매서운 눈으로 관람석을 죽 훑어보았다. 그 눈길은 급할 것이 없다는 듯 여기저기 사람들의 얼굴을 거만하게 뜯어보며 잠깐씩 머물렀다. 입은 꾹 다물고 한 마디도 하지 않았다. 그는 둘둘 만 장갑을 꽤 멀리 떨어진 조그만 원탁 위의 물컵 속으로 정확히 던져 넣었다. 그 솜씨는 놀라우면서도 당연한 듯이 보였다. 그러고 나서 여전히 입을 다물고 주위를 둘러보면서 안쪽 어느 호주머니에서 담배 한 갑을 꺼냈다. 그것이 전매품 중 가장 싸구려라는 것을 관객들은 포장에서 알 수 있었다. 그는 손가락을 쭉 펴서 담배 한 개비를 꺼내더니 쳐다보지도 않은 채 순식간에 불꽃이 이는 휘발유 라이터로 불을 붙였다. 그는 인상을 찌푸리며 입술을 오므리고 동시에 한쪽 발을 달싹이며 깊이 빨아들인 연기를 뿌연 줄기로 만들어 상하고 깨진 충치들 사이로 거만하게 내뿜었다.

관객들도 자신들을 보는 그의 시선만큼이나 날카롭게 그를 지켜보았다. 입석 자리에 있던 젊은이들 중에는 너무나 자신감 넘치는 이 남자에게서 허점을 찾아내려고 미간을 찌푸리며 뚫어지게 쳐다보는 사람들도 있었다. 그는 어떤 허점도 보이지 않았다. 담뱃갑과 라이터를 꺼내고 집어 넣는 일은 옷차림 때문에 여간 번거롭지 않았다. 그래서 그는 외투를 뒤로 젖혀버렸다. 그러자 사람들은 그의 왼 팔뚝 위의 가죽 매듭에 어울리지 않게도 새 발톱 모양의 은 손잡이가 달린 말채찍이 매달려 있는 것을 보았다. 또한 그가 연미복이 아니라 프록코트를 입고 있다는 것도 알았으며, 그 프록코트 역시 젖혀져서 조끼에 반쯤 가린 채 몸에 두르고 있던 색색의 어깨띠도 보았다. 우리 뒤편에 앉아 있던 관객들은 그것이 기사의 휘장일 것이라는 말을 낮게 주고받았다. 나는 기사가 그런 휘장을 두른다는 말은 들은 적이 없기 때문에 그냥 넘어가기로 한다. 어쩌면 그 어깨띠는 이 사기꾼이 말없이 서 있었던 것과 마찬가지로 순전한 겉치레였는지도 모른다. 그는 아직껏 관객들 앞에서 함부로 거드름을 피우며 담배연기를 내뿜는 모습만 보여주고 있었다.

이미 말했듯이 사람들은 웃고 있었고, 그 웃음이 거의 모든 사람들에게 번져갔을 때 마침 입석 자리에서 크고 거슬리는 목소리가 튀어나왔다. "안녕하시오!"

치폴라는 깜짝 놀라 두리번거렸다. "누구신가?" 그는 도전을 받아들인다는 듯이 물었다. "방금 말한 사람이 누군가? 그래서? 처음에는 대담하더니 이제 겁을 먹었나? 겁쟁이로군, 응?" 그는 약간 천식기가 섞여 있었지만 매우 높고 카랑카랑한 목소리로 말했다. 그리고 기다렸다.

"내가 그랬소." 한 청년이 침묵을 깨며 말했다. 그는 그런 식의 도전을 받자 명예가 실추되었다고 판단한 것이다. 그는 우리 바로 옆에 있던 잘생긴 청년으로, 면 셔츠를 입고 상의 저고리는 한쪽 어깨에 걸치고 있었다. 그는 검고 빳빳한 고수머리를 높이 치켜세웠는데, 그것은 새로 깨어난 조국의 유행 헤어스타일로 약간 어색해 보였고 아프리카인 같다는 인상을 주었다. "쳇…… 내가 그랬소. 당신이 해야 할 말이었지만, 내가 환영해준 것뿐이오."

다시 폭소가 터져 나왔다. 그 젊은이는 말재주가 있었다. "지껄이는 거야 자유지 뭐." 우리 옆자리 사람이 의견을 말했다. 관객들의 이 질책은 결국은 적절한 것이었다.

"아, 잘했어요!" 치폴라가 대답했다. "마음에 드는군요, 젊은 친구. 내가 진작부터 당신을 지켜보고 있었다고 한다면 믿으시려나? 난 당신 같은 사람들을 특별히 좋아하지. 당신 같은 사람들이 필요할지도 모르니까. 당신은 진정한 사나이가 틀림없군요. 당신은 원하는 대로 하지. 당신이 원했던 걸 하지 못한 적이 있었나? 아니면 심지어 당신이 원하지 않았던 걸 한 적이 있나? 남들이 요구하는 일 말이네. 들어보게, 친구. 늘 그렇게 진정한 사나이인 척해서 의지와 행동, 그 두 가지 모두에 매달릴 필요가 없다면 틀림없이 편안하고 즐거울 거라고. 앞으로는 분업이 도입될 필요가 있어. 알다시피 미국 시스템이지. 이를테면 지금 이 자리에 모이신 선택받고 존경해 마지않는 손님들에게 당신이 대신 혀를 내보여 주겠나? 혀뿌리까지 전부 말이야."

"싫소." 하고 젊은이는 적의를 보이며 말했다. "난 그러고 싶지 않소. 그러면 예의 없어 보일 테니까."

"전혀 그렇지 않아요." 치폴라가 대꾸했다. "당신은 그걸 행동으로 옮길 뿐이니까. 당신의 가정교육을 존중해요. 그러나 당신은 이제 내가 셋까지 세기도 전에 오른쪽으로 돌아서 이 손님들에게 혀를 내밀게 될 거야. 당신이 내밀 수 있다고 여기는 것보다 더 길게 말이야."

그는 청년을 빤히 쳐다보았는데, 그때 그의 쏘아보는 눈은 안와(眼窩) 속으로 더욱 깊이 들어가는 것처럼 보였다. "하나." 그는 이렇게 세며 이미 팔에서 매듭을 풀어내 들고 있던 말채찍을 허공으로 한 번 짧게 휘둘러 소리를 냈다. 청년은 얼굴을 관객들에게로 향하고 온힘을 다해 혀를 길게 내밀어서, 관객들은 그가 혀를 내밀 수 있는 한 최대한 내밀고 있다는 것을 알 수 있었다. 그러고 나자 그는 무덤덤한 표정으로 다시 원래의 자세를 취했다.

"내가 그랬소." 치폴라가 턱 끝으로 청년을 가리키며 그의 말을 흉내 내었다. "흥…… 난 이런 사람이야." 이 말을 하며 그는 관객들의 반응은 아랑곳하지 않고 조그만 원탁으로 몸을 돌리더니 코냑이 든 것이 틀림없어 보이는 술병을 들어 작은 술잔을 채우더니 능숙하게 들이켰다.

우리 아이들은 배꼽을 잡고 웃었다. 아이들은 주고받는 말은 거의 알아듣지 못했다. 그러나 무대 위의 이상하게 생긴 남자와 한 관객 사이에서 이토록 우스꽝스러운 일이 벌어진 것을 지극히 재미있어 했다. 그리고 아이들은 예정된 이날 밤의 공연이 어떻게 돌아갈지 확실히 알지 못했기 때문에 이렇게 시작되는 것부터가 근사한 것 같았다. 우리 부부는 서로 눈짓을 했고, 나는 얼떨결에 치폴라가 말채찍으로 허공을 가르며 냈던 채찍 소리를 입술로 나지막하게 흥내 내었다. 그 외에도 관객들은 이 마술사의 밤 공연이 이토록 엉성하게 시작되는 것을 어떻게 받아들여야 좋을지 몰랐던 것이 분명했다. 그리고 관객들을 대변한다고 나섰던 그 젊은 친구가 별안간 어떤 까닭으로 오히려 불손해졌는지도 제대로 이해하지 못한 것이 분명했다. 사람들은 멍청해 보이는 그의 행동에 더 이상 신경 쓰지 않고 마술사에게로 관심을 돌렸다. 마술사는 이제 원기를 회복하기 위해 술을 마시던 원탁에서 돌아와 다음과 같이 말을 이었다. "신사숙녀 여러분⋯⋯." 그는 약간 천식기가 있지만 카랑카랑한 목소리로 말했다. "여러분이 보셨다시피 방금 저는 이 기대에 찬 젊은 말재간꾼이 (사람들은 이 말장난에 웃음을 터뜨렸다) 당돌하게 저에게 던진 훈계에 약간 민감하게 반응했습니다. 저는 자존심이 좀 강한 사람이니 양해해주시기 바랍니다! 저는 진지하고 공손하지 못한 저녁 인사를 듣는 것은 딱 질색입니다. 그런 인사를 받을 이유도 전혀 없습니다. 그런 식으로 인사를 건네는 것은 자신도 똑같은 인사를 받고 싶어서입니다. 제가 즐거운 저녁을 보내야 여러분도 즐거워질 것인데 말이지요. 바로 이 때문에 토레 디 베네레의 처녀들에게 인기 높은 이 젊은이가

(그는 그 젊은이를 비꼬는 일을 그만두지 않았다) 방금 제가 즐 거운 저녁을 보내고 있으니 자기 인사는 받지 않아도 좋 다는 사실을 입증해준 것은 썩 잘한 일입니다. 저는 저녁 시간을 아주 즐겁게 보내고 있다고 자부합니다. 더러 즐겁 지 못한 저녁이 끼어들 때도 있지만, 그건 드문 일입니다. 저에게 생업은 중요하지만, 건강이 아주 좋지는 않습니다. 안타깝게도 저는 신체에 사소한 결함이 있어 위대한 조국 의 영광을 위한 전쟁에 참여할 수 없었습니다. 저는 오로 지 정신과 영혼의 힘에 의지해서 인생을 헤쳐갑니다. 그것 은 사실 제 힘으로 승리를 얻어냈다는 뜻이기도 합니다. 저의 이러한 활동과 업적으로 학식 높은 대중으로부터 존 경어린 관심을 받아낼 수 있다고 자부합니다. 유력 언론들 은 이러한 업적을 제대로 평가할 줄 알아서《코리에레 델 라 세라》3) 같은 신문에서는 저를 주목할 만한 인물이라고 경의를 표했습니다. 그리고 로마에서는 총통 각하4)의 동 생분도 제가 개최한 저녁 공연에 참석해주시는 영광을 누 렸습니다. 그토록 화려하고 고상한 곳에서도 사람들이 기

---

3) 밀라노에서 발행되는 유력한 석간신문
4) 무솔리니(Benito Mussolini)를 가리킨다.

꺼이 눈감아주곤 했던 저의 소소한 습관들을 저는 상대적으로 덜 중요한 토레 디 베네레 같은 곳에서 (사람들은 작고 보잘것없는 토레라는 뜻인데도 불구하고 웃었다) 스스로 버려야 한다고 생각지는 않았습니다. 그리고 여성들의 총애를 받아 약간 버릇이 없어진 것으로 보이는 인물들이 그 점을 지적하는 것을 참고 넘어가야 한다고 생각지도 않았습니다." 이번에도 다시 그 청년이 수모를 당했고, 치폴라는 그 남자를 바람둥이 시골 촌놈으로 만드는 데 여념이 없었다. 그 젊은이를 입에 올리며 끈질기게 가혹한 적대감을 내보이자 자기 자신에 대한 자부심과 세속적 성공을 자랑했던 것과 눈에 띄게 대조를 이루었다. 물론 그 젊은이는 그저 치폴라가 버릇처럼 한 사람을 골라내 놀려대는 조롱감 신세를 감수할 수밖에 없었다. 그러나 치폴라가 내뱉는 독설에서는 진짜 증오심이 드러났다. 그들 두 사람의 신체조건만 살펴보아도 그 증오심이 인간적으로 무엇을 의미하는지 깨달았을 것이다. 비록 이 불구자가 애초부터 그 잘생긴 남자가 여자들에게 인기가 좋다고 단정하고 끊임없이 그 점을 암시하지 않았다 하더라도 말이다.

"이제 공연을 시작하려면 제가 좀 더 편한 차림을 해야겠으니 양해해주시기 바랍니다."

그는 이렇게 말하며 스탠드 옷걸이 쪽으로 다가가 옷을 벗어 걸었다.

"말을 잘하는군." 우리 주위에 있던 어떤 사람이 단정적으로 말했다. 치폴라는 지금껏 아무것도 보여주지 않았지만, 말하는 것만으로도 뛰어난 능력으로 칭송받았고, 그것을 이용해 교묘하게 감명을 주었다. 남국 사람들은 말을 삶의 즐거움을 더해주는 요소로 여기며, 북국 사람들보다 말의 사회적 가치를 훨씬 적극적으로 인정한다. 국민들을 결속시키는 수단인 모국어가 이 민족들 사이에서 받는 존경심은 상징적이다. 그들이 말의 체계와 발음에 관한 것을 다룰 때 보이는 기꺼운 즐거움 역시 상징적이라 할 수 있다. 그들은 유쾌하게 말하고 유쾌하게 듣는다. 그리고 들으면서 판단을 내린다. 왜냐하면 어떤 사람이 어떻게 말하느냐는 개인의 수준을 판단하는 척도로 통하기 때문이다. 부주의하고 어설프게 말하면 경멸받는다. 우아하게 달변으로 말하면 인간적인 존경심을 얻는다. 그래서 이 왜소한 남자도 자신의 위력을 보여야 할 때는 즉시 나무랄 데 없는 어법으로 표현하려고 노력하고, 세심하게 다듬는 것이다. 적어도 이 문제에 있어 치폴라는 명백히 호감을 얻은 셈이다. 이탈리아인들이 도덕적인 판단과 미적인 판단을 묘하게 섞어 '호감이 가는 인물'이라고 부르는 그런 인간 유형에 속하지는 않았지만 말이다.

그는 실크해트와 스카프와 외투를 벗어 걸고 나서, 셔츠 차림으로 매무새를 고치고 커다란 커프스가 달린 소맷부리를 끌어내리고 겉치레로 두른 어깨띠를 바로하면서 다시 무대 앞쪽으로 나섰다. 그의 머리는 끔찍한 모습이었다. 다시 말해, 정수리 윗부분은 머리가 거의 다 빠졌고, 포마드를 발라 검게 번들거리는 몇 가닥 머리카락이 달라붙은 듯 정수리에서 앞쪽으로 나 있을 뿐이었다. 반면에 마찬가지로 검게 번들거리는 귀밑머리는 비스듬히 눈꼬리를 향해 뻗어 있었다. 구식 서커스 단장 같은 헤어스타일이라서 우스꽝스러웠지만, 시대에 뒤처진 이런 인간 유형에게는 너무나 잘 어울렸다. 그의 과한 자신감에 관객들은 그 우스운 모습에도 민감한 반응을 자제하고 잠자코 있었다. 그가 미리 언급했던 '신체의 사소한 결함'은 너무나도 또렷이 드러났지만, 아직 완전히 다 밝혀진 것은 아니었다. 곱사등이의 경우에 흔히 그렇듯이 가슴은 툭 튀어나와 있었지만, 등은 불편한 혹이 통상적인 위치, 즉 양 어깨 사이에 있지 않았다. 오히려 훨씬 아래, 허리에서 엉덩이쯤에 달려 있는 것으로 보였다. 그것은 걸음에 방해가 되지는 않았지만, 걸을 때마다 이상하게 발을 쭉 빼는 자세가 되어 기괴해 보였다. 그런데 본인이 자신의 불편함에 대해서는 미리 언급해버려서 심한 충격보다는 그 모습을 보고 모든 관객들이 교양 있게 감정을 조절하려는 분위기가 느껴졌다.

"오래 기다리셨습니다!" 치폴라가 말했다. "여러분이 반대하지 않으신다면 몇 가지 산수 문제 풀이로 이 공연을 시작해볼까 합니다."

산수 문제라니? 그것은 마술 묘기에는 어울리지 않아 보였고 이 남자가 무언가를 숨기고 있다는 예감이 들었다. 다만 그것의 정체가 무엇인지는 여전히 불분명했다. 나는 슬며시 우리 아이들이 안됐다는 생각이 들었다. 그러나 아이들은 아직까지는 함께 지켜보는 것만으로도 마냥 기뻐했다. 치폴라가 시도하는 산수 놀이는 단순하면서도 그 방법은 어이가 없었다. 그는 칠판 오른쪽 상단에 종이 한 장을 압핀으로 고정시키는 일부터 시작했다. 그런 다음 그 종이를 들추고 분필로 칠판에 무언가를 적었다. 그러면서 끊임없이 말을 늘어놓았다. 계속해서 말을 덧붙이고 뒷받침해서 자신의 공연이 따분해지지 않도록 하기 위한 것이었다. 그는 한 순간도 수다를 떨다 말문이 막혀 허둥대는 일이 없는 달변의 연사였다. 그는 즉석에서 어부 청년과의 괴이한 언쟁으로 생겨난 무대와 관람석 사이의 연결고리에서 간극을 없애는 일을 계속했다. 그는 관객들 중 대표자를 무대 위로 불러올릴 필요가 있다며 몸소 관람석으로 연결되어 있는 나무 계단을 따라 내려가 손님들과 직접적인 접촉을 시도했다. 이런 것들은 그의 연기 스타일의 일부였고, 아이들을 무척 신나게 해주었다. 그러면서 그가 곧장 관객들을 헐뜯으며 다시 언쟁을 벌인 것은 어느 정도 원래의 의도와 진행 방식 속에 계획되어 있었는지 모른다. 그가 그런 짓을 매우 진지하고 끈질기게 계속하는데도 관객들, 적어도 서민적인 기질의 관객들은 아무튼 그런 일이 공연의 일부라고 생각하는 것 같았다.

뭔가를 다 적은 후에 종이로 보이지 않게 덮어두고 나서 그는 이제 앞으로의 계산 진행을 도와줄 사람이 두 명 무대 위로 올라왔으면 좋겠다는 의견을 밝혔다. 이 일은 어려운 것이 아니며, 계산에 소질이 없는 사람이라도 문제없이 할 수 있다는 것이었다. 이럴 때 항상 그렇듯이 아무도 지원자로 나서지 않았고, 치폴라는 관객들 중 고상한 사람들을 귀찮게 조르려 하지는 않았다. 그는 서민들 곁에 붙어서 객석 뒤편에 서 있는 우락부락한 두 청년에게 도움을 청했다. 그는 관객들을 위해 고분고분하지 않고 그저 멍하니 있기만 한다면 비난 받을 거라고 위협했다. 그렇게 해서 그들을 정말로 움직이게 만들었다. 그들은 어색한 걸음으로 가운데 통로를 지나 앞으로 나왔고, 계단을 따라 무대 위로 올라가 일행들의 격려의 함성 속에서 어색하게 히죽거리며 칠판 앞에 나란히 섰다. 치폴라는 잠시 더 그들에게 농담을 걸었고, 그들의 팔다리가 감탄이 나올 정도로 튼튼하고 손도 큼직해서 관객들에게 보여주는 임무를 맡기에 아주 제격이라고 칭찬했다. 그러고 나서 한 청년의 손에 분필을 쥐어주며 자신이 부르는 숫자를 그냥 따라 적기만 하라고 지시했다. 그러나 그 작자는 글을 쓸 줄 모른다고 밝혔다. "나는 글을 못 써요" 하고 그는 거친 목소리로 말했고, 그 옆의 사람도 이렇게 덧붙였다. "나도 몰라요."

그들이 사실대로 말한 것인지 아니면 치폴라를 놀려주려 했을 뿐인지는 아무도 모른다. 아무튼 치폴라는 그들의 고백이 몰고 온 장내의 유쾌한 분위기에 전혀 공감하고 싶어하지 않았다. 그는 모욕감을 느꼈고 반감을 드러냈다. 그는 무대 한가운데의 짚 쿠션 의자 위에 다리를 꼬고 앉아 다시 그 싸구려 담뱃갑에서 담배 한 개비를 꺼내 피워 물었다. 그는 좀 전에 이 건달들이 무대 위로 쿵쾅거리며 올라오는 동안 코냑을 한 잔 더 마신 직후라서 담배 맛을 더더욱 기분 좋게 느끼는 기색이 완연했다. 그는 이번에도 깊이 빨아들인 담배연기를, 이를 드러내며 그 사이로 내뿜었다. 그와 동시에 발을 까딱거리며 마치 지독히 경멸스러운 모습을 눈여겨보다가 자신의 생각과 위엄을 되찾으려는 사람처럼 키득거리고 있는 두 무뢰한과 관객들마저 아주 쌀쌀맞은 태도로 외면한 채 허공을 쳐다보았다.

"파렴치한 말을 하는군." 그는 냉담하고 신경질적으로 말했다. "당신들 자리로 돌아가라고! 우리 이탈리아에서 글을 쓸 줄 모르는 국민은 없어. 위대한 이탈리아는 무지몽매함을 허용하지 않아. 농담도 유분수지. 당신들 자신만 욕먹는 것이 아니라 정부와 국가도 입방아에 오를 비난거리를 고상한 외국 관객들의 귀에 대놓고 떠벌리다니. 만약 토레 디 베네레가 정말 기초적인 지식도 못 갖춘 무지한 자들이 피신해온 조국의 마지막 은신처라면, 내가 여러 가지 면에서 로마에 못 미치는 도시라는 것을 잘 알면서도 이곳을 찾아온 것을 유감스럽게 여기지 않을 수 없으며……"

여기서 그는 아프리카식 머리 모양을 하고 윗도리를 어깨에 걸친 젊은이 때문에 말을 중단해야 했다. 그의 공격욕은 이제 보니 일시적으로 수그러든 것이었을 뿐이고, 다시 고개를 치켜들고 고향 도시를 구원하려는 기사로 나섰다.

"그만해요!" 젊은이가 큰 소리로 말했다. "토레에 대한 우스갯소리는 그만두시오. 우리들 모두는 이곳 출신이고 타지 사람들 앞에서 이 도시를 조롱하는 것은 두고 보지 않을 것이오. 그들 두 사람도 우리 고장 사람들이오. 그들이 학식은 높지 않지만, 이 객석에 모인 다른 많은 사람들보다는 성실한 청년들이오. 로마를 건설하지도 않았으면서 로마를 거론하는 그런 자들보다 말이오."

사실 뛰어난 말솜씨였다. 그 젊은 남자는 정말이지 배짱이 두둑했다. 이런 식의 극적인 장면이 본래의 공연을 계속해서 지체시켰지만 사람들은 즐거워할 따름이었다. 말싸움에 귀 기울이는 것은 언제나 흥미롭다. 어떤 사람들은 그야말로 흥겹고 고소해하는 마음으로 자신이 연루되지 않은 것을 즐긴다. 또 어떤 사람들은 갑갑하고 흥분되는 기분을 느끼는데, 나도 그런 심정을 충분히 이해한다. 비록 나는 당시에도 그 모든 것이, 말하자면 서로 짜고 하는 일이며 글을 모르는 두 멍청이들과 윗도리를 걸친 젊은 친구 모두 극적인 효과를 내기 위해 그 마술사에게 반반으로 협조하고 있다는 인상을 받았지만 말이다. 우리 아이들은 아주 즐거워하며 귀담아 듣고 있었다. 아이들은 아무것도 알아듣지 못했지만, 오가는 말의 억양 때문에 긴장을 늦추지 못하고 있었다. 이것이 아이들에게는 마술의 밤, 적어도 이탈리아식 마술의 밤이었던 셈이다. 아이들은 그것을 아주 멋지게 여긴 것이 확실했다.

치폴라는 자리에서 일어나 허리를 건들거리며 두어 걸음 움직여 무대 앞쪽으로 나왔다.

"아니, 이게 누구야!" 그는 진심으로 험악하게 말했다. "아까 그 친구로군! 거침없이 말을 내뱉는 젊은이!"(그는 이것을 'sulla linguaccia'라고 표현했는데, 원래는 '백태가 낀 혀'라는 뜻이어서 폭소를 자아냈다.) "이봐, 당신들은 들어가라고!" 그가 두 멍청이 남자들을 향해 말했다. "당신들은 필요 없어, 난 이제 명예를 중시하는 이 양반을 상대해야 하니까. 이 비너스의 탑지기[5] 말이야. 그는 틀림없이 잘 지켜준 대가로 달콤한 감사의 말을 기대하고 있을 거야……."

"아, 농담은 집어치워요! 진지하게 말해보자고요!" 하고 그 젊은이가 외쳤다. 그의 눈은 번득였고, 정말로 윗도리를 벗어던지고 당장에라도 달려들 듯한 태세였다.

치폴라는 그것을 심각하게 받아들이지 않았다. 근심에

---

5) 비너스의 탑은 이 고장 '토레 디 베네레'를 뜻한다.

찬 얼굴로 서로를 쳐다보는 우리와는 달리 그 기사는 자기 나라 동포를 상대하는 것이었고, 고국에서 벌이는 일이었다. 그는 냉정함을 잃지 않았고, 완벽한 우월감을 보였다. 치폴라는 관객들에게 시선을 고정시킨 채 그 싸움꾼을 향해 가소롭다는 고갯짓을 했는데, 그것은 마치 관객들에게 상대방이 얼마나 단순한지 보여주며 그의 공격에 대해 함께 비웃으며 지켜보도록 부추기는 것 같았다. 그 후에 다시 한 번 이상한 일이 벌어져서 치폴라의 우월감은 섬뜩해 보였고, 그 장면에서 내비치던 험악한 분위기는 이해하기 힘들지만 어처구니없게도 웃음을 자아내게 만들었다.

치폴라는 그 젊은이에게 더욱 가까이 다가가면서 그의 눈을 묘하게 응시했다. 심지어 우리 왼편의 관람석으로 나 있는 계단을 반 정도 내려오기까지 해서 그 싸움꾼 바로 앞에서 약간 내려다보는 위치가 되었다. 그의 팔에는 말채찍이 매달려 있었다.

"이봐, 자네는 농담을 하고 싶은 기분이 아니군" 하고 그가 말했다. "이해할 만해. 누구나 자네가 몸이 좋지 않다는 걸 알고 있으니까. 깨끗이 하고 다닐 필요가 있는 자네의 혀를 보니 이미 위장 계통에 급성 질환이 생겼다는 짐작이 들더군. 자네 같은 상태라면 밤 공연을 보러 와서는 안 되지. 그리고 자네도 침대에 누워 찜질이나 하는 게 더 낫지 않을까 하고 망설였다는 걸 나도 알아. 그토록 시어 빠진 백포도주를 오늘 오후에 너무 많이 마신 것은 경솔한 짓이었어. 이제 자네는 복통이 왔으니 괴로워 몸부림치고 싶겠지. 거리낌 없이 그렇게 하라고! 몸이 원하는 대로 해 주면 위장의 경련을 가라앉힐 수 있을 테니까."

그가 이 말을 조용히 설득하듯 냉랭한 동정심을 보이며 한 마디씩 하는 동안, 젊은이를 쏘아보는, 자루 주름이 달린 그의 두 눈은 흐릿하면서도 강렬하게 변하는 것 같았다. 그것은 매우 이상한 눈빛이었고, 사람들은 젊은이가 단지 남자로서의 긍지 때문에 그의 눈길을 피하지 않으려는 것은 아니라는 사실을 알아차렸다. 젊은이의 흙빛 얼굴에서도 그런 자만의 빛은 조금도 찾아볼 수 없었다. 젊은이는 입을 벌리고 그 기사를 멍하니 쳐다보고 있었는데, 그런 상태로 당혹스럽고 애처로운 미소를 지었다.

"몸을 구부려!" 치폴라가 다시 한 번 말했다. "자네가 달리 무얼 하겠나? 그런 복통이 올 때는 몸을 구부려야만 해. 내가 권유했다고 해서 설마 자연스러운 반사운동을 거부하지는 않겠지."

젊은 남자는 천천히 팔뚝을 들어올렸다. 그는 팔을 엇갈리게 해서 배를 누르더니 몸을 약간 옆으로 돌리며 점점 더 아래로 숙였고, 발을 교차하고 무릎을 겹치며 꼬부라졌다. 마침내 그는 발을 삐어 통증을 느끼는 모습으로 바닥에 웅크리다시피 했다. 치폴라는 그를 그대로 잠시 놔두었다가 말채찍을 허공에 대고 짧게 휘둘렀고, 발을 크게 내딛으며 조그만 원탁으로 돌아가 코냑을 한 잔 기울였다.

"저이가 술을 너무 많이 마시는군." 우리 뒤편에서 어떤 부인이 불어로 단호하게 말했다. 그녀의 눈에 띈 것이 그게 전부였을까? 관객들이 상황을 어느 정도 파악하고 있는지 우리는 아무래도 알 수가 없었다. 그 젊은이는 다시 똑바로 일어섰는데, 자신에게 어떻게 그런 일이 일어났는지 모르겠다는 듯이 당혹스러운 웃음을 흘리고 있었다. 관객들은 이 장면을 긴장을 놓지 않고 지켜보았고, 모두 다 끝나자 "브라보, 치폴라!"와 "브라보, 젊은 친구!"를 외치며 갈채를 보냈다. 사람들은 이 싸움의 결말을 그 젊은이의 개인적인 패배로 받아들이지 않는 것이 분명했다. 오히려 내키지 않는 역할을 성공적으로 해낸 배우나 되는 것처럼 그를 격려했다. 실제로 복통으로 몸부림치는 그의 모습은 지극히 인상적이었고, 그 생생한 표현력은 마치 관객들에게 보여주기 위해 말하자면 배우다운 연기를 해낸 것 같왔다. 그러나 나는 관객들의 태도가 어느 정도로 남국 사람들이 우리보다 우세함을 보이는 인간적인 배려에서 나왔을 뿐인지, 아니면 사태의 본질을 어느 정도 꿰뚫어보아서 그런 것인지 확신할 수 없었다.

기운을 차린 기사는 담배에 새로 불을 붙였다. 이제 다시 산수 문제 시연으로 돌아갈 수 있었다. 뒤쪽 좌석에서 숫자를 칠판에 적어줄 용의가 있다는 한 젊은 남자가 순순히 나타났다. 우리는 그 남자도 알고 있었다. 공연에 익숙한 얼굴들이 너무나 많아 어딘지 가족적인 분위기를 띠었다. 그 남자는 중심가의 식료품과 과일을 파는 가게의 종업원이었고, 우리를 친절하게 맞이해준 적도 여러 번 있었다. 그는 상인답게 능숙한 솜씨로 분필을 다루었다. 반면에 우리 곁으로 내려온 치폴라는 기형적인 걸음걸이로 관객들 사이로 돌아다니며 숫자를 모았다. 숫자는 두 자리나 세 자리, 심지어 네 자리까지 마음대로 고를 수 있었다. 그는 물어본 사람의 입에서 흘러나온 숫자를 듣고 자신이 대신 젊은 상인에게 불러주었고, 상인은 그것을 칠판에 차례로 적어 내려갔다. 그런데 이 모든 것은 손발이 척척 맞아 치폴라가 관객을 웃기고, 놀리고, 실없는 농담을 주고받으며 진행되었다. 이 재주꾼이 이탈리아어로 숫자를 척척 댈 수 없는 외국인들과 마주치는 일도 없지 않았다. 그럴 때 그는 유달리 기사다운 태도로 오랫동안 애를 쓰며 그 나라 사람들의 점잖게 비아냥거리는 웃음을 받았다. 그러고는 이내 그들에게 영어나 불어로 숫자를 말하면서 그것을 통역하라고 몰아세워서 곤혹스럽게 만들기도 했다. 몇몇 사람들은 이탈리아 역사에서 중요한 사건들이 일어난 연도를 지칭하는 숫자를 대기도 했다. 치폴라는 그것을 즉각 알아듣고 걸음을 옮기면서 거기에 애국적인 촌평을 덧붙였다. 누군가는 "제로!"라고 말했고, 기사는 자신을 놀려주려고 할 때마다 매번 그랬듯이 심한 모욕감을 느끼며 어깨 너머로 두 자리 숫자에서 하나가 부족하다고 받아쳤다. 그러자 또 다른 익살꾼이 "제로 제로" 하고 외쳐서 큰 웃음을 자아내는 데 성공했다. 그것은 남국 사람들 사이에서 성기를 빗대어 하는 말이라서 웃지 않을 수 없었다. 치폴라는 그 암시적인 말이 나오도록 자신이 유도해놓고서도 유독 혼자서만 거부감을 내보이며 품위를 지키려 했다.

그러나 어깨를 들어올려 보이며 그 숫자도 서기에게 받아 적도록 시켰다.

자릿수가 제각각인 숫자들이 열다섯 개가량 칠판에 적

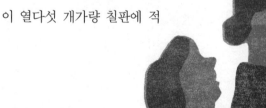

혔을 때, 치폴라는 모든 관객들에게 더해보라고 제안했다. 계산에 뛰어난 사람이라면 앞의 숫자를 보고 암산으로 하는 것도 가능하겠지만, 연필과 메모지를 사용해도 상관없다고 했다. 치폴라는 사람들이 계산을 하는 동안 칠판 옆의 자기 의자에 앉아 인상을 찌푸리며 담배를 피웠다. 그것은 불구자 특유의 독선적이며 자만감에 빠진 자세였다. 다섯 자리 수가 되는 덧셈의 답은 금세 나왔다. 누군가가 자신의 답을 알렸고, 또 다른 사람이 그것이 옳다고 확인

해주었고, 세 번째 사람의 결과는 약간 차이가 났지만, 네 번째 사람의 답은 다시 이전의 것과 일치했다. 치폴라는 자리에서 일어나 윗도리에 묻은 담뱃재를 슬쩍 털어내며 칠판의 오른쪽 상단에 붙여놓았던 종잇조각을 들추고 자신이 적은 것을 보여주었다. 백만에 가까운 덧셈의 정답은 이미 거기에 적혀 있었다. 그는 정답을 미리 기록해두었던 것이다.

탄성과 함께 큰 박수가 터져 나왔다. 우리 아이들은 어안이 벙벙해졌다. 아이들은 어떻게 그럴 수 있는지 알고 싶어 했다. 우리는 아이들에게 바로 알아낼 수는 없지만 속임수이며, 그러니까 마술을 부린 거라고 알려주었다. 이제 아이들은 마술사의 공연이 어떤 것인지 알았다. 처음에 어부 젊은이가 복통을 겪었듯이, 이제는 계산을 마친 결과가 칠판에 적혀 있는 것이다. 이 모든 것은 대단한 솜씨였다. 그리고 시간이 이미 10시 반이 다 되었는데도 우리는 호기심으로 빛나고 있는 아이들의 눈을 무시하고 집으로 데려가는 일이 매우 힘들 거라는 판단이 들어 걱정이 앞섰다. 아이들은 울고불고 할 것이다. 그렇지만 이 곱사등이가 마술을, 적어도 능숙한 기술을 사용해서 마술을 부린 것은 아니었다. 따라서 그것은 분명 아이들에게는 적절한 것이 아니었다. 나는 이번에도 관객들이 대체 무슨 생각을 하고 있는지 알 수 없었다. 하지만 합산해야 할 숫자들을 정하는 데 있어 '무작위로 선택'한 것이 가장 의심이 가는 대목이었다. 질문을 받은 이런저런 사람들은 물론 각자 내키는 대로 대답했겠지만, 전체적으로는 치폴라가 자기편 사람들을 골라냈고, 과정을 미리 적어둔 정답에 맞게 몰고 가면서 자기 마음대로 조종할 수 있었던 것이 분명했다. 그래도 그의 예리한 계산 능력만은 여전히 경탄할 만한 것이었다. 그 외의 것은 이상하게도 감탄할 마음이 전혀 나지 않았다. 애국심과 민감하게 반응하는 자존심까지 거슬렀다. 기사의 동포들은 이 모든 것에도 아랑곳하지 않고 신이 나서 여전히 즐거워할 기분이었는지도 모른다. 그러나 외국에서 온 사람들에게는 이 뒤섞인 감정들이 갑갑하게 여겨졌다.

아무튼 치폴라도 어떤 명칭이나 용어를 사용하지는 않았지만 조금이라도 내막을 알고 있는 사람들에게 자기 재주의 본질에 관해 의심을 사지 않으려고 애썼다. 그는 계속해서 떠들어댔는데, 그저 애매하고 불손하고 자기 과시적인 표현만 사용했다. 그는 내친 김에 한동안 같은 종류의 시연을 계속 했고, 처음의 덧셈에다 뺄셈, 곱셈, 나눗셈 문제를 추가함으로써 계산을 한층 복잡하게 만들었다. 그 후에 그것을 지극히 단순하게 만들어 어떤 방식으로 돌아가는지 보여주었다. 그는 자신이 사전에 종잇조각 밑에 적어둔 숫자를 그냥 '알아맞혀' 보기만 하라고 시켰다. 그것은 대부분 알아맞힐 수 있었다. 누군가는 자신이 원래는 다른 숫자를 말할 작정이었다고 고백했다. 기사의 말채찍이 그의 눈앞에서 허공을 가르며 소리를 내는 순간, 무심코 어떤 숫자를 말해버렸는데 나중에 보니 칠판에 나온 답과 같았다는 것이다. 치폴라는 어깨를 들썩이며 키득거렸다. 그는 숫자를 알아맞힌 그 사람이 천부적 재능을 가졌다고 치켜세웠다. 그러나 거기에는 빈정거리고 업신여기는 느낌이 배어 있었다. 나는 그 사람이 그런 찬사에 미소를 짓고, 박수갈채의 일부는 자신에게 돌아오는 것으로 간주했을지도 모르지만, 기분 좋게 받아들였으리라고 믿지는 않았다. 나는 또한 그 재주꾼이 관객들에게 호감을 샀다는 인상도 받지 않았다. 모종의 혐오감과 적대감이 느껴졌다. 그러나 그런 충동을 억제하는 관객들의 정중한 태도는 별개로 치더라도, 치폴라의 능력, 그 단호한 자신감은 깊은 인상을 심어주기에 충분했다. 그리고 그의 말채찍도 관객의 반발심을 억누르는 데 어느 정도 기여한 것 같았다.

그는 이제 단순한 숫자 놀이에서 카드를 이용하는 시연으로 넘어갔다. 내가 아직 기억하기로는, 그가 주머니에서 꺼낸 두 벌의 카드로 보여준 시연의 기본 패턴은 이런 내용이었다. 그는 한 벌의 카드에서 보지 않은 석 장의 카드를 골라 자신의 프록코트 안주머니에 감추었다. 그 후에 시연 참가자가 그가 내민 또 다른 한 벌의 카드에서 똑같은 카드 석 장을 집어내는 것이었다. 늘 석 장 모두가 맞는 것은 아니었다. 단지 두 장만 맞는 경우도 있었지만, 감춰둔 석 장의 카드를 펼치면 대부분은 일치했다. 그리고 그는 자신이 보여준 놀라운 능력을 좋든 싫든 인정하며 보내는 박수갈채에 살짝 감사의 표시를 했다. 우리 오른쪽 맨 앞줄의 한 젊은 신사가 나섰다. 그는 당당하고 잘생긴 얼굴의 이탈리아인이었다. 그는 명확한 자기 의지에 따라 카드를 고를 것이며, 뭔가 조종당하는 느낌이 들면 거기에 맞설 결심이라고 공언했다. 그렇게 한다면 어떤 결말이 날 것이라고 생각하는지 치폴라에게 물었다. 기사는 이렇게 대답했다. "당신이 그렇게 하신다면 제가 임무를 수행하기가 좀 힘들어지겠지요. 그렇지만 결과에는 아무런 영향을 미치지 못할 겁니다. 자유건 의지건 다 좋아요. 그러나 의지의 자유란 없습니다. 왜냐하면 자유를 추구하려는 의지는 헛수고가 되기 때문이지요. 당신이 카드를 뽑든, 뽑지 않든 자유입니다. 그러나 뽑기만 하면, 맞는 카드가 나올 겁니다……. 당신이 고집을 부리면 부릴수록 더욱 확실히 말이죠."

치폴라가 물을 흐리고 마음을 혼란스럽게 하기 위해 더 그럴듯한 말은 없었을 것이라는 사실을 인정하지 않을 수 없었다. 그 반항적인 남자는 초조해하며 망설이다 마침내 도전했다. 그는 카드 한 장을 뽑더니 곧장 그것이 숨겨진 카드 석 장 속에 들어 있는지 보여달라고 요구했다. "아니 왜 그러시죠?" 치폴라가 이상하다는 듯이 물었다. "왜 하다 마는 거죠?" 그러자 고집 센 남자는 미리 맞춰보자는 주장을 굽히지 않았다. "분부대로 합죠." 요술쟁이는 유난히 아첨꾼 같은 몸짓을 하며 이렇게 말했다. 그리고 확인도 하지 않고 석 장의 카드를 부채꼴로 펼쳐 보였다. 왼쪽에 꽂힌 카드가 상대가 뽑은 카드와 같은 것이었다.

장내에 박수갈채가 쏟아지는 가운데 자유의 투사로 나섰던 청년은 분통을 터뜨리며 자리에 앉았다. 치폴라가 자신의 천부적인 재능을 실제로 어느 정도의 속임수와 기민한 손재주를 동원해서 강화시켰는지는 아무도 모를 일이다. 그렇게 재능과 속임수가 결합되었다고 해도, 아무튼 모든 관객들은 한없이 커져가는 호기심으로 이 놀랄 만한 공연을 즐기고 있었고, 전문적인 재주를 누구도 부인하지 않고 인정하게 되었다. "잘하는데!" 주변 여기저기서 이렇게 감탄하는 소리가 들렸는데, 그것은 객관적이고 공정한 평가가 반감과 숨겨진 분노를 잠재웠다는 의미였다.

그가 마지막에 거둔 성공은 비록 중도에 끝난 것이지만, 그래서 더더욱 인상적이었다. 그러고 나서 치폴라는 우선 코냑 한 잔으로 다시 기운을 차렸다. 사실상 그는 술을 '많이 마셨고', 그래서 약간 추해 보였다. 하지만 기력을 유지하고 되살리기 위해서는 확실히 술과 담배가 필요했다. 여러 가지 면에서 과중한 기력이 소모되었다는 점을 그 자신도 넌지시 내비쳤었다. 실제로 그는 사이사이에 눈이 퀭하고 초췌해서 몸이 좋지 않아 보였다. 한 잔의 술은 매번 기력을 회복시켜주었고, 그 후에 담배연기를 빨아들여 폐에서부터 뿌옇게 뿜어내면 그가 내뱉는 말은 활기와 자신감이 넘쳤다. 나는 그가 카드 묘기에서 일종의 단체 게임으로 넘어간 것을 확실히 기억하고 있다. 그것은 인간의 본성 중 이성을 벗어나거나 거기에 못 미치는 능력, 직관과 '자석에 끌리는 듯한' 최면력, 간단히 말해 종교적 계시보다 질이 떨어지는 형태의 영력을 기반으로 한 것이었다.

다만 그가 연기한 것들의 순서가 정확하게는 떠오르지 않는다. 나는 또한 이러한 시연들을 묘사해가며 여러분을 따분하게 만들지도 않을 것이다. 누구나 알고 있고, 누구나 참여해본 적이 있는 숨은 물건 찾기, 바로 불가해한 경로를 통해 사람의 몸에서 몸으로 전해지는 영력에 의해 어떤 행위들을 의식하지 못한 채 수행하는 일이다. 그럴 때 비밀스러운 힘의 애매하면서도 불확실한, 이해하기 어려운 특성을 조금이나마 알아차리고 긴가민가하며 회의적으로 머리를 흔들지 않은 사람은 없다. 이 비밀스러운 힘은 늘 거짓과 속임수에 뒤섞여 짜증스러워지는 경향이 있지만, 그렇다고 거짓이라고 입증해주지도 않는다. 나는 다만 치폴라 같은 인물이 게임의 진행자이자 주인공일 때는 모든 상황이 더 미심쩍어지는 경향이 강해진다는 말을 하고 싶을 뿐이다. 그는 등을 돌린 채 무대 뒤편에 앉아 담배를 피우고 있었다. 그러는 동안 관람석 한쪽에서는 관람객들이 몰래 약속을 정하고, 사전에 정했던 대로 손에서 손으로 물건을 전한 다음 숨겼다. 그러고 나자 치폴라는 숨긴 곳을 아는 안내자가 이끄는 대로 순순히 몸을 맡기고는, 그에게 사전에 약속한 내용에 집중하라는 지시를 내렸다. 그가 머리를 뒤로 젖히고 한 손을 앞으로 뻗은 채 다른 손으로 그 안내자의 손을 잡고 이리저리 객석을 돌아다니는 전형적인 모습을 보여주었다. 때로는 떠밀리듯 돌진하기도 하고, 때로는 귀 기울이며 멈칫거리기도 하면서 더듬고 나아가고, 헛짚기도 하고, 급히 방향을 고쳐 바로잡기도 했다. 역할이 뒤바뀌면서 조류가 반대 방향으로 흐르는 것 같았고, 재주꾼은 유창하게 계속 말을 내뱉으면서도 그 점을 명확히 지적했다. 자신의 의지와는 상관없이 수행하는 쪽, 공중에 떠도는 무언의 공동 의지를 실행하는 쪽은 이제껏 요구하고 명령해왔던 치폴라였다. 그러나 그는 결과는 동일하다는 점을 강조했다. 그는 자신을 포기하고, 도구로 변하고, 가장 절대적이고 완벽한 의미에서 복종하는 능력은 요구하고 명령하는 또 다른 능력과 동전의 양면을 이룰 뿐이라고 주장했다. 그것은 동일한 능력이라는 것이다. 명령하고 복종하는 것, 그것은 합쳐져서 한 가지가 되는 원리로, 불가분의 통일체가 된다고 했다. 복종할 줄 아는 사람은 명령도 할 줄 알며, 그 반대도 마찬가지로 가능하다는 것이다. 관중과 안내자가 서로에게 속해 있듯이 한쪽의 생각은 다른 쪽의 생각 속에 포함되어 있다고 했다. 그러나 이 연기, 지극히 힘들고 소모적인 이 연기는 아무튼 자신의 할 일이며, 안내자이자 실행자인 자신의 내면에서 의지가 복종이 되고 복종이 의지로 변하는 것이라고 했다. 그 두 가지가 생겨나는 산실의 역할을 해야 하는 자신의 처지가 대단히 괴롭다고 했다. 자신이 지극히 괴롭다는 점을 힘주어 자주 강조한 것은 아마도 자신이 원기를 회복할 필요성과 술잔을 자주 기울이는 것을 변명하기 위해서였을 것이다.

그는 관객들의 감추어진 의지에 이끌리고 떠밀리며 눈 뜬장님처럼 이리저리 더듬고 다녔다. 그는 한 영국인 여자의 구두에서 사람들이 숨겨놓은 보석 박힌 핀을 빼냈고, 그것을 멈칫거리고 떠밀리며 또 다른 여자에게로 가져갔다. 그녀는 안지올리에리 부인이었다. 그리고 그것을 무릎을 꿇고 바치며 미리 정해진, 기억하기가 쉬기는 해도 정확히 발음하기는 쉽지 않은 말을 했다. 왜냐하면 그것은 불어로 하기로 약속되어 있었기 때문이다. "제가 연모하는 표시로 당신께 선물을 하나 드리죠!" 하고 말하기로 되어 있었는데, 우리가 보기에 이 까다로운 조건 속에는 악의가 들어 있는 것 같았다. 거기에는 이 놀라운 일이 성공할 것인지에 관심을 가진 측과 이 거만한 남자가 실패를 했으면 하는 소망을 가진 측 사이의 갈등이 표출되어 있었다. 그러나 치폴라가 안지올리에리 부인 앞에 무릎을 꿇고서 자신이 하기로 되어 있던 말을 시험적으로 해보려고 애쓰는 모습은 매우 괴이했다. "저는 무슨 말인가를 해야 합니다." 그가 이렇게 말을 꺼냈다. "그리고 무슨 말을 해야 할지도 명확히 느낍니다. 그렇지만 동시에 그 말을 하고 나면 틀릴 거라는 느낌도 드는군요. 혹시라도 본의 아니게 저에게 도움을 주게 되는 일이 없도록 조심하세요!" 하고 그는 외쳤다. 그가 바라던 것이 바로 그 도움의 표시가 틀림없었기에, 혹은 그럼에도 불구하고…… "잘 생각하세요!" 그는 단번에 유창하지 못한 불어로 이렇게 외치고 나서 자신이 말하기로 되어 있던 문장을 비록 이탈리아어였지만 급히 내뱉었다. 그러나 마지막 명사는 느닷없이 동족어지만 익숙지 않은 불어로 해버렸다. 그래서 '연모'를 뜻하는 이탈리아어(venerazione) 대신 끝에서 믿을 수 없을 정도로 매끄러운 비음을 넣은 불어(vénération)로 발음한 것이었다. 이것은 부분적인 성공이었지만, 이미 핀을 찾아내고, 바칠 사람에게 다가가 무릎을 꿇는 것을 완수한 다음이라 남김없이 성공을 거두었을 때보다 오히려 더 인상적으로 여겨졌다. 그래서 경탄에 찬 박수갈채가 터져 나왔다.

치폴라는 바닥에서 일어서면서 이마의 땀을 훔쳤다. 여러분은 내가 핀 이야기를 한 것은 그가 했던 시연들 중 한

가지 사례에 지나지 않는다는 점을 알 것이다. 그 일이 특별히 내 기억에 남아 있었기 때문이다. 그러나 그는 기본 형식을 몇 번이나 바꾸었고, 관객들과 접촉하며 곳곳에서 떠오르는 아이디어를 이용해 비슷한 종류의 즉흥 연기들로 시연해나갔기 때문에 상당한 시간이 지났다. 특히 우리 여주인의 용모에서 그는 어떤 영감을 받은 것 같았다. 그녀의 어떤 점에 이끌렸는지 그는 놀랄 만한 예언을 했다. 그는 그녀에게 이렇게 말했다. "부인, 당신에게 특별하고 영예로운 사정이 있다는 것을 저는 놓치지 않습니다. 통찰력이 있는 사람은 당신의 매혹적인 이마 주변에서 광채가 나는 것을 알아봅니다. 제가 이 모든 것을 잘못 본 것이 아니라면, 그 광채는 이전에는 현재보다 더 강했지만, 서서히 흐려져 가고…… 아무 말씀도 마세요! 저에게 도움을 주지 마세요! 당신 옆에 남편께서 앉아 계시는군요, 아닌가요?" 그는 말수가 적은 남편 안지올리에리 씨에게로 몸을 돌렸다. "당신은 이 부인의 남편이시고, 당신의 행복은 더할 나위 없습니다. 그러나 이 행복 속으로 기억들이 떠오르고…… 화려한 기억들이…… 부인, 과거의 일이 당신의 현재의 생활에 중요한 영향을 끼치고 있다는 느낌이 드는군요. 당신은 어떤 왕을 알았고…… 지난 시절 당신의 인생행로에 어떤 왕이 나타난 적이 없나요?"

"그런 적 없어요." 점심때면 우리에게 수프를 떠주는 여주인이 이렇게 속삭였고, 고상하게 화장한 얼굴에서 연갈색 눈동자가 어렴풋이 빛났다.

"그런 적 없다고요? 네, 왕은 아니에요. 저는 말하자면 대충 불명확하게 말한 것뿐이니까요. 왕은 아니고, 영주도 아니고, 그러나 그래도 더 고상한 분야의 영주, 왕이에요. 위대한 예술가였어요, 그분 곁에서 당신이 이전에는…… 당신은 제 말을 부정하려 하지만, 그래도 아주 완전히 부정할 수는 없고, 어느 정도는 인정하실 거예요. 아, 그렇군! 그 사람은 세계적으로 유명하고 위대한 여자 예술가였어요. 당신은 한창 젊은 시절에 그분과 친분이 있었어요. 그리고 그분에 대한 소중한 기억이 당신의 인생 전체를 뒤덮고 아름답게 보이기도 하지요……. 이름이요? 그분의 명성이 오래 전에 이미 조국의 명성과 하나 되어 불멸의 것이 된 마당에 그 이름을 굳이 말해야 할 필요가 있을까요? 엘레오노라 두세였죠." 그는 낮은 목소리로 장엄하게 말을 끝맺었다.

그 아담한 체구의 여자는 마음속으로 완전히 압도당해 고개를 끄덕였다. 쏟아지는 박수갈채는 애국적인 시위나 다름없었다. 객석에 있던 사람들 거의가 안지올리에리 부인의 소중한 과거에 관해 알고 있어서 기사 치폴라의 직관력을 높이 평가했는데, 그 자리에 참석한 엘레오노라 펜션의 손님들이 가장 열렬했다. 다만 그 자신이 그 일에 관해 얼마나 알고 있었는지, 그가 토레에 도착한 후 직업상 처음으로 알아보고 다닐 때 얼마나 많이 알아냈을까 하는 의문이 들었다……. 의심할 만한 이유가 전혀 없었지만 그에게는 비운이 되었던 그 능력…….

이제 휴식시간이 주어졌고, 우리를 호령하던 지배자는 물러갔다. 솔직히 말해 나는 이 대목을 이야기하는 것을 두려워하고 있었다. 처음 시작할 때부터 그랬다. 인간의 생각을 읽는 것은 그리 어렵지 않지만, 이 경우에는 대단히 쉽다. 여러분은 십중팔구 우리가 이 시점에 어째서 끝내 떠나지 않았는지 물어볼 것이다. 그리고 나는 여러분에게 그 대답을 빚으로 남겨두지 않을 수 없다. 나는 그 이유를 알지 못하며, 정말로 해명해줄 수 없기 때문이다. 당시에 시간은 이미 11시가 넘었던 것이 확실했고, 어쩌면 더 늦은 시간이었는지도 모른다. 아이들은 잠들어 있었다. 공연의 마지막은 아이들에게 아주 따분했고, 따라서 졸음을 이기지 못하고 잠이 든 것은 당연한 일이었다. 딸아이는 내 무릎을, 아들 녀석은 엄마의 무릎을 베고 자고 있었다. 그러자 한편으로는 안심이 되었지만, 다른 한편으로는 아이들을 침대로 데려가 뉘어야 한다는 경고 같았다. 다짐하건대 우리는 그 따끔한 경고를 듣고, 진심으로 따르고 싶었다. 우리는 가여운 두 녀석을 깨워서 이제 무슨 일이 있어도 숙소로 돌아가야 할 시간이라고 단호히 말했다. 그러나 아이들은 잠에서 깨자마자 애원하며 버티기 시작했고, 여러분도 알다시피, 공연이 끝나기 전에는 떠나지 않으려는 아이들의 고집은 강제로 데려가지 않는 한 말로는 꺾을 수 없는 노릇이다. 아이들은 불평을 털어놓았다. 마술사를 지켜보는 것은 너무나 신나는 일이고, 앞으로 어떤 공연이 나올지 모르니 적어도 휴식 시간 후에 무엇을 시작하는지 기다려보자는 것이었다. 아이들은 그 사이에 잠깐 자고 싶다면서도 한사코 숙소로, 침대로 돌아가지는 않으려 했다. 이곳의 멋진 밤이 계속되고 있는 동안은!

우리는 아이들의 부탁을 들어주었다. 공연이 다시 시작되는 순간까지 더 기다려보기로 작정했다. 우리가 남아 있었던 이유는 납득하기 힘들고, 그것을 설명하기도 마찬가지로 쉽지 않다. 아이들을 이곳으로 데려오는 실수를 이미 저질러놓고서, 이제 와서 말을 바꾸고 싶었던 것일까?

나는 그것으로는 충분하지 않다고 생각한다. 그러면 우리 자신이 즐기느라 그랬던 것일까? 그렇기도 했고 아니기도 했다. 치폴라 기사에 대한 우리의 심정은 지극히 복잡했다. 착각이 아니라면 그것은 객석 전체의 분위기이기도 했다. 그런데도 자리를 뜨는 사람은 없었다. 이렇게 이상한 방식으로 생활비를 버는 남자가 공연과는 별도로 우리의 결심을 미루게 하는 힘을 발휘했단 말인가? 그렇다면 단순한 호기심 때문이었다고 말해도 무방할 것이다. 사람들은 그렇게 시작된 밤 공연이 어떻게 이어질지 알고 싶어 했고, 게다가 그는 퇴장하면서 예고를 덧붙였는데, 재주를 다 보여준 것이 아니며 더욱 흥미진진한 것을 기대해도 좋다는 것이었다.

그러나 이 모든 것은 우리가 남아 있었던 이유가 아니다, 혹은 이것이 이유의 전부는 아니다. 가장 정확한 이유는 당시에 왜 떠나지 않았는가 하는 질문에 왜 그 전에 미리 토레를 떠나지 않았는가 하는 또 다른 질문으로 대답하는 것이 될 것이다. 내 생각으로는 그것은 동일한 질문이며, 궁지에서 빠져나오려면 거기에 대한 대답은 이미 했다고 간단히 말해버리면 될 것이다. 이곳 관람석의 분위기는 토레의 여느 다른 곳과 똑같이 기묘하고 긴장되었고, 똑같이 불쾌하고 괴롭고 갑갑했다. 사실 그 이상이었다. 이곳 관람석은 우리의 휴가 분위기를 짓누르고 있던 것으로 보이는 온갖 기묘함, 섬뜩함, 긴장감이 모인 집합소였다. 우리가 다시 등장하기를 기다리고 있는 그 남자는 이 모든 것의 화신으로 여겨졌다. 그리고 우리가 이 휴가지를 '떠나지' 않았기 때문에, 공연장을 떠나는 것도 논리에 맞지 않았을 것이다. 여러분이 이것을 우리가 머물러 있었던 이유에 대한 설명으로 받아들이든 말든 상관없다! 나는 도무지 더 합당한 이유를 내세울 수 없으니 말이다.

아무튼 10분간의 휴식시간이 주어졌는데, 그것은 거의 20분으로 늘어났다. 아이들은 계속 깨어 있었고, 우리의 관대한 태도에 감격해서 그 시간을 즐겁게 보낼 수 있었다. 아이들은 다시 서민층 사람들인 안토니오, 귀스카르도, 보트를 빌려주는 남자와 말을 주고받았다. 아이들은 두 손을 입 앞에 둥글게 모으고 우리에게 정확한 발음을 물어 어부들에게 소원을 외쳤다. "내일 고기 많이 잡아요!" "그물 한가득!" 아이들은 '에스퀴지토'의 직원인 건너편의 마리오에게도 소리쳤다. "마리오, 비스킷을 곁들인 초콜릿 주세요!" 그러자 그는 이번에는 알아듣고 미소를 지으며 대답했다. "곧 가져다줄게!" 우리가 그의 약간 멍하면서도 다정하고 우수에 잠긴 미소를 기억 속에 담아둔 데는 그만한 이유가 있었다.

이렇게 휴식시간이 흘러갔고, 종소리가 울리자 잡담을 하느라 흩어져 있던 관객들이 모여들었다. 아이들은 호기심에 차서 의자에서 자세를 바로 잡고 두 손을 무릎 위에 얹었다. 무대는 열려진 채였다. 치폴라가 보란듯이 무대로 들어섰고, 연사답게 즉각 공연의 2부를 소개하기 시작했다.

간략히 요약해서 소개하기로 한다. 이 자의식 강한 불구자는 내가 평생 살아오면서 만난 가장 뛰어난 최면술사였다. 그가 공연의 본질을 알지 못하도록 관객들을 속이고 자신을 숙련된 재주꾼으로 소개한 것은 확실히 이러한 능력을 영리를 목적으로 행사하는 것을 엄단하는 경찰의 규정을 피해가기 위한 것이었을 뿐이다. 이러한 경우에 형식적인 눈가림을 하는 것은 그 나라에서 널리 행해지는 일인지도 모르며, 당국에 의해 묵인되거나 방조되는 것 같았다. 아무튼 이 마술사는 사실상 자신이 보여줄 위력의 실체를 처음부터 거의 감추지 않았고, 이 공연의 2부는 이제 순전히 말로는 계속해서 둘러대고 있었지만 아주 공공연하게 오로지 의지를 박탈하고 강요하는 것을 실제로 보여주는 특별 시연에 맞추어져 있었다. 우습고, 흥분되고, 놀라운 공연은 시간이 오래 걸려 자정까지도 활발하게 진행되었다. 이것을 통해 사람들은 대수롭지 않은 것에서 어마어마한 것에 이르기까지 자연력과 초자연력이 관련된 이 분야가 보여줄 수 있는 모든 현상들을 보았다. 그리고 자신감 넘치는 이 인물의 마법에 완전히 걸려든 것이 분명한 관객들은 그 해괴한 각각의 현상들을 웃고, 고개를 흔들고, 무릎을 치고, 환성을 지르며 지켜보았다. 그렇지만 관객들은, 적어도 내가 보기에는, 치폴라에게 걸려든 개인이든 전체든 할 것 없이 겪게 되는 묘한 굴욕감을 혐오하는 기색도 없지 않았다.

이렇게 성공을 거둔 데는 두 가지 물건이 중요한 역할을 했다. 그것은 원기를 회복시켜주는 술잔과 새 발톱 모양의 손잡이가 달린 말채찍이었다. 술잔은 마력을 솟구치게 하는 데 끊임없이 동원되어야 했다. 그러지 않고서는 곧 탈진할 것처럼 보였기 때문이다. 그리고 지배력의 모욕적인 상징물인 말채찍이 없었더라면 그런 모습은 인간적으로 그 남자를 염려하는 분위기로 이어졌을 것이다. 그는 불손하게도 소리를 내며 허공을 가르는 채찍으로 우리들 모두를 움츠러들게 만들었고, 그 채찍의 위력이 가볍게 느껴지지는 않았다. 그것이 없으면 안 되었을까? 그는 우리의 공감까지 얻어내야 했을까? 그는 모든 것을 원했을까? 이런 욕심을 짐작케 하는 그의 말이 나의 뇌리에 남아 있었다. 그는 최면술이 절정에 이르렀을 때 이 말을 했다. 당시에 그는 자신이 마음대로 다룰 수 있고 이미 이 채찍의 영향력에 굴복한 대상으로 입증된 한 젊은 남자를 쓰다듬고 입김을 불어넣어 몸을 완전히 뻣뻣하게 만들어놓았다. 치폴라가 깊은 수면에 빠진 그 남자의 얼굴과 발을 두 의자의 등받이에 올려놓고는, 그 위로 올라앉아도 내려앉지 않을 정도로 남자의 몸은 딱딱해져 있었다. 뻣뻣하게 굳은 몸 위에 웅크리고 있는 프록코트 차림의 이 잔혹한 기사의 모습은 믿을 수 없었고 소름이 끼쳤다. 이런 기교를 동원한 오락의 희생양이 된 그 남자가 정말로 괴로울 것이라고 판단한 관객들은 동정을 보냈다. "불쌍한 사람!" "불쌍한 친구!" 하고 선량한 목소리가 터져 나왔다. "불쌍한 사람이라니!" 치폴라가 화를 내며 비웃었다. "엉뚱한 사람한테 왜 그러시오, 여러분! 불쌍한 희생자는 나란 말이오! 이 모든 고통을 참고 있는 건 나란 말이오." 사람들은 그 설교를 묵묵히 들었다. 그래, 이 오락의 대가를 치르는 것은 그 자신일 수도 있어. 그리고 그가 말한 것처럼 그 젊은이가 가련하게 찌푸린 표정으로 보여주고 있는 육체적 고통도 자신이 감수하고 있는지도 몰라. 그러나 겉으로는 그렇게 보이지 않았고, 남에게 굴욕을 주느라 고통을 감수하는 사람에게 불쌍하다고 말하고 싶지 않는 법이다.

나는 순서는 완전히 무시하고 이야기를 앞질러 해버렸다. 내 머리는 아직까지도 그 기사의 인내력 묘기에 관한 기억으로 가득하다. 그렇지만 이제는 그것을 제대로 정리할 수 없을 뿐 아니라, 정리가 그리 중요한 것도 아니다. 그러나 가장 많은 갈채를 받은 대단하고 치밀한 행동이 사소하게 지나쳐버린 어떤 행동보다 더 깊은 인상을 심어준 건 아니라는 사실은 기억하고 있다. 방금 전에 그가 깔고 앉아 있었다는 그 젊은이 사건은 단지 그 일과 관련하여 비판을 하다 보니 내 머리에 순간적으로 떠올랐던 것뿐이다……. 그러나 한 중년 부인이 밀짚 쿠션 의자에 앉아 잠든 채 치폴라에 의해 인도 여행을 하는 환각에 빠져들어 최면 상태에서도 육로와 해로를 통한 모험을 매우 생생하게 알려주었던 일은 나의 관심을 별로 끌지 못했다. 오히려 휴식 시간 직후에 키가 크고 덩치가 좋은, 군인으로 보이는 어떤 신사가 팔을 들어 올리지 못했던 일이 더 신기했다. 그 곱사등이는 그 남자에게 단지 팔을 더 이상 쓸 수 없을 것이라고 예고하면서 말채찍을 허공으로 한 번 휘둘러 소리를 냈을 뿐이었다. 나는 아직도 빼앗긴 몸의 자유를 되찾으려고 애쓰면서 미소를 지은 채 이를 앙다물던 그 콧수염을 기르고 당당했던 대령의 얼굴이 눈앞에 선하다. 얼마나 황당한 일이었던가! 그는 의지는 있었지만 행동이 따라주지 않는 것처럼 보였다. 그러나 어쩌면 의지를 발동시킬 수 없었을 뿐이었는지도 모른다. 그리고 이 경우에는 의지가 도로 안으로 들어가 버려 자유가 마비되는 결과가 벌어진 것이다. 우리의 조련사가 그 전에 이미 로마의 신사에게 비웃으며 예고했던 결과와 다름없었다.

안지올리에리 부인이 등장하는 장면도 그 감동적이고도 허황된 희극적 요인들 때문에 거의 잊히지 않고 생생하게 남아 있다. 기사 치폴라는 처음에 뻔뻔하게 관객들을 둘러보았을 때 이미 그녀가 자신의 감응력에 영적으로 저항하지 못할 거라는 사실을 알아낸 것 같았다. 그는 순전히 마법을 걸어 그녀를 말 그대로 자리에서 일으켜세워 줄 밖으로 끌어내 데리고 갔던 것이다. 그러면서 그는 자신이 더 위력적으로 보이도록 남편인 안지올리에리 씨에게 부인의 이름을 부르도록 시켰다. 그것은 마치 남편의 존재와 권위라는 무게로 균형을 이루고, 남편의 목소리를 이용해 부인의 마음속에서 그 사악한 마법에 맞서 그녀의 지조를 지켜 줄 수 있을 것 같았다. 그러나 얼마나 부질없는 짓이었던 가! 그들 부부에게서 약간 떨어져 있던 치폴라는 채찍을 한 번 휘둘러 우리의 여주인이 심하게 겁을 먹고 자신에게 얼굴을 돌리도록 하는 효과를 일으켰다. 안지올리에리 씨 는 이 대목에서 벌써 "소프로니아!" 하고 외쳤는데 (우리는 안지올리에리 부인의 이름이 소프로니아인 줄은 전혀 몰랐다), 그가 외치기 시작한 것은 당연한 일이었다. 왜냐하면 누가 봐도 지체하면 위험하다는 판단이 들었기 때문이다. 부인 의 얼굴은 그 무시무시한 기사를 향해 꼼짝도 않고 있었던 것이다. 치폴라는 이제 채찍은 팔목에 걸어둔 채 그 희생 의 제물을 향해 길고 누런 열 손가락을 모두 이용해 부르 고 끌어당기는 동작을 취하면서 한 걸음씩 뒤로 물러서기 시작했다. 그러자 안지올리에리 부인은 창백한 얼굴을 희 미하게 빛내며 자리에서 일어나 몸을 완전히 마술사 쪽으 로 돌리고 그를 따라 미끄러지듯 움직이기 시작했다. 그것 은 소름끼치고 불길한 광경이었다! 그녀는 몽유병자 같은 표정에다 두 팔은 뻣뻣하고, 아름다운 두 손은 팔목에서부 터 약간 치켜올리고, 마치 발이 묶인 것처럼 서서히 자신 의 의자에서 미끄러져 나와 유혹자 쪽으로 끌려가는 것처럼 보였다……. "이봐요, 불러요, 이름을 부르라니까요!"
하고 그 끔찍한 남자가 재촉했다. 그러자 안지올리에리 씨
는 나지막한 목소리로 불렀다. "소프로니아!" 아, 그는 여
러 번 더 그렇게 불렀고, 부인이 점점 자신에게서 멀어져
가자 한 손은 오므려 입에 대고 이름을 부르면서 다른 손
은 흔들었다. 그러나 사랑과 의무에서 나온 그 가련한 목
소리는 마법에 홀린 그녀의 등 뒤에서 흩어져버렸다. 안지
올리에리 부인은 몽유병에 걸린 것처럼, 정신이 홀리고 귀

가 먹어, 흐느적거리며 가운데 통로로 나오더니 그곳을 지나 손가락을 움직이고 있는 곱사등이를 향해 출구 쪽으로 갔다. 만약 그녀를 지배하는 주인이 원한다면, 그를 따라 그렇게 이 세상 끝까지 갔을 것이라는 느낌이 확실하고 완벽하게 들었다.

"큰일 나겠어요!" 안지올리에리 씨가 정말로 깜짝 놀라 이렇게 외치며 자리에서 벌떡 일어섰을 때 그녀는 이미 출입문에 도달해 있었다. 그러나 바로 그 순간 기사 치폴라

는 말하자면 승리의 왕관을 단념하고 최면을 중단시켰다.
"됐어요, 부인, 감사합니다!" 이 말을 하며 그는 몽롱한 상
태에서 다시 제정신으로 돌아오고 있는 여자에게 배우처
럼 기사다운 태도를 보이며 팔을 내밀었고, 그녀를 부축해
서 안지올리에리 씨에게 다시 데려다주었다. "신사분" 하
고 그는 남편에게 인사를 했다. "부인을 모시고 왔습니다!
경의의 인사와 함께 부인을 당신 손에 고이 돌려드립니다.
남자답게 온 힘을 기울여 이 소중한 분을 지켜주십시오.
그리고 이렇게 이성과 미덕보다 강한 힘을 가진 사람을 포
기하는 일은 있을 수 없다는 것을 알고 한시라도 방심하지
마시기 바랍니다!"

불쌍한 안지올리에리 씨는 말이 없고 초라했다! 그는 자
신의 행복을 지켜낼 수 있을 것처럼 보이지 않았다. 여기
서 깜짝 놀라게 해준 것도 모자라 비웃음까지 보태준 것보
다 덜 사악한 세력에 맞선다 하더라도 말이다. 기사는 자
신의 달변 덕분으로 갑절이나 세찬 박수갈채를 받으며 엄
숙하고 거만하게 무대로 돌아왔다. 특히 이 승리를 통해,
내가 착각하는 것이 아니라면, 그의 권위는 관객들을 춤도
추게 할 수 있을 정도로 높아졌다. 그리고 실제로 춤을 추
게 했다. 이것은 정확히 말 그대로 받아들여져야 한다. 그

리고 춤은 어느 정도 방탕한 분위기를 만들었고, 한밤중의 기분을 뒤죽박죽으로 만들었고, 그 언짢은 남자의 마력에 대해 가지고 있던 비판적인 거부감을 사르르 녹여버렸다. 물론 그는 지배권을 장악하기 위해 가혹하게 싸워야 했었다. 더구나 그 로마의 젊은 신사의 적대감에 맞서야 했다. 그 신사의 반항 정신은 모두에게 이 지배권을 위태롭게 만들 본보기가 되기 직전이었다. 그러나 기사는 바로 이 본보기의 중요성을 잘 알고 있었고, 영악하게도 가장 효과가 좋은 공격 지점을 골랐다. 그래서 앞서 몸을 나무토막처럼 뻣뻣하게 만들어놓은 적이 있는 나약한 젊은이에게 가볍게 최면을 걸었고, 광란의 춤판을 벌이기 시작했던 것이다. 젊은이는 주인이 눈길만 주어도 즉각 벼락을 맞은 것처럼 놀라 상체를 뒤로 젖히고 두 손은 바지 재봉선에 갖다 붙인 자세를 취해서 마치 군인 같은 몽유병자로 변하곤 했다. 그래서 주어지는 일이라면 아무리 터무니없는 짓이라도 서슴없이 할 각오가 되어 있다는 사실을 단번에 알 수 있을 정도였다. 젊은이도 이 복종 상태에서 기분이 아주 편한 것 같았고, 자신의 보잘것없는 자율성을 기꺼이 내던질 것처럼 보였다. 왜냐하면 그는 계속해서 시연 대상이 되겠다고 나섰고, 순식간에 넋이 나가 의지를 상실하는 모범 사례를 보여주는 것을 명예롭게 여기는 것이 확실했다. 지금도 그는 무대 위로 올라갔고, 기사는 그에게 스텝을 맞추어 춤을 추도록 시키기 위해서는 채찍을 한 번 허공으로 휘두르기만 하면 되었다. 춤을 춘다는 것은 말하자면 일종의 기분 좋은 도취 상태에서 눈을 감고 고개를 흔들면서 빈약한 사지를 사방으로 흔드는 것이었다.

그것은 즐거운 것이 분명해 보였고, 그래서 그는 얼마 지나지 않아 지원자 두 사람을 더 얻게 되었다. 한 사람은 허름하고 한 사람은 부유한 차림의 젊은이들로 그의 양쪽에 서서 '스텝' 춤을 완벽하게 맞추어 추었다. 그런데 이런 상황에서 그 로마 출신의 젊은이가 나서더니 기사에게 본인이 원하지 않더라도 춤을 추게 만들 수 있는지 당돌하게 물었다.

"당신이 원하지 않더라도!" 하고 치폴라가 내 기억에도 생생한 어조로 대답했다. 나는 이 소름끼치는 "당신이 원하지 않더라도!"라는 말이 아직도 귀에 또렷하게 들린다. 이렇게 해서 싸움이 시작된 것이다. 치폴라는 술을 한 잔 마시고 담배에 새로 불을 붙인 후에 그 로마의 젊은이를 가운데 통로 한 곳에 세우고 얼굴은 출구 쪽으로 향하게 해놓았다. 자신은 그 뒤편 약간 떨어진 곳에 자리를 잡고 채찍을 휘둘러 소리를 내며 명령했다. "춤을 춰!" 상대는 꿈쩍도 하지 않았다. "춤을 추라고!" 기사는 다시 한 번 단호히 말하며 채찍을 살짝 휘둘렀다. 그 젊은 남자가 옷깃 속의 목을 움츠리는 것과 동시에 한쪽 손이 팔목 부근에서 살짝 치켜 올려지고 한쪽 발꿈치가 밖으로 향하는 모습이 보였다. 그러나 움찔거릴 듯 말 듯, 때로는 강해지다가 때로는 다시 잠잠해져버리는 그런 징후가 오래 계속되었다. 여기서 미리부터 저항하기로 한 그의 결심, 영웅처럼 완강한 태도가 제압되리라는 것은 불을 보듯 뻔했다. 이 순진한 남자는 인류의 명예를 구해내겠다는 듯이 약간씩 움찔거릴지언정 춤은 추지 않았다. 그런데 이 시연이 너무나 오래 시간을 끌게 되자 기사는 자신의 집중력을 분산시키지 않을 수 없었다. 가끔씩 그는 무대에서 흐느적거리고 있는 사람들에게로 몸을 돌려 규율을 잡기 위해 그쪽으로 채찍을 휘둘러 소리를 보냈다. 그러면서도 그는 얼굴을 옆으로 돌리고 관객들에게 저토록 신이 난 녀석들이 아무리 오래 춤을 추어도 나중에 전혀 피곤함을 느끼지 못할 것이라고 알려주는 것도 잊지 않았다. 춤을 추고 있는 사람은 그들이 아니라 자신이기 때문이라는 것이다. 그러고 나서 그는 다시 자신의 지배권에 맞서는 굳은 의지력을 집요하게 공격하기 위해 시선을 그 로마 젊은이의 목덜미에 고정시켰다.

이 꿋꿋한 의지는 치폴라의 계속되는 채찍 휘두르기와 끊이지 않는 명령으로 흔들리는 모습을 보였다. 사람들은 그것을 감정에 치우치지 않고 지켜보려 했지만, 어쩔 수 없이 애정 어린 공감, 동정심, 잔인한 만족감 같은 감정들이 섞이고 있었다. 내가 사태의 추이를 제대로 파악했다면, 이 젊은이는 소극적인 태도에 사로잡혀서 싸우고 있었다. 아마 인간은 하지 않으려는 의지로는 정신 활동을 할 수 없을 것이다. 어떤 것을 하지 않으려는 의지는 결국에는 지속될 수 있는 활동의 실체가 아니기 때문이다. 어떤 것을 하지 않으려는 의지와 의지를 전혀 갖지 않는 것, 즉 그냥 남들이 시키는 대로 하는 것 사이의 간극은 어쩌면 너무나 좁아서 자유라는 개념은 그 사이에 끼어 궁지에 내몰리지 않을 수 없을 것이다. 그리고 그 기사가 채찍을 휘두르고 명령을 하면서 사이사이에 설득의 말도 했다. 자신의 비결인 암시 효과에 갈피를 잡지 못하게 만드는 심리전까지 섞은 것이다. "춤을 추라고!" 그가 말했다. "무엇 때문에 자기 자신을 괴롭힌단 말인가? 자네는 그것을 자유라고 부르나, 자기 자신에게 이렇게 폭력을 가하는 것을?

춤을 한번 춰보라고! 구석구석 좀이 쑤실 거야. 팔다리가 마음대로 움직이도록 놔둔다면 얼마나 좋겠는가! 그래, 벌써 춤을 추고 있군! 이건 더 이상 싸움이 아니야, 즐기는 거라고!" 과연 그의 말대로 반항적인 젊은이는 몸을 움찔거리고 실룩거리기 시작했다. 젊은이는 팔과 무릎을 들어 올렸고, 온몸의 관절이 단번에 느슨해졌다. 사지를 흔들면서 춤을 추었다. 그래서 기사는 관객들이 박수를 치는 동안 그를 무대 위로 데려가 다른 꼭두각시들과 나란히 세워두었다. 이제 그 패배자의 얼굴이 보였는데, 그의 얼굴은 무대 위에서 모두에게 드러났다. 그는 눈을 반쯤 감은 채 '즐거워하며' 볼썽사납게 히죽거리고 있었다. 그가 처음에 자긍심을 내세웠을 때보다 지금이 분명 기분이 좋아 보여 어떤 면에서는 위안이 되긴 했지만…….

그 로마의 젊은이의 '추락'은 획기적인 전환점이 되었다고 해도 좋을 것이다. 그 일로 서먹한 분위기는 완전히 걷혔고, 치폴라의 승리는 절정에 달했다. 새 발톱 모양의 손잡이가 달린 가죽 채찍은 키르케[6]의 지팡이처럼 허공을

---

6) 호머의 〈오디세이〉에 나오는 마녀로 마법 지팡이를 휘둘러 상대를 돼지로 둔갑시킨다.

마구 가르며 소리를 냈다. 내 기억으로 자정을 훨씬 넘은 것이 틀림없는 그 시점에 비좁은 무대에서는 여덟인가 열 명인가가 춤을 추고 있었고, 객석에서까지 온갖 활기찬 움직임을 보였다. 그리고 코안경을 걸치고 이가 길게 나온 한 영국계 여자는 주인이 전혀 시키지도 않았는데도 앉아 있던 줄에서 빠져나와 가운데 통로에서 타란텔라[7]를 선보였다. 그러는 사이 치폴라는 무대 왼쪽의 밀짚 쿠션 의자에 늘어진 자세로 앉아 담배연기를 안으로 빨아들였다가 보기 흉한 이 사이로 거만하게 내뿜었다. 그는 발을 까딱거리거나 가끔 어깨를 들썩이며 웃기도 하면서 객석의 흐트러진 모습을 쳐다보았고, 이따금씩 몸을 돌려 흥을 잃어가는 사람을 향해 채찍을 휘둘러 소리를 보냈다. 이 시간에 아이들은 깨어 있었다. 나는 이 말을 하며 부끄러움을 느낀다. 우리가 그 자리에 있었던 것은 좋지 않은 일이었고 아이들은 더 말할 필요조차 없었다. 그리고 우리가 아이들을 그때까지도 데리고 나가지 않았던 것은 모든 사람들이 별반 신경 쓰지 않는 분위기에 어느 정도 감염되어 있었기 때문이라고 할 수밖에 없다. 그토록 밤늦은 시간에

---

7) 남부 이탈리아 지방의 템포가 빠른 춤

그런 분위기에 젖어 있었던 것이다. 이런 상황에서는 모든 것이 어떻게 되든 상관없었다. 그런데 다행히도 아이들은 이날 밤 공연의 꼴사나운 면은 알아차리지 못했다. 아이들은 순진하게도 매번 새롭게 마술사의 밤 공연이라는 이 대단한 구경거리를 이례적으로 볼 수 있게 허락해준 것에 들떠 있었다. 아이들은 우리의 무릎 위에서 15분 간격으로 되풀이해서 잠을 잤기 때문에, 이제 뺨이 달아오르고 멍한 눈으로 이 밤의 주인 치폴라가 깡충거리게 만들어놓은 사람들을 보며 진심으로 웃어젖혔다. 아이들은 그토록 즐거우리라고는 미처 생각하지 못했기에 박수가 터져 나올 때마다 작은 손으로 서투르게 따라 하며 기쁘게 동참했다. 아이들은 친하게 지내던 마리오, '에스퀴지토'에서 일하는 그 마리오에게 치폴라가 손짓을 하자 좋아서 어쩔 줄 몰라 하며 아이들이 다들 그렇듯이 의자에서 폴짝폴짝 뛰었다. 그는 전형적인 모습 그대로 마리오에게 손짓을 했다. 그는 손을 코앞에 갖다 대고 둘째손가락을 번갈아가며 길게 폈다 갈고리 모양으로 오므렸다 했다. 마리오는 거기에 따랐다. 나는 마리오가 계단을 따라 그 기사에게로 올라가던 모습이 아직도 생생하다. 그때 치폴라는 둘째손가락으로 그 괴상하고 전형적인 방식으로 계속 손짓을 하고 있었

95

다. 한순간 그 젊은 남자가 망설였던 것도 나는 정확히 기억하고 있다. 그는 그날 밤 내내 팔짱을 끼거나 두 손을 윗도리 주머니에 찔러 넣고서 전사 머리 모양을 한 그 젊은 친구도 우리 왼편의 옆쪽 통로 나무 기둥에 기대어 있었다. 우리가 본 바로는, 마리오는 공연을 주의 깊게 지켜보았지만 그리 흥겨워하지는 않았고, 얼마나 이해했는지도 알 수 없는 일이었다. 맨 마지막에 공연을 위해 불려 올라가서야 그의 기분이 좋지 않았던 것이 확실해 보였다. 그렇다 해도 그가 손짓에 응한 것은 이해하고도 남음이 있었다. 직업 때문에라도 그랬을 것이다. 그 외에도 그처럼 평범한 젊은이가 이 시간에 그토록 대단한 성공을 거두고 있는 치폴라 같은 남자의 손짓에 따르지 않는다는 것은 정신적으로 불가능했을 것이다. 좋든 싫든 그는 자신이 기대고 있던 기둥에서 몸을 떼고 뒤돌아보며 무대로 이어지는 길을 열어주는 앞 사람들에게 고마움을 표시하고 올라갔는데, 그의 위로 젖혀진 입술 주위로 어딘가 불안해하는 미소가 감돌았다.

여러분은 마리오를 땅딸막한 체격의 20세 청년으로 그려보면 될 것이다. 머리는 짧게 깎고, 이마는 납작하고, 두 눈 위에는 눈꺼풀이 늘어져 있는데, 눈동자는 녹색과 노란

색이 혼합된 불확실한 회색이었다. 내가 이런 것들을 정확히 알고 있는 이유는 우리가 그와 자주 얘기를 나누었기 때문이다. 콧마루에 주근깨가 난 납작한 코가 있는 얼굴 윗부분은 두툼한 입술이 넓게 자리 잡은 아랫부분에 비해 쑥 들어가 있었다. 말을 할 때는 입술 사이로 촉촉하게 번들거리는 이들이 드러나 보였다. 그리고 이 두툼한 입술은 눈이 눈꺼풀에 가려진 것과 더불어 그의 인상에 원초적인 우울감을 더해주었다. 이것이 바로 우리가 처음부터 마리오에게 약간 호감을 가진 이유였다. 얼굴 표정은 결코 사나워 보이지 않았다. 손이 보기 드물게 가늘고 섬세한 것만으로도 알 수 있다. 그런 손은 남국인들 사이에서 고상해 보인다며 주목받고, 그런 손으로 시중을 들어주는 것도 좋아했다.

이런 구분이 가능한지 몰라도, 우리는 그를 개인적으로는 잘 알지 못했지만 인간적으로는 알고 있었다. 우리는 그를 거의 매일 보았고, 그의 꿈꾸는 듯한 태도에 관심이 갔다. 그는 넋을 놓고 생각에 몰두해 있다가 급히 태도를 바꿔 손님 시중을 드는 열의를 보이곤 했다. 그는 엄숙한 태도를 지키다가, 아이들을 상대할 때나 웃음을 보였을 뿐이다. 그는 무뚝뚝하지는 않았지만 아부하지도 않았고, 의

도적으로 싹싹하게 대하지도 않았다. 오히려 그의 태도는 상냥함을 포기했고, 호감을 얻겠다는 기대를 아예 접은 것이 확실해 보였다. 어떤 식이 되었든, 그런 그의 모습은 우리의 기억 속에 남아 있었을 것이다. 그것은 우리의 여행에서 여러 굵직한 추억들보다 더 쉽게 기억되는 자질구레한 추억들 중 하나였기 때문이다. 그러나 그의 집안 사정에 관해서는 아버지가 관청의 말단 서기이며, 어머니는 세탁부라는 사실 외에는 아는 것이 없었다.

그는 근무할 때 입는 흰색 재킷이 지금 입고 무대로 올라가고 있는 줄무늬의 얇은 천으로 만든 색깔이 바랜 양복보다 더 잘 어울렸다. 그의 양복은 목둘레에 옷깃이 달리지 않았고 대신 불꽃 무늬의 비단 스카프를 둘렀는데, 그 끝자락이 단추로 채워진 재킷 안쪽으로 들어가 있었다. 그는 기사에게 가까이 다가갔지만, 기사는 손가락을 코앞에 대고 오므렸다 폈다 하는 동작을 그치지 않았다. 그래서 마리오는 더욱 가까이 그 폭군의 다리 옆으로, 의자에 닿을 정도로 바짝 다가가야 했다. 그러자 치폴라는 의자에 앉은 채 팔을 뻗어 그를 붙들더니 우리에게 얼굴이 보이도록 돌려세웠다. 치폴라는 마리오를 머리에서 발끝까지 무관심하게, 위압적으로, 얼근히 취해 훑어보았다.

"어떤가, 이 친구야?" 그가 말했다. "우리가 이 늦은 시각에 만나게 되다니? 그렇지만 난 한참 전부터 자네를 알고 있었지, 믿어도 좋아……. 정말이야, 난 자넬 아까부터 쭉 지켜보고 있었고, 자네의 뛰어난 자질을 알아봤지. 내가 어떻게 자넬 잊을 수 있었겠나? 알다시피 이토록 일이 바쁘다 보니…… 이름이 뭔지 말해줄 텐가? 성은 말고 이름만 알고 싶어."

"마리오라고 합니다." 젊은 남자는 낮은 목소리로 대답했다.

"아, 마리오라, 아주 좋아. 그래, 그런 이름도 있지. 흔한 이름이야. 우리 조국의 영웅 전승담에 생생히 간직되어온 고대의 이름들 중 하나지. 브라보. 반가워!" 이 말을 하며 그는 로마식 인사를 하기 위해 손바닥을 펴고 팔을 구부정한 어깨에서부터 비스듬히 위로 뻗었다. 그가 조금이라도 취해 있었다면 그 정도는 놀랄 일은 아니었을 것이다. 그러나 그는 아주 분명한 억양으로 유창하게 말했다. 비록 이 시각에는 그의 모든 거동과 말투에까지도 약간 따분하고 폭군적인 분위기, 거칠고 오만한 기색이 드러나 있었지만 말이다.

"그건 그렇고, 마리오" 하고 그가 말을 계속했다. "자네가 오늘 공연에 참석해줘서 기뻐. 게다가 그토록 멋진 스카프까지 하고 오다니. 자네 얼굴에 아주 딱 어울리는군. 그리고 아가씨들에게도 호감을 얻겠는걸. 토레 디 베네레의 매혹적인 아가씨들……."

마리오가 서 있었던 입석 자리 부근에서부터 웃음소리가 울려나왔다. 그 웃음소리의 주인은 전사 머리 모양을 한 그 젊은 친구였다. 그는 윗도리를 어깨에 걸친 채 그곳에 서서 "하하!" 하고 아주 거칠고 모욕적으로 웃었다.

마리오는 어깨를 으쓱했다, 내 생각으로는. 아무튼 그는 몸을 움찔했다. 어쩌면 그것은 실제로 놀라 움츠러든 것일 수도 있고, 어쩌면 스카프도 예쁜 아가씨들도 자신에게는 중요하지 않다는 사실을 알려주려는 움직임이었는지 모른다.

기사가 흘깃 아래를 내려다보았다.

"저기 저 녀석에게는 신경 쓰지 않아도 돼. 질투를 하고 있군. 어쩌면 자네의 스카프가 아가씨들에게 점수를 딸까봐 질투하는 것일 수도 있고, 우리가 무대에서 이토록 다정하게 대화를 나누고 있기 때문일 수도 있겠지, 자네와 내가 말이야……. 그가 원한다면 복통을 다시 떠올리게 해주지. 그건 나에게는 아무것도 아니야. 말해보게, 마리오.

자네가 오늘 밤에 즐기러 나왔다면⋯⋯. 그렇다면 낮에는 철물점에서 점원으로 일하는 건가?"

"카페에서 일하죠." 젊은이가 그의 말을 고쳐주었다.

"그게 아니라 카페에서! 그렇다면 이 치폴라가 잘못 짚은 셈이군. 자넨 웨이터, 술집 종업원, 가니메데스[8]로군. 그 정도면 괜찮아, 고대의 기억이 또 하나 떠오르는군. 냅킨 대령이오!" 이 말을 하면서 기사는 또 다시 팔을 쭉 뻗으며 인사를 해서 관객들을 즐겁게 해주었다.

마리오도 미소를 지었다. "그러나 그 전에" 하고 그가 정확히 표현하기 위해 덧붙여 말했다. "저는 포르토클레멘테의 어떤 가게에서 한동안 일한 적은 있어요." 그가 한 말에는 올바로 알아맞히도록 예언 능력을 도와주려는 인간적인 소망 같은 것이 들어 있었다.

"그럼, 그렇지! 철물을 파는 가게겠지!"

"그곳에서 빗과 솔을 팔기는 했어요" 하고 마리오가 얼버무리며 말했다.

"자네가 늘 가니메데스는 아니었다고, 늘 냅킨을 가져다

---

8) 독일식 이름 가니메트는 제우스의 총아로서 여러 신에게 술을 따라준 미소년의 이름이다.

주지는 않았다고 내가 말하지 않았던가? 이 치폴라가 잘못 짚는다 해도 신뢰감이 생기도록 하는 법이지. 말해봐, 자네는 나를 신뢰하나?"

불분명한 동작이 나왔다.

"어중간한 대답이군" 하고 기사가 자신의 의견을 말했다. "누구라도 자네의 신뢰를 얻기는 힘들겠어. 나 역시도 쉽지 않겠는걸. 자네의 얼굴에서 과묵함, 비애의 기색이 드러나는군. 우수에 싸여 있다고나 할까……. 말해보게……." 그는 이 말을 하며 마리오의 손을 힘주어 잡았다. "근심이 있나?"

"전혀 아닙니다요!" 하고 마리오가 재빨리 단호하게 대답했다.

"자네는 근심이 있어." 사기꾼은 그의 단호한 대답을 권위로 깔아뭉개며 자기주장을 굽히지 않았다. "내가 그걸 모를 줄 알고? 설마 이 치폴라를 속이려는 건 아니겠지? 당연히 그것은 아가씨 문제야. 아가씨 때문이라고. 자네는 사랑의 근심이 있어."

마리오는 세차게 머리를 흔들었다. 바로 그때 우리 옆에서 다시 그 젊은 친구의 거친 웃음소리가 울려왔다. 기사는 귀 기울여 들었다. 그의 시선은 허공 어딘가를 맴돌았지만, 웃음소리에 귀를 기울이고 있었다. 그러더니 이미 마리오와 대화를 하면서 한두 번 그랬던 것처럼 열기가 식지 않도록 등 뒤쪽의 꼭두각시들을 향해 말채찍을 휘둘러 소리를 냈다. 그러나 그 일로 상대하고 있던 마리오가 하마터면 손아귀에서 빠져나갈 뻔했다. 왜냐하면 마리오가 갑자기 놀란 기색을 보이며 몸을 돌려 계단 쪽으로 향했기 때문이다. 치폴라의 눈언저리가 붉어졌다. 그는 젊은이를 겨우 붙들었다.

"멈춰!" 하고 그가 말했다. "괜찮아. 가니메데스, 자네는 가장 멋진 순간에, 아니지 가장 멋진 순간을 코앞에 두고 달아나려는 건가? 여기 남아 있으면 내가 멋진 이야기를 들려줄 텐데. 자네가 괜한 걱정을 하고 있다는 걸 확신시켜주지. 약속해. 자네도 알고 다른 사람들도 알고 있는 그 아가씨, 이름이 뭐였더라? 잠깐! 내가 자네 눈을 들여다보고 그 이름을 알아내지, 그 이름이 혀끝에서 맴도는데, 자네도 그 이름을 말하기 직전인 것으로 보이고……."

"실베스트라!" 하고 그 젊은 친구가 아래서 외쳤다.

기사는 인상을 찌푸리지 않았다.

"주제넘은 녀석들도 있지 않겠어?" 그는 그쪽을 돌아보지도 않은 채 마치 마리오와 평온하게 대화를 나누고 있는

도중인 것처럼 이렇게 물었다. "시도 때도 없이 울어대는
주제넘은 수탉들도 있지 않겠어? 그 작자가 자네와 나, 우
리 두 사람이 말하려는 이름을 가로채놓고서, 허황되게도
그 이름에 대해 특별한 권리까지 있다고 믿는 모양이군.
그 녀석은 내버려두자고! 그러나 그 실베스트라, 자네가
사랑하는 실베스트라 말이야. 그래, 어때, 아주 멋진 여자
겠지, 응?! 정말 사랑스런 여자일 거야! 그녀가 걸어가고,
숨쉬고, 웃는 모습을 보면 심장이 멈춰버릴 것처럼 매력적
이지. 그리고 그녀가 세수를 하면서 머리를 목덜미 쪽으로
젖히고 머리카락을 이마에서 흔들어 넘길 때 드러나는 그
녀의 오동통한 팔! 천국에서 온 천사 같겠지!"

마리오는 머리를 앞으로 내밀며 그를 멍하니 쳐다보았
다. 그는 자신의 처지와 관객들을 잊어버린 것 같았다. 그
의 눈언저리의 붉은 반점들은 더욱 커져서 일부러 그려 넣
은 듯한 인상을 주었다. 나는 마리오의 그런 모습을 본 적
이 거의 없었다. 그의 두툼한 입술은 벌어져 있었다.

"그런데 그 천사가 자네에게 근심을 끼친다는 거로군"
하고 치폴라가 말을 이었다. "아니면 자네가 그녀 때문에
근심을 하고 있거나……. 이보게, 그건 차이가 있어, 중대
한 차이지! 정말이야! 사랑을 하다 보면 오해가 생기기 마

련이지. 그 어떤 일보다 이런 일에서 오해가 많이 생긴다고 할 수 있지. 자네는 이 치폴라가, 사소한 신체의 결함까지 있는 치폴라가 사랑에 관해 뭘 알겠냐고 여기겠지? 틀렸어, 이 치폴라는 아주 많은 것을 알고 있어, 사랑에 관해서는 다방면으로 아주 철저하게 정통해 있다고. 사랑 문제에 있어서는 내 말에 귀 기울여보는 게 좋아! 그러나 치폴라는 내버려두고, 그는 절대 끌어들이지 말고, 실베스트라에 관해서만, 자네의 실베스트라에 관해서만 생각하자고! 뭐? 그녀가 어떤 고약한 녀석을 자네보다 더 좋아해서, 그 자는 웃고 자네는 울어야 할 처지라고? 이토록 다정하고 호감 가는 청년보다 더 좋아하는 사람이 있다고? 그럴 가능성은 없어. 불가능하다고. 우리가 사정을 더 잘 알지, 이 치폴라와 그녀 말이야. 만약 내가 그녀의 입장이라면 그런 검둥이 같은 녀석, 그런 소금에 절인 생선이나 바다생물 같은 녀석과—지체 높은 사람들 사이로 돌아다니며 낯선 손님에게 능숙하게 마실 것을 날라다주고 자신을 진정으로 열렬히 사랑하는 냅킨의 기사, 나의 소중한 마리오 사이에서 선택을 해야 한다면, 그 결정은 부담 되지 않아요. 제가 누구에게 마음을 주어야 할지, 제가 오래 전에 이미 얼굴을 붉히며 마음을 주었던 단 한 사람이 누구인지는 잘 알고 있어요. 저의 선택을 받은 자여, 이제 그 마음을 이해할 때가 왔어요! 그대가 저를 보고 알아차릴 때가 왔어요, 마리오, 나의 사랑……. 말해보세요, 제가 누구인지?"

그 사기꾼이 교태를 부리는 모습은 소름끼쳤다. 그는 구부정한 어깨를 요염하게 비비 흔들고, 자루 모양의 주름이 달린 눈을 애절하게 치켜뜨고, 달콤하게 미소를 지으며 깨져 나간 이를 드러냈다. 아, 그러나 그가 이 현혹하는 말을 늘어놓는 동안 우리의 마리오는 어떻게 변했던가? 그 말을 하려니 내 마음이 무거워진다. 그 모습을 보는 것이 그토록 힘들었던 것이다. 왜냐하면 그것은 마음속 가장 깊이 숨겨진 것을 드러내는 것이었고, 억눌렸으면서도 미치도록 복에 겨운 열정을 공공연하게 보여주는 것이었기 때문이다. 그는 두 손을 입 앞에 모아 쥐고, 거친 숨을 몰아쉬느라 어깨가 오르락내리락하고 있었다. 그는 행복에 겨워 자신의 눈과 귀를 믿지 못하는 것이 확실했고, 그때 정작 자신이 정말로 믿어서는 안 되는 것이 그 눈과 귀라는 한 가지 사실을 잊고 있었다. "실베스트라!" 마리오는 넋을 잃고 가슴 가장 깊은 곳에서부터 이 말을 뱉어냈다.

"키스해주세요!" 곱사등이가 말했다. "전 당신이 그래도 좋다고 생각해요! 당신을 사랑하니까. 이리로 와서 키스해주세요." 그리고 그는 손과 팔과 새끼손가락을 옆으로 뻗더니 둘째손가락 끝으로 자신의 입언저리의 뺨을 가리켰다. 그러자 마리오가 몸을 숙여 그에게 키스를 했다.

객석은 찬물을 끼얹은 듯 숙연해졌다. 마리오가 행복해하던 순간—그 순간은 기괴하고 으스스하고 조마조마했다. 행복과 환상과 관련된 온갖 감정들이 밀려들어 복잡했던 이 불길한 짧은 순간에 들을 수 있었던 것은 우리 왼편에 서 있던 그 젊은 친구의 웃음소리였다. 그것은 곧장 처음부터가 아니라, 마리오의 입술이 애무를 받기 위해 내밀어진 소름끼치는 치폴라의 살과 애처롭고도 괴이하게 맞닿고 난 직후에 들렸다. 그 웃음소리는 그 순간의 분위기와는 완전히 동떨어져 잔인하고 고소해하는 것으로 들렸다. 내가 대단한 착각을 했던 게 틀림없겠지만, 그럼에도 그 웃음소리에는 환상에 빠져 그토록 피해를 입게 된 사람을 은근히 측은하게 여기는 기색도 없지는 않았다. 또 이전에 그 마술사가 엉뚱한 사람에게 돌아갔다고 설명하며 자신이 들어야 마땅하다고 주장했었던 "불쌍한 사람"이라는 외침이 나왔을 때와 같은 느낌도 얼핏 들었다.

그러나 그와 동시에, 아직 이 웃음소리가 울려 퍼지고 있는 동안에 이미 애무를 받고 있던 남자는 그 아래서 의자 다리 옆쪽으로 채찍을 휘둘러 소리를 냈다. 그러자 마리오는 최면에서 깨어나 깜짝 놀라며 흠칫 물러섰다. 그는 그 자리에 서서 멍하니 쳐다보았고, 몸을 구부린 채 두 손으로 자신의 농락당한 입술을 번갈아 문질렀고, 그 후에는 양손 손마디로 관자놀이를 몇 번이나 두드렸다. 그리고 객석에서 박수가 터져 나오고 치폴라가 두 손을 무릎 위에 포개고 어깨를 들썩이며 웃고 있는 동안, 마리오는 돌아서서 계단 아래로 뛰어내렸다. 그는 거기서부터 전속력으로 달려가다가 다리를 넓게 벌리며 몸을 휙 돌렸고, 팔을 허

공으로 치켜 올리자 두 번의 둔탁한 폭발음이 박수갈채와
웃음소리를 가르며 들려왔다.

단번에 적막감이 흘렀다. 무대에서 흐느적거리던 사람
들조차 동작을 멈추고 당황해서 놀란 눈으로 쳐다보았다.
치폴라는 별안간 의자에서 벌떡 일어섰다. 그는 그 자리에
서 방어 자세로 팔을 옆으로 뻗으며 서 있었다. 마치 이렇
게 소리치려는 것 같았다. "멈춰! 조용히 해! 모두 물러서!
무슨 일이야?" 그 순간 그는 머리를 가슴으로 처박으며 도
로 의자에 풀썩 쓰러졌다. 그리고 다음 순간 의자 옆으로
굴러 바닥으로 떨어졌다. 그는 바닥에 꼼짝 않고 누워 있

었다. 마구 뒤엉킨 옷과 구부정한 뼈 뭉치가 보였다.

소동은 이루 말할 수 없었다. 여자들은 몸부림치며 함께 온 사람의 가슴에 얼굴을 파묻었다. 사람들은 의사와 경찰을 불러오라고 외쳤다. 사람들은 무대로 몰려갔다. 무기를 뺏기 위해 서로 밀치며 마리오에게 달려드는 사람들도 있었다. 그리고 그가 손에 들고 있던 권총같이 생기지도 않은 무광택 철제의 작은 무기를 억지로 뺏었다. 그 무기의 턱없이 짧은 총신이 운명을 그토록 예측할 수 없는 엉뚱한 방향으로 돌려놓았던 것이다. 우리는—그제야 마침내—아이들을 붙들고 출구 쪽으로 데려갔다. 마침 이탈리아 경찰 두 사람이 걸어 들어와 우리 곁을 지나갔다. "그것이 정말 끝인가요?" 아이들은 안심하고 집으로 돌아가고 싶은지 이렇게 물었다……. "그래, 그게 끝이란다." 우리는 아이들의 말이 옳다고 확인해주었다. 공포를 불러온 종말, 지극히 불행한 종말이었다. 그럼에도 마음을 홀가분하게 해주는 종말이었다. 나는 그것을 그렇게 받아들일 수밖에 없었고, 지금도 그렇다!

베네치아에서의 죽음

1912년

1

50번째 생일이 지나면서 공식적으로 폰 아셴바흐라는 이름으로 불리게 된 구스타프 아셴바흐는 몇 달 동안 유럽 대륙에 그토록 위태로운 분위기를 몰고 왔던 19××년[1] 어느 봄날 오후에 뮌헨의 프린츠레겐텐 가(街)의 자택에서 멀리 떨어진 곳까지 혼자 산책을 나갔다. 작가인 그는 오전에 까다롭고 중대한 작업, 정신을 극도로 신중하고 사려 깊게, 예민하고 정확하게 쏟아야 할 필요가 있는 단계

---

[1] 일차 세계대전이 일어나기 전의 긴장된 국제 관계를 암시함

의 작업을 하느라 신경이 곤두서 있었다. 그 때문에 자기 내면의 창작의 추동력, 키케로가 웅변술의 핵이 된다고 한 저 '정신의 끊임없는 움직임'이 계속해서 돌아가는 것을 점심시간이 지나서도 멈출 수 없었고, 기력이 쇠잔해질 때면 긴장을 풀기 위해 한 번씩 간절히 필요한 낮잠도 자지 못했다. 그래서 그는 차를 마신 후 곧장 야외로 나왔다. 신선한 공기를 마시며 움직이고 나면 기력이 회복되어 저녁을 효과적으로 보내는 데 도움이 되리라는 기대에서였다.

때는 5월 초, 습하고 차가운 날씨가 몇 주 계속되더니 때 아닌 한여름이 갑자기 찾아왔다. 이제 겨우 연한 잎들이 돋아나고 있는 영국 공원[2]은 8월처럼 후텁지근해졌고, 도시 근교는 차량과 산책객들로 넘쳐났다. 아셴바흐는 더욱 한적해지는 길들을 따라 걷다가 아우마이스터에 이르러 잠깐 동안 서민들이 북적대는 야외 음식점을 건너다보았다. 음식점 공터에는 택시와 호화로운 마차가 몇 대 주차되어 있었다. 마침 해가 저물고 있어서 그는 그곳에서부터 공원 외곽의 확 트인 목초지를 건너 집으로 발걸음을 돌렸다. 그는 피곤했고, 푀링 상공에서는 곧 소나기가 몰아닥

2) 뮌헨 도심에 있는 시민들이 즐겨 찾는 공원

칠 기세여서 북부 공동묘지 정거장에서 전차가 오기를 기다렸다. 그러면 곧장 시내로 돌아갈 수 있었다.

우연하게도 정거장과 그 주변에는 사람의 흔적이라곤 보이지 않았다. 슈바빙 쪽으로 한 가닥 전차 선로가 눈부시게 뻗어 있는 웅어 가 포장도로에도 푀링 국도에도 차는 다니지 않았다. 팔려고 내놓은 십자가, 비석, 기념비들로 또 하나의 주인 없는 무덤 군락을 이루고 있는 석물 공장 울타리 뒤편에도 움직임이라곤 없었다. 그리고 건너편의 비잔틴 양식의 장례 예배소 건물은 저물어가는 오후의 석양을 받으며 조용히 서 있었다. 그리스 양식의 십자가들과 밝은 색으로 엄숙한 주제를 그린 그림들로 장식된 그 건물 전면에는 그 외에도 균형 있게 배열된 금박을 입힌 글귀들도 새겨져 있었다. 그것은 내세와 관련된 발췌문들이었는데 가령 이런 내용이었다. "그들은 주님의 처소로 들어가리라" 혹은 "영생의 빛이 그들을 비추리라." 전차를 기다리던 아셴바흐는 몇 분 동안 그 글귀들을 읽어보고, 거기서 내비치는 신비한 내용에 마음을 빼앗기며 진지하게 몰두하고 있었다. 그러던 중 그는 옥외 계단을 지키고 있는, 계시록에 나오는 두 마리의 동물상 위쪽의 주랑 현관에 한 남자가 있는 것을 알아차리고 몽상에서 빠져나왔다. 그 남자의 평범하지 않은 모습이 그의 생각을 완전히 엉뚱한 방향으로 돌려놓았다.

그 남자가 장례 예배소 홀에서부터 청동제 문을 통해 밖으로 나왔는지, 아니면 외부에서 왔다가 자신이 못 본 사이에 그곳으로 올라갔는지는 불확실했다. 아셴바흐는 별로 깊이 생각해보지도 않고 첫 번째 가정이 맞을 거라고 여겼다. 그 남자는 보통 키에다 깡마르고 수염도 기르지 않은 데다 눈에 띄는 납작코에 빨간 머리로, 그 유형 특유의 주근깨가 난 우윳빛 피부를 가지고 있었다. 그는 바이에른 지방 출신이 아닌 것이 확실했다. 왜냐하면 적어도 머리에 쓰고 있는 넓고 빳빳한 테가 달린 인피 모자가 그가 먼 곳에서 온 이국적인 인상을 주었기 때문이다. 물론 그는 거기에다 그 지방에서 흔히 사용하는 배낭을 어깨에 둘러매고, 로덴 천으로 보이는 벨트 달린 노르스름한 양복을 입고, 옆구리에 바짝 붙인 왼쪽 팔뚝에는 회색 비옷을 걸치고 있었고, 오른손에는 철심을 박은 지팡이를 들고 있었다. 그는 다리를 꼬고 지팡이를 비스듬하게 땅에 짚은 채, 그 손잡이에 엉덩이를 기대고 있었다. 그는 헐렁한 트레이닝셔츠 밖으로 나온 마른 목에서 울대뼈가 그대로 드러날 정도로 머리를 치켜들고 붉은 속눈썹이 달린 흐릿한 눈으로 날카롭게 먼 곳을 살피고 있었다. 그런데 두 눈 사이에는 약간 들려 올라간 코에 이상하다 싶을 정도로 어울리지 않게 세로로 깊은 주름이 두 줄 패여 있었다. 그의 자세는—어쩌면 높게 올라서 있는 위치 때문에 그런 느낌이 더했는지도 모르지만—교만하게 내려다보는 것처럼 되어 뻣뻣스러워 보이기도 하고 심지어 거친 인상으로도 보였다. 그 이유는 그가 저무는 해를 바라보며 눈이 부셔 얼굴을 찌푸렸기 때문일 수도 있고, 아니면 그런 인상으로 보일 수밖에 없는 사람이라서 그런 것일 수도 있다. 입술이 너무 얇아 이 때문에 완전히 밀려 올라가서 그 사이로 길고 흰 이들이 잇몸까지 드러날 정도로 밖으로 내비쳤던 것이다.

아셴바흐는 그 낯선 남자[3]를 반은 멍하게 반은 호기심에 차서 훑어보느라 주의가 부족했음을 깨달았다. 왜냐하면 상대가 마주 쳐다보고 있었기 때문이다. 더구나 그 남자는 너무나 공격적으로 눈을 똑바로 쏘아보고 있어서, 어떻게 해서든 상대에게 시선을 거두게 하고야 말겠다는 의지가 확실해 보였다. 아셴바흐는 난처한 기분을 느끼며 몸

---

3) 나그네의 신이자 저승으로 인도하는 신인 헤르메스의 전통적인 모습과 일치한다. 토마스 만, 토니오 크뢰거 외. 서울 1998, p. 420 재인용

을 돌려 울타리를 따라 걸음을 옮기기 시작했다. 그 남자에게 더 이상 관심을 두지 않기로 결심했다. 그런 다음 곧바로 잊어버렸다. 그런데 그 낯선 남자의 방랑자 같은 모습이 상상력에 영향을 미쳤는지, 아니면 어떤 육체적이거나 심리적인 영향이 작용했는지 이상한 일이 벌어졌다. 전혀 뜻밖에도 그는 내면이 기묘하게 넓어지는 것을 의식했는데, 그것은 일종의 종잡을 수 없는 마음의 동요, 젊은 시절 멀리 떠나고 싶었던 간절한 욕구였다. 그것은 너무나 생생하고 새로운 감정, 적어도 워낙 오래 잊고 지냈던 감정이어서 그는 두 손으로 뒷짐을 지고 시선을 땅으로 떨어뜨린 채 꼼짝 않고 서서 느낌의 본질과 향방을 곰곰이 따져보았다.

그것은 여행 욕구에 지나지 않았다. 그러나 그 욕구는 발작적으로 모습을 드러내더니 점점 강해져서 격정으로, 심지어 환각으로까지 변했다. 욕망이 눈앞에 보이기 시작했고, 몇 시간 동안 긴장해서 작업하고 난 다음이라 아직도 사그라지지 않고 있던 상상력은 갑자기 세상의 모든 경이롭고 끔찍한 모습들을 눈앞에 그려냈다. 그는 보았다. 우중충한 하늘 아래 펼쳐진 열대 지방의 늪지대 풍경을 보았다. 그곳은 축축하고 초목이 울창하고 드넓었는데, 섬들과 습지들과 퇴적물을 운반하는 강의 지류들로 이루어진 일종의 원시림이었다. 우거진 양치류 덤불을 헤치고, 굵고 빽빽하게 솟아 진기하게 꽃을 피우는 식물군이 자라는 바닥에서부터 털북숭이 종려나무 줄기들이 멀고 가까이서 위로 솟아올라 있었다. 기형으로 구부러진 나무들이 뿌리를 공중으로 드러냈다가 땅으로, 혹은 푸른 그림자가 비치는 강물 속으로 내려 박고 있었다. 그곳에서 떠다니는 대접만한 하얀 수중 꽃들 사이에서는 희한한 모양의 부리를 가진 이국의 새들이 어깻죽지를 잔뜩 웅크리고 얕은 여울에 꼼짝 않고 서서 눈앞을 주시하고 있었다. 대나무 숲의 마디 진 줄기들 사이에 웅크리고 있는 호랑이의 눈이 번득이는 것도 보였다. 그러자 그는 심장이 두려움과 알 수 없는 동경으로 세차게 뛰는 것을 느꼈다. 이윽고 환영은 사라졌다. 그래서 아센바흐는 머리를 흔들며 석물 공장 울타리를 따라 산책로를 다시 걷기 시작했다.

그는 지금껏 발달된 교통의 이점을 마음대로 누릴 수 있는 경제력을 얻게 된 후로는 세계여행을 아무리 내키지 않아도 때때로 떠나야 하는 건강 예방책 정도로만 여겼다. 그는 자기 자신과 유럽의 집단정신이 자신에게 부여한 임무에 완전히 몰두했고, 창작에 대한 의무감에 크나큰 부담을 느꼈고, 마음이 산만해지는 것을 지독히 싫어해서 다채로운 바깥세상에서 여가활동을 하려고 들지 않았다. 자신의 생활권에서 멀리 벗어나지 않고서도 지구상에서 일어나는 일에 관해 얻을 수 있는 식견만으로도 충분히 만족했다. 유럽을 떠나고 싶다는 생각조차 해보지 않았다. 특히 서서히 인생의 황혼기로 접어들기 시작한 이후로, 저작을 완성하지 못하리라는 예술가로서의 두려움이 생긴 이후로 그랬다. 소임을 완수하고 모든 것을 완전히 바치기도 전에 시간이 다할지도 모른다는 이 근심은 더 이상 기우에 불과한 것으로 치부해버릴 수 없었다. 그래서 그의 외적인 생활은 거의 고향이 되어버린 이 아름다운 도시와 여름 우기 한 철을 보내려고 산속에 지어놓은 소박한 별장에 국한되어 있었다.

그런 까닭에 그는 방금 그토록 늦게 불쑥 밀어닥친 충동도 합리적 판단과 젊은 시절부터 익힌 자제력으로 금세 억누르고 정리할 수 있었다. 그는 산골로 옮겨가기 전에 필생의 작품을 어느 정도 진척시켜놓을 작정이었다. 따라서 작업을 몇 달이나 방해하게 될 세계여행에 대한 생각은 참으로 태평하고 계획에 맞지 않아 심각하게 고려해볼 가치도 없었다. 그렇지만 그는 어떤 이유로 그토록 뜻밖에 그런 유혹이 생겨났는지 너무나도 잘 알고 있었다. 그것은 도피 충동이었고, 그 자신도 틀림없이 인정하겠지만, 먼 곳과 새로운 것에 대한 동경, 자유를 얻고 부담을 떨치고 잊어버리고 싶은 열망이었다. 바로 자신의 작품에서 벗어나고 싶은, 한결같고 냉혹하고 격렬한 임무를 수행해야 하는 일상의 작업장에서 벗어나고 싶은 충동이었다. 물론 그는 그 임무를 사랑했고, 기력을 소진시키는 갈등까지도 어느 정도 사랑했다. 말하자면 그토록 여러 번 검증받았던 굳세고 당당한 의지와 날로 늘어나는 피로 사이에 매번 새롭게 갈등이 빚어졌던 것이다. 그가 지쳤다는 사실은 결코 알려져서는 안 되고, 작품이 조금이라도 실패했다거나 무기력하다는 어떤 징후를 드러내서도 안 되었다. 그래도 너무 지나치게 밀고나가지 않고, 이렇게 격렬하게 터져 나오는 욕구를 완고하게 억누르지 않아야 현명할 것 같았다. 그는 자신의 작업, 오늘도 어제와 마찬가지로 중단하지 않을 수 없었던 부분들, 참을성 있게 고치거나 과감하게 손질해도 해결되지 않을 것처럼 보이던 부분들을 떠올렸다. 그는 그 부분들을 다시 한 번 꼼꼼히 살피고 막힌 곳을 뚫거나 해소하려고 노력했지만, 몸서리치는 혐오감이 들어 손대는 것을 포기하고 말았다. 거기에 특별한 어려움이 있었던 것은 아니지만, 그를 무기력하게 만든 것은 오히려 내키지 않는 것에 대한 양심의 가책이었다. 그것은 그 어떤 것으로도 채울 수 없는 완벽함에 대한 결벽증이었다. 물론 그런 결벽증은 젊은 시절부터 이미 재능의 본질이자 가장 내밀한 속성으로 통했고, 그것을 만족시키기 위해 그는 감정을 억누르고 진정시켰다. 왜냐하면 그는 감정이 대충 되었다 싶은 것, 어느 정도 완벽한 것으로 만족하는 경향이 있다는 점을 알고 있었기 때문이다. 그렇다면 이제 노예처럼 따르던 감정이 앙갚음을 하는 것일까? 감정이 그에게서 떠나버리고, 이제부터 그의 재능을 떠받치고 키워주기를 거부하고, 형식과 표현에 대한 모든 기쁨, 모든 황홀감을 빼앗아버리는 것으로 되갚는 것일까? 그가 나쁜 작품을 만들었던 것은 아니었다. 그는 그동안 보내온 세월의 장점들로 인해 자신의 대가다운 솜씨에 어느 순간에든 느긋하게 자신감을 느낄 만했다. 국민들이 대가다운 솜씨에 경의를 표해도 그다지 반갑지 않았다. 자신의 작품에는 어떤 정신적인 내용이라기보다 기쁨의 산물인 불같이 변화하는 기분을 보여주는 그런 요소들이 부족하다는 느낌이 들었다. 그 요소들은 작품을 읽는 독자들에게 기쁨을 주는 중대한 장점이었다. 그는 산골에서 식사를 마련해주는 하녀와 음식을 날라다주는 하인과 그 작은 집에서 홀로 보낼 여름이 두려웠다. 성과가 금세 나오지 않다 보면 불만스러워지는 그곳과 주위를 둘러싼 산꼭대기와 산자락의 친숙한 눈길이 두려웠다. 그래서 여름을 견뎌내고 유익하게 보내려면 즉흥적인 생활, 빈둥거림, 먼 곳의 공기, 새로운 피의 수혈 같은 막간의 여흥이 필요했다. 그러니 여행을 떠나는 거야―그는 이 생각에 만족했다. 그리 멀리, 반드시 호랑이가 사는 곳까지 갈 필요는 없어. 침대열차에서 하룻밤 보내고 매혹적인 남국의 어떤 세계적 휴양지에서 3, 4주 낮잠을 자는 정도면…….

그런 생각을 하고 있는 동안 웅어 가에서부터 전차의 요란한 소음이 가까워졌다. 전차에 오르면서 그는 그날 밤을 차표와 열차 시간표를 꼼꼼히 살펴보는 데 쓰기로 결심했다. 승강대 발판에 올라서며 그는 문득 이런 결론을 얻기까지 도움이 된 인피 모자를 쓴 남자를 찾아보아야겠다는 생각이 들었다. 하지만 그 남자가 어디에 있는지 알 수가 없었다. 왜냐하면 그는 좀전에 서 있던 곳에도 좀 멀어진 정거장에도 전차 내에서도 발견되지 않았기 때문이다.

2

프로이센의 프리드리히 대왕의 생애를 다룬 명료하고
도 방대한 장편 역사소설의 작가, 오랜 노력 끝에 수많은
인물들을 등장시켜 인간의 갖가지 운명을 하나의 테마에
서 크게 벗어나지 않게 집약시킨 『마야』라는 소설을 양탄
자 짜듯이 엮어낸 끈기 있는 예술가, 고마움을 아는 젊은
이들 전체에게 심오한 통찰력 없이도 단호한 윤리적 결단
을 내릴 수 있다는 가능성을 보여준 『고난자』라는 제목의
감동적인 이야기의 창작자, 마지막으로 (이로써 그의 원숙기
의 작품들이 간략히 소개되었다) 평론가들이 그 논리 전개와
유창한 반론 능력에 있어 실러의 『소박 문학과 감상 문학
에 관하여』에 비견해도 좋다고 평한 〈정신과 예술〉이라는
열의에 찬 논문의 저자, 구스타프 아셴바흐는 바로 이런
사람이었다. 그는 슐레지엔 지방의 주요 도시들 중 하나인
L.에서 고위 법관의 아들로 태어났다. 그의 선조들은 장교,
판사, 행정 관료를 지냈으며, 왕과 국가를 섬기며 올곧고
위엄 있고 검소한 인생을 살았다. 그들 중에는 영적 깊이
가 있어 실제로 설교자가 된 인물도 있었다. 보다 활달하
고 감성적인 기질은 그 전 세대에 보헤미아의 악단장의 딸

이었던 작가의 어머니를 통해 이 가문에 흘러들었다. 그의 외모에서 나타나는 이민족의 특성들은 어머니에게서 물려받은 것이다. 충실하고 냉철한 양심과 매우 신비롭고 열정적인 충동이 결합해서 한 예술가, 바로 이 특별한 예술가가 탄생한 것이다.

그는 온통 명성을 거두는 일에 집중했기 때문에, 사실 조숙하지는 않았지만 단호하고 특유의 간결한 문체는 일찍부터 대중들에게 성숙하고 노련하게 비쳤다. 고등학교를 졸업하기도 전에 이미 그는 명성을 얻었다. 10년 후에 그는 책상머리에 앉아 신분에 걸맞게 처신하고, 명성을 관리하고, 간략히 작성해야 하는 (왜냐하면 성공을 거두고 신뢰를 얻은 그에게 많은 요구들이 밀려들었기 때문이다) 편지에 친절하고 주목받는 인물로 보이도록 꾸미는 법을 배웠다. 40세가 되고 나서 그는 과로와 감정의 기복으로 힘들어지는 글쓰기 작업량 때문에 지쳐 있었지만, 날마다 세계 각국의 우표가 붙은 우편물을 처리해야 했다.

그의 재능은 식상하거나 유별난 것이 아니어서 폭넓은 대중의 믿음과 까다로운 독자들의 경탄과 격려를 동시에 얻어내기에 제격이었다. 그래서 젊어서부터 그에게는 사방에서 성공을—더구나 비상한 성공을—거두어야 한다는 의무감이 지워졌다. 그 때문에 그는 젊은이들의 태만함과 거리낌 없는 방탕함은 전혀 모르고 지냈다. 그가 35살이 되어 빈에서 병이 났을 때, 어떤 꼼꼼한 관찰자는 한 사교 모임에서 그에게 이런 표현을 했다. "아시다시피, 아셴바흐는 이전부터 이렇게만 살아왔어요" 이 말을 하며 그 사람은 왼쪽 손가락을 단단히 말아 주먹을 쥐었다. 그는 다시 손바닥을 펴서 느긋하게 안락의자의 팔걸이에 늘어뜨리며 덧붙였다. "한 번도 이렇게 살지는 않았어요" 그것은 맞는 말이었다. 그리고 그 말은 그가 천성적으로 결코 강인한 체질도, 원래부터 타고난 것도 아닌데도 계속 소명의식에 의한 도덕성 때문에 그렇게 살았음을 알려주는 것이었다.

어린 시절에 그는 의사의 보살핌을 받아야 하는 몸이라서 학교에 다니지 못하고 집에서 교육을 받지 않을 수 없었다. 그는 친구들과 어울리지 못하고 홀로 성장했으며, 일찍부터 자신은 재능이 부족한 것이 아니라 그 재능을 발휘하기 위해 필요한 신체적 기반이 따라주지 못하는 그런 부류의 사람이라는 사실을 깨달아야만 했다. 어려서는 최고의 기량을 보이지만, 그 능력이 해가 갈수록 지속되기 힘든 그런 부류의 사람이었다. 그러나 그가 입버릇처럼 하는 말은 '끝까지 견뎌내라'는 것이었다. 그에게 이 말은 고통을 견디며 미덕을 실천하게 해주는 전형적인 표현이었다. 프리드리히 대왕을 다룬 그의 소설도 이 명령어를 열렬히 칭송하는 내용이라 할 수 있다. 그는 또 나이가 들기를 애타게 기다렸다. 왜냐하면 그는 이전부터 정말 위대하고 폭넓고 진정으로 경탄할 만한 것은 인생의 모든 단계에서 특유한 결실을 거두는 행운을 누리게 해주는 예술가의 재능밖에 없다고 생각해왔기 때문이다.

그래서 그는 재능이 부여한 과제를 억세지도 않은 양어깨에 짊어지고 먼 길을 가려 했고, 그 때문에 규율이 몹시 필요했다. 그런데 이 규율이야말로 다행히도 부계 쪽에서부터 타고난 유전적 기질로 가능했다. 그는 40세가 되고 50세가 되었을 때뿐만 아니라, 남들은 시간을 허비하고 공상에 잠기고 원대한 계획의 실행을 느긋하게 미루던 더 젊은 시절에도 하루를 가슴과 등에 찬물을 들이붓는 것으로 시작했다. 그런 다음에는 기다란 밀랍 초 두 자루를 은 촛대에 꽂아 원고지 머리맡에 놓고서, 잠자는 동안 모아둔 기력을 열성적으로 꼼꼼히 일할 수 있는 아침의 두세 시간 동안 예술 활동에 바쳤다. 잘 모르는 사람들이 마야의 세계나 프리드리히 대왕의 영웅적인 삶이 펼쳐지는 방대한 소설을 강인한 체력과 끈질긴 지구력의 결실이라고 여기는 것은 관대히 봐줄 만했지만 엄밀히 따지자면 착실한 성품으로 인해 거둔 승리라고 할 수 있었다. 사실 그것은 하루하루의 성과를 모아 이루어진 수백 개의 창작과 관련된 영감들을 방대한 이야기로 짜 맞춘 것이었다. 그것이 모든 면에서 철두철미하게 탁월했던 이유는 오로지 저자가 자신의 고향 지역을 정복했던 프리드리히 대왕과 비슷하게 굳은 의지와 끈질긴 태도로 수년에 걸쳐 동일한 한 작품이 주는 압박감을 견뎌냈고, 가장 효과적이고 가치 있는 시간들을 오로지 글쓰기에 투입했기 때문이었다.

주목할 만한 지적 창작물이 즉각 넓고 깊은 영향력을 발휘할 수 있기 위해서는 저자의 개인적인 운명과 동시대인의 공통적인 운명 사이에 어떤 은밀한 유사성, 심지어 일치되는 점이 있어야 한다. 일반 독자들은 자신이 무슨 이유로 예술작품에 명성을 안겨다주는지 모른다. 전문가 집단의 인식과는 완전히 거리가 멀기 때문에, 독자들은 그 작품에서 무수히 많은 장점들을 찾아낼 수 있어서 그토록 많은 관심을 받는 것은 당연하다고 믿는다. 그러나 독자들이 찬사를 보내는 실질적인 이유는 평가할 수 없는 어떤 것, 바로 공감 때문이다. 아셴바흐는 이것을 언젠가 잘 드러나지는 않지만 직접적으로 명백히 밝힌 바 있다. 현존하는 위대한 것, 그럼에도 불구하고 현존하는 위대한 것은 거의 모두가 근심과 고뇌, 가난과 무관심, 신체적 결함과 악덕, 욕정과 수천 가지의 장애에도 불구하고 생겨났다는 것이다. 그러나 이 말은 단순한 견해 이상의 것, 바로 경험에서 나온 것이었다. 심지어 그의 인생과 명성을 대변하는 간결한 표현이었고, 그의 작품에 접근할 수 있는 핵심적인 수단이었다. 그러니 이 말이 그 작가의 작품에 등장하는 지극히 독특한 인물들의 도덕적 특성, 겉으로 드러난 몸짓이 되는 거라고 해서 무슨 놀라운 일이 되겠는가?

이 작가가 선호하는 주인공 유형, 즉 주인공이 다양한 개별 인물의 모습으로 변형되어 되풀이해서 새로 나타나는 것에 관해 초기 시절에 이미 한 예리한 비평가는 이렇게 글로 언급한 적이 있다. 그 유형은 "칼과 창이 몸을 뚫고 들어오는 동안에도 당당하게 치욕을 당하며 이를 악물고 조용히 서 있는 지적이고 젊은이다운 태도를 보여준다." 이 말은 수동적인 면이 너무 강조된 표현임에도 불구하고 멋지고 통찰력 있고 정확했다. 왜냐하면 불행에 처해서도 침착성을 유지하고, 고통 속에서도 기품을 잃지 않는 태도는 단지 견뎌내는 것만 뜻하지는 않기 때문이다. 그것은 적극적인 성취, 실질적인 승리이며, 세바스찬이라는 인물이야말로 예술 전반은 아니라 하더라도 지금 거론되고 있는 예술 분야에서는 가장 완벽한 상징인 것이 확실하다. 그것은 그의 작품 세계를 들여다보면 명확히 드러난다. 마지막 순간까지 내면의 붕괴, 육신의 부패를 세상 사람들의 눈에 보이지 않으려는 우아한 자제력이며 마음속에 쌓이는 욕정을 순수한 불길로 타오르게 하고, 심지어 미의 세계를 지배하려 드는 누런 안색의 보기 흉한 추악함, 정신의 이글거리는 심연으로부터 거만한 무리를 모조리 십자가의 발치에, 자신의 발치에 넙죽 엎드리게 만들 힘을 얻어내는 창백한 무기력, 형식에 엄격하고 무의미하게 봉사하면서 보여주는 자상한 태도, 타고난 사기꾼의 잘못되고 위험한 삶과 금세 기력을 쇠잔시키는 동경과 예술인 것이다. 또 이와 비슷한 종류의 많은 운명도 살펴본다면 허약함 외에 또 다른 영웅적 자질이 있기나 한 것인지 의심이 들 것이다. 아무튼 어떤 영웅적 행동이 이보다 더 시대에 적합하겠는가? 구스타프 아셴바흐는 지쳐 쓰러지기 직전까지 일하는 사람들, 과도한 부담에 시달리는 사람들, 이미 녹초가 된 사람들, 겨우 지탱하고 있는 사람들을 대변한 작가였다. 그리고 몸이 여위고 경제력이 빈약하기는 해도 의지를 불태우고 현명하게 관리해서 적어도 한동안은 위대하다는 인상을 억지로 얻어내는 그 모든 '업적의 도덕 주의자들'도 대변했다. 이런 사람들은 많고, 이들은 이 시대의 영웅들이다. 그리고 이들 모두는 그의 작품들에서 자신을 재발견했고, 자신이 인정받고 칭송받고 있다는 것을 알았다. 그래서 이들은 그에게 감사를 표했고, 그의 이름을 널리 알렸다.

그는 시대에 미숙하여 거칠게 대처했고, 시대의 흐름에 호도되어 대중들 앞에서 비틀거리는 모습을 보였고, 실수를 해서 웃음거리가 되었고, 발언할 때나 작품 속에서나 배려와 신중함을 잃는 어리석음을 보였다. 그렇지만 위엄을 잃지는 않았는데, 그의 주장처럼 위엄을 자연스럽게 추구하고 갈망하는 것은 위대한 재능을 가진 사람들의 천부적 성향이었기 때문이다. 심지어 그의 전체적인 발전은 회의와 비판에서 오는 모든 장애물을 뛰어넘어 위엄을 얻기 위해 의식적으로 끈질기게 상승한 과정에서 온 것이라고 말할 수도 있을 것이다.

생생하고 지적으로 까다롭지 않은 명료한 서술은 시민 대중들의 즐거움이 되지만, 감정적으로 무절제한 젊은이들은 오직 문제성 있는 것을 통해서만 매료된다. 아셴바흐는 그 어떤 젊은이 못지않게 문제성이 있었고 무절제했다. 그는 정신의 노예가 되었고, 지식을 남용했으며, 종자로 쓰일 곡물을 가루로 만들어버렸고, 지켜야 좋았을 비밀을 털어놓았고, 재능 있는 사람들의 능력을 의심했고, 예술의 진정성을 배반했다. 정말이지 조각상처럼 생생한 그의 작품들이 믿음을 가지고 읽는 사람들에게 즐거움을 주고, 정신을 고양시켜주고, 활기를 준 반면, 젊은 예술가였던 그는 예술과 예술가 집단 자체의 의심스러운 본질에 경멸적인 태도를 보임으로써 20대 젊은이들을 긴장하게 만들었다.

그러나 고귀하고 유능한 정신을 가진 사람은 그 어떤 것보다 지식이 주는 자극적이고 통렬한 매력에 더 빠르고 철저하게 무뎌지는 모양이다. 그리고 그의 젊은 시절의 딱하게 보일 정도로 지극히 양심적인 철저함은 대가가 되어버린 그의 지식을 부정하려는 굳은 결심에 비하자면 천박한 생각에 지나지 않는 것도 확실하다. 그는 지식이 조금이라도 의지와 행동과 감정, 심지어 열정까지도 마비시키고 기를 꺾고 모욕할 가능성이 있다면, 지식을 부정하고 거부하고 당당하게 무시하고 넘어가기로 굳게 결심했던 것이다. 『고난자』라는 그 유명한 소설을 심리학에 의해 꼴사납게 망가진 그 시대에 대한 역겨움을 내뱉은 것이라고밖에 달리 어떻게 해석할 수 있겠는가? 그것은 무능하고 부도덕한데다 윤리적 방탕함에 빠져 아내를 어떤 애송이의 품으로 떠넘기고, 그런 비열한 짓을 저질러도 좋다고 믿음으로써 일부러 불행한 운명에 빠지는 그 나약하고 뻔뻔한 악당에 가까운 인물을 통해 생생히 표현되었다. 여기서 악덕을 비난하는 데 사용된 말은 너무나 과도해서, 이 작가가 모든 도덕적 회의론을 단념하고, 타락에 대한 그 어떤 공감과도 결별하며, 모든 것을 이해한다는 것은 모든 것을 용서한다는 것이라는 동정적인 말이 주는 방종한 입장을 부인한다는 것을 공공연히 보여주었다. 그리고 여기서 준비된, 실은 이미 완성된 것이 바로 '재탄생한 공정함의 기적'이었다. 여기에 관해 저자는 얼마 후에 자신의 어떤 대담에서 약간 은밀하면서도 명확하게 강조하면서 언급했다. 이것은 얼마나 이해하기 힘든 연관성인가! 바로 이 시기에 그의 미적 감각이 과도하리만치 강화된 것이 관찰된 것은 이 '재탄생', 이 새로운 위엄과 엄밀함의 정신적 귀결이었을까? 그의 미적 감각이란 작품을 형상화할 때 보이는 고귀한 순수함, 단순함, 균형미를 말하는데, 이것은 그 후로 그의 창작품에 대가답고 의고적이라는 특색을 아주 명백하고 의도적으로 부여하게 되었다. 그러나 정신을 좀먹고 지나치게 억누르는 인식의 결과인 지식을 뛰어넘는 도덕적 단호함, 이것은 다시금 단순화시키기, 즉 도덕적으로 세상과 인간의 정신에 관해 편협한 견해를 만들고, 따라서 또한 사악하고 금지되고 도덕적으로 불가능한 것의 세력을 강화시킨다는 의미가 아닐까? 그리고 형식에는 양면성이 있지 않은가? 형식은 도덕적인 동시에 비도덕적이지 않은가. 규율의 결과이자 표출로서는 도덕적이지만, 본성적으로는 도덕적인 것을 절대적인 권위로 굴복시키려 애쓴다는 점에서는 비도덕적이고 심지어 반도덕적이지 않은가?

그야 어쨌거나 상관없다! 발전하는 것은 하나의 운명이다. 그러니 폭넓은 대중의 관심과 엄청난 신뢰가 따라다니는 그런 발전이 어떻게 명성의 화려한 조명과 개입 없이 이루어지는 그런 발전과 똑같을 수 있겠는가? 위대한 재능을 가진 사람이 자유로운 번데기 단계에서 깨어 나오고, 정신의 위엄을 의미심장하게 대변하는 데 익숙해지고, 의지할 데 없이 꿋꿋이 혼자 괴로움과 몸부림 속에서 이겨냈고 결국 출세해서 권력과 명예를 성취하는 그런 고독에서 오는 숭고한 태도를 보여줄 때, 오직 영원한 정신적 방랑자만이 그것을 따분하다고 여기며 비웃을 것이다. 더구나 재능을 가진 사람이 자수성가하는 데는 얼마나 많은 도전과 불굴의 의지와 만족감이 필요하겠는가! 시간이 지남에 따라 구스타프 아셴바흐의 작품들에는 관료적이고 교육적인 요소들이 유입되었고, 노년에는 문체에서 직접적인 대담함, 미묘하고 신선한 뉘앙스가 없어져버렸다. 그의 문체는 규범화되고 확정적인 것, 세련되고 관습적인 것, 보수적인 것, 의례적이고 심지어 상투적인 것으로 변했다. 그리고 전설에 따르면 루이 14세가 그랬다고 전하듯이, 이 늙어가는 작가도 자신의 글에서 고상하지 않은 단어는 모두 제외시켰다. 그 시절에 교육관청이 그의 작품에서 몇 페이지를 발췌해서 지정된 학교 독본에 싣는 일이 있었다. 그것은 그의 마음에 들었고, 이제 막 취임한 한 독일 지도자가 『프리드리히 대왕』의 저자인 그에게 50세 생일을 맞이하여 귀족 칭호를 수여했을 때 사양하지 않았다.

이곳저곳에 머물며 불안정하게 몇 년을 보낸 후에 그는 일찌감치 뮌헨을 영구 거주지로 선택했고, 그곳에서 특별히 뛰어난 지성을 가진 사람들에게 주어지는 시민계급의 명예로운 신분으로 살았다. 아직 젊었던 나이에 학자 집안의 처녀와 결혼을 했지만 짧은 행복을 맛본 후에 부인의 죽음으로 끝났다. 딸이 한 명 있는데 이미 결혼했고, 아들이라고는 원래부터 없었다.

구스타프 폰 아셴바흐는 중키가 약간 못 되었고, 갈색 피부에다 면도를 말끔히 했다. 그의 머리는 아담하다 할 수 있는 체격에 비해 약간 큰 편이었다. 빗질을 해서 뒤로 넘긴 머리카락은 정수리 부분에는 듬성듬성하고 관자놀이 부위에는 무성하긴 했지만 이미 희끗해져서, 마치 상처의 흔적 같은 주름진 이마를 빙 둘러싸고 있었다. 무테 유리를 끼운 금도금 안경의 코걸이는 뭉툭하고 고상하게 휘어진 코 뿌리를 누르고 있었다. 큰 입술은 때로는 축 늘어졌고 때로는 갑자기 좁고 팽팽해졌다. 뺨 부위는 홀쭉하고 깊은 주름이 졌고, 잘 생긴 턱은 끝이 부드럽게 굴곡져 있었다. 거의 언제나 괴로운 듯 옆으로 기울어져 있는 그의 얼굴은 중대한 운명은 비켜간 것으로 보였다. 힘들고 고단한 인생이 드러나 보이는 그의 인상을 완성시켜준 것은 예술이었다. 이 이마 뒤편에서 볼테르와 왕 사이에서 오갔던 전쟁에 관한 재치 있는 문답들이 생겨났다. 안경알을 통해 힘없이 그윽하게 바라보고 있는 이 눈은 7년 전쟁 때 야전 병원의 비참한 상황들을 지켜보고 있었다. 개인적인 의미로도 예술은 고도의 정신적 삶이다. 예술은 더 깊은 행복을 주면서, 기력을 더 빨리 소진시킨다. 예술은 자신을 섬기는 자의 얼굴에 공상적, 정신적 모험의 흔적들을 새겨놓는다. 그리고 예술은 수도원처럼 조용한 생활을 하는 경우라고 하더라도 무절제한 열정과 향락으로 가득한 인생도 만들어내지 못할 정도의 까다롭고, 지나치게 섬세하고, 지치고 민감한 감정이 생겨나게 한다.

3

여러 가지 일상적인 일과 집필과 관련된 일들 때문에 간절히 여행을 떠나고 싶었던 아센바흐는 뮌헨으로 산책을 나간 그날 이후로도 두 주 정도 더 지체해야 했다. 그는 마침내 산골 별장에 4주 내로 들어가 지낼 수 있도록 정리해 달라는 부탁을 했고, 5월 중순에서 하순 사이의 어느 날 트리에스트행 야간열차를 타고 떠났다. 그는 그곳에서 24시간만 머물고 다음날 아침에 폴라행 배를 탔다.

그가 찾는 곳은 이국적이고 생소하면서도 금세 다녀올 수 있는 그런 곳이었다. 그래서 그는 몇 해 전부터 유명해진 아드리아 해안의 어떤 섬에 머물기로 했다. 그곳은 이스트리아 해안에서 멀지 않았고, 전혀 알아듣지도 못하는 언어에 얼룩덜룩한 누더기를 걸친 시골 주민들이 살고, 그림같이 멋지게 갈라진 암벽 너머로 확 트인 바다가 펼쳐진 곳이었다. 다만 비와 답답한 공기, 소시민적이고 폐쇄적인 오스트리아인 호텔 손님들, 부드러운 모래로 된 백사장이 없어 바다와 조용하고 은밀한 접촉을 할 수 없다는 점이 그를 짜증나게 했고, 자신이 목적지로 삼았던 장소로 생각되지 않았다. 어디로 가야 좋을지 아직 명확하지 않은 내면의 충동이 그를 불안하게 만들었고, 그는 연결 배편을 꼼꼼히 살펴보고, 탐색하며 이곳저곳을 둘러보던 중에 별안간 놀랍고도 당연하게도 자신의 목적지가 떠올랐다. 만약 하룻밤 사이에 비할 바 없이 멋지고 동화처럼 색다른 느낌을 경험하고 싶다면 어디로 가야 할까? 그것은 명확했다. 그런데 이곳에서 무얼 한단 말인가? 그는 엉뚱한 곳으로 온 것이다. 애초에 그는 그곳으로 여행하고 싶어 했다. 그는 지체 없이 잘못 찾아온 이 휴가지에서 떠나겠다는 통보를 했다. 섬에 도착한 지 약 열흘 후에 날렵한 모터보트 한 대가 안개 낀 새벽녘에 물살을 가르며 그를 짐과 함께 군항으로 사용되던 폴라로 다시 데려다주었는데, 그는 배를 갈아타기 위해 잠깐 뭍에 올랐을 뿐이었다. 그는 즉각 판자 다리를 건너 베네치아로 출항할 준비를 마친 배의 축축한 갑판에 올랐다.

그 배는 이탈리아의 구식 여객선으로 낡아빠졌고, 검게 그을려서 우중충해 보였다. 아셴바흐가 배를 타자마자 꾀죄죄한 곱사등이 선원이 공손하게 히죽 웃으며 그를 선내로 인도했다. 동굴처럼 컴컴해서 인공조명이 밝혀진 선실의 책상 뒤편에는 모자를 이마 쪽으로 비스듬하게 눌러 쓰고, 입가에 담배꽁초를 물고, 염소수염을 기른 구식 서커스 단장 같은 인상의 남자가 앉아 있었다. 그는 얼굴을 약간 찌푸린 사무적인 태도로 여행객들의 인적사항을 기록하고 그들에게 표를 발급해주었다. "베네치아행이요!" 하고 그는 아셴바흐가 요구한 말을 되풀이했다. 그러면서 팔을 뻗어 펜대를 비스듬히 기운 잉크병에 든 걸쭉한 잉크 찌꺼기에 담갔다. "베네치아행 일등석이요! 알겠습니다, 손님!" 그리고 그는 커다랗게 무언가를 갈겨쓰고 통에 담긴 푸르스름한 모래를 글자 위에 뿌리더니 그것을 다시 질그릇 접시에 흘려 담고서, 누렇고 마디가 굵은 손으로 종이를 접고 그 위에 다시 글을 적었다. 그러면서 그는 농담을 했다. "여행지로는 썩 잘 고르셨군요! 아, 베네치아라! 굉장한 도시죠! 교양인들에게는 물리칠 수 없는 매력을 가진 도시죠, 역사적으로도 그렇지만 현재도 매력적이죠!" 그가 매끄럽고 빠른 동작과 함께 늘어놓는 공허한 잡담은 정신을 얼얼하게 만들고 관심을 분산시키려는 것으로 보였다. 마치 베네치아로 향하려는 이 여행객의 결심이 흔들릴지도 몰라 염려가 되는 듯했다. 그는 재빨리 돈을 받고 도박장 직원 같은 능숙한 솜씨로 탁자 위의 얼룩이 묻은 테이블보 위에 거스름돈을 주르륵 떨어뜨렸다. "즐겁게 보내세요, 손님!" 그는 배우처럼 절을 하며 말했다. "여러분들을 모시게 되어 영광입니다…… 다음 손님!" 그는 팔을 치켜들며 이렇게 소리쳤고, 표를 끊으려는 사람이 더 이상 없는데도 대단히 바쁜 것처럼 행동했다. 아셴바흐는 다시 갑판 위로 돌아왔다.

배가 출항하는 모습을 지켜보려고 한쪽 팔을 난간 위에 올리고 있던 그는 선창에서 어슬렁거리는 한가한 주민들과 승선한 승객들을 살펴보았다. 이등석을 끊은 사람들은 남녀 모두 앞쪽 갑판에서 상자와 꾸러미를 의자 삼아 웅크리고 앉아 있었다. 단체로 여행하는 젊은이들 한 무리가 위층 갑판에 모여 있었는데, 보아하니 폴라의 상사 점원들로 이탈리아로 유람을 가는 것인지 들떠 보였다. 그들은 자신들과 여행 계획에 관해 자랑을 늘어놓았고, 웃고 떠들면서 기분에 취해 흥분된 몸짓을 주고받았다. 또 겨드랑이에 서류철을 끼고 일하러 가는 동료들이 부두 거리를 따라가다가 놀러가는 그들을 발견하고 지팡이를 위협하듯 휘두르자, 그들은 난간 위로 몸을 내밀고 입심 좋게 비꼬는 말로 받아쳤다. 그들 중 최신 유행으로 재단한 연노랑 여름 양복을 입고, 빨간 넥타이에다 멋들어지게 접어 올린 파나마모자를 쓴 한 남자가 다른 누구보다 날카롭게 환호성을 내질렀다. 아셴바흐는 그를 자세히 살펴보다가 곧 그가 실제로는 젊은이가 아니라는 사실을 알고 오싹한 느낌을 받았다. 그는 의심할 여지없이 늙은이였다. 눈과 입 주변은 잔주름투성이였다. 뺨이 약간 불그스레해 보이는 것은 화장을 해서였고, 알록달록한 띠를 두른 밀짚모자 아래로 보이는 갈색 머리는 가발이었다. 노쇠한 목덜미는 힘줄이 불거졌으며, 치켜 올라간 짧은 콧수염과 턱에 달린 황제수염은 염색한 것이었다. 웃을 때 드러나는 누렇고 빠진 곳이 없는 치아는 싸구려 틀니였고, 양쪽 집게손가락에 인장 반지를 낀 두 손은 노인의 것이었다. 소름 끼치는 기분으로 아셴바흐는 그가 동료들과 함께 어울리는 모습을 지켜보았다. 그들은 그가 늙었다는 것을 알아차리지 못한단 말인가? 그가 어울리지 않게 그들처럼 멋지고 현란한 옷차림을 하고 있고, 부당하게도 그들의 일원으로 행세하고 있다는 것을 모른단 말인가? 그들은 그를 자연스럽게 무의식적으로 자기 패거리에 끼워주는 것 같았고, 그를 어엿한 동료로 취급했고, 그가 짓궂게 옆구리를 찌르는 것을 거리낌 없이 맞받았다. 어떻게 된 일일까? 아셴바흐는 이마를 손으로 짚고 잠이 부족해서 따끔거리는 눈을 감았다. 그는 모든 것이 정상적이지 않은 것 같았고, 꿈처럼 낯선 느낌, 세상이 이상한 모습으로 일그러지기 시작하는 느낌을 받았다. 어쩌면 얼굴을 잠시 가려 어둡게 했다가 다시 한 번 둘러보면 끝나 있을 것 같았다. 하지만 바로 그 순간 몸이 물에 뜬 것만 같았고, 까닭 없이 깜짝 놀라 고개를 들자 육중하고 칙칙한 선체가 방파제에 둘러싸인 물가에서 서서히 벗어나고 있었다. 배가 앞뒤로 조금씩 움직이자 우중충하게 빛나는 물줄기가 선창과 배 옆구리 사이에서 퍼져나갔다. 힘들게 여러 번 진로를 변경한 후에 증기선은 뱃머리를 한바다 쪽으로 향했다. 아셴바흐가 우현 쪽으로 건너가자, 곱사등이가 이미 접이의자를 펼쳐놓았고, 얼룩진 프록코트를 입은 승무원 한 사람이 필요한 게 있는지 물었다.

하늘은 흐리고 바람은 눅눅했다. 안개 낀 시야에서 항구와 섬들이 멀어져가더니, 육지의 모든 것은 급격히 사라졌다. 습기를 머금은 석탄 가루가 부스러기가 되어 물청소로 좀체 마를 것 같지 않은 갑판 위로 내려앉았다. 1시간 후에 비가 내리기 시작하자 돛 하나를 펼쳐 천막을 쳤다.

여행객 아셴바흐는 외투로 몸을 감싼 채 책을 무릎 위에 올려놓고 쉬고 있었고, 자신도 모르게 그렇게 몇 시간이 흘러갔다. 비가 그쳤고, 사람들은 아마포 천막을 걷었다. 수평선이 완전히 드러났다. 흐릿하게 반원을 이룬 하늘 아래 사방으로 황량한 바다의 엄청나게 넓은 수면이 잔잔하게 펼쳐져 있었다. 그러나 경계가 구분되지 않는 텅 빈 공간에서는 감각이 마비되어 시간을 가늠하지 못하고, 헤아릴 수 없는 막막함 속에서 의식이 몽롱해진다. 허깨비처럼 이상하게 생긴 형상들, 멋쟁이 늙은이, 선실의 염소수염을 기른 남자가 불확실한 동작으로 꿈이라도 꾸는지 알아듣지 못할 소리로 아셴바흐의 마음을 어지럽히며 돌아다녔는데, 그래도 그는 잠이 들었다.

정오경에 간단한 식사를 위해 그는 취침용 선실 문들과 연결되어 있는 복도처럼 좁고 긴 식당으로 불려 내려갔다. 그는 그곳의 기다란 식탁 끝머리에서 식사를 했고, 맞은편 끝에서는 그 노인을 포함한 상사 점원들이 10시부터 쾌활한 선장과 어울려 술을 퍼마시고 있었다. 음식이 보잘것없어서 그는 식사를 재빨리 끝냈다. 그는 밖으로 나가 하늘을 보고 싶은 충동을 느꼈다. 베네치아의 상공에는 태양이 밝게 비치고 있지 않을까 보고 싶었기 때문이었다.

그는 틀림없이 그러리라고 생각했다. 왜냐하면 그 도시는 늘 찬란한 빛을 발산하며 그를 맞이해주었기 때문이다. 그러나 하늘과 바다는 여전히 흐릿한 잿빛이었고, 가끔씩 안개비까지 내려서 해상으로 가면 육로로 갈 때 늘 보아왔던 베네치아의 모습과는 다를 거라는 생각을 할 수밖에 없었다. 그는 육지가 나타나기를 기대하며 뱃머리의 돛대 곁에 서서 먼 곳을 바라보고 있었다. 그는 이전에 자신이 꿈에 그리던 돔 지붕들과 종탑들이 바로 이 물길에서 떠오르는 모습을 지켜보며 침울하면서도 열광적인 그 시인[4]을 떠올렸다. 그는 당시의 경외감, 행복감, 비애감을 표현한 절제된 시를 몇 구절 되뇌어보았다. 그리고 이미 글로 형상화된 느낌에 쉽게 동화되어 근엄하고 지친 마음속으로 새로운 감흥과 묘한 느낌, 뒤늦은 감정의 모험이 이렇게 한가하게 유랑하는 동안 혹시 찾아들지 않을까 생각했다.

그때 오른편으로 편평한 해안이 모습을 드러내면서, 어

---

4) 베네치아에 대한 소네트를 쓴 시인 August Graf von Platen(1796~1835)을 가리킨다.

선들이 바다에 활기를 불어넣었고, 섬이 보였다. 기선이 섬을 오른편으로 돌아 서서히 속도를 늦추며 그 섬의 이름을 딴 좁은 항구로 미끄러져 들어갔다. 그리고 각양각색의 초라해 보이는 집들이 보이는 항구의 얕은 물가에 완전히 멈추어서 소형 검역선을 기다렸다.

검역선이 나타나기까지는 1시간이 걸렸다. 그래서 승객들은 도착했지만 아직 도착한 것이라고 할 수 없었다. 그들은 서두르지 않았지만, 그래도 조급해하는 것 같았다. 폴라의 젊은이들은 시민 공원 방향에서부터 호수 건너에서 들려오는 군인의 나팔 소리에 애국심이 발동했던 모양으로 갑판으로 올라갔다. 그리고 그들은 아스티산 포도주에 얼큰히 취해 건너편에서 훈련을 받고 있는 저격병들을 향해 만세를 불렀다. 그러나 한껏 멋을 부린 그 노인이 젊은이들과 힘겹게 어울리느라 망가지는 꼴을 지켜보는 것은 역겨운 일이었다. 그의 늙은 뇌는 젊고 건장한 청년들만큼 술을 이겨낼 수 없어서 딱할 정도로 취해 있었다. 그의 시선은 흐리멍덩하고, 떨리는 손가락 사이에는 담배가 끼워져 있었다. 그는 힘들게 중심을 잡았지만 앞뒤로 흔들리며 비틀거렸다. 그는 첫 걸음을 내딛다가 쓰러질 뻔했기 때문에 감히 발을 움직일 엄두도 내지 못했다. 그런데도 꼴사나울 정도로 신이 나 있었고, 가까이 다가오는 사람마다 옷자락을 단단히 붙들고 혀 꼬부라지는 소리로 중얼거리고 눈을 깜빡이고 키득거렸다. 또 반지 낀 주름투성이의 집게손가락을 들어 올려 야비하게 놀려대고, 추하고 외설스럽게 혀끝으로 입언저리를 핥기도 했다. 아셴바흐는 눈살을 찌푸리며 그를 지켜보았고, 이번에도 몽롱한 느낌이 그에게 밀어닥쳤다. 마치 세상이 이상하고 쭈글쭈글한 모습으로 일그러지려는 것 같았는데, 심하지는 않았지만 어떻게 할 수도 없었다. 그가 그런 느낌에 계속 빠져 있기에는 상황이 불가능해졌다. 그때 엔진이 막 증기를 내뿜으며 돌아가기 시작했고, 산마르코 운하로 들어서며 목적지를 그토록 가까이 두고 중단되었던 운행이 다시 계속되었기 때문이다.

이렇게 해서 그는 모든 것을 다시 보았다. 놀랄 만큼 아름다운 선착장으로 들어서는 항해자들의 찬탄어린 시선을 향해 이 공화국은 그림 같은 건축물의 찬란한 구도, 즉 경쾌하고 웅장한 궁전, 탄식의 다리, 사자와 성자가 새겨진 물가의 돌기둥들, 동화에나 나옴직한 바실리카 성당의 장엄하게 튀어나온 측면부, 한눈에 들어오는 성문 길과 거대한 시계탑을 내밀었다. 그는 이런 것들을 감상하며 베네치아에 육로로 온다는 것은 궁전을 뒷문으로 들어오는 것과 마찬가지라서 자신처럼 거친 바다를 건너 배를 타고 와야만 전혀 예상치 못한 도시의 모습을 볼 수 있을 거라는 생각을 했다.

엔진이 멈추자 곤돌라들이 몰려들었고, 줄사다리가 내려지고 세관 관리들이 승선해서 배 위에서 업무 처리를 했다. 하선할 차례가 되었다. 아셴바흐는 시내와 리도를 왕래하는 소형 증기선 선착장으로 짐과 함께 자신을 태워다 줄 곤돌라 한 대가 필요하다는 뜻을 밝혔다. 해안에 숙소를 잡을 작정이었기 때문이다. 사람들은 그의 계획을 칭찬하며 아래에다 대고 큰 소리로 알렸고, 그러자 물위에 있던 곤돌라 사공들이 사투리를 쓰며 서로 다투기 시작했다. 그는 아직도 하선을 할 수 없었는데, 그의 트렁크를 줄사다리로 아래로 끌고 당기고 하면서 내리느라 힘들었기 때문이다. 그래서 그는 몇 분 동안 술에 취해 막무가내로 낯선 자신에게 작별 인사를 하려는 그 끔찍한 노인의 집요한 치근거림에서 벗어날 수 없었다. "한없이 즐거운 휴가 보내시기 바랍니다!" 그가 오른 발을 살짝 뒤로 빼며 떨리는 목소리로 말했다. "좋은 추억으로 간직해주시면 고맙겠습니다! 안녕히, 용서하세요. 그리고 좋은 하루 되세요,

각하!" 그는 침을 흘리며, 두 눈은 질끈 감고, 혀로는 입언
저리를 핥았다. 축 늘어진 입술 아래에 달린 염색한 황제
수염은 위로 곤두섰다. "우리의 인사를" 하고 그가 손가락
두 개를 살짝 입술에 대며 불분명하게 중얼거렸다. "사랑
스러운 분에게, 가장 사랑스러운 분에게, 너무나 사랑스럽
고 멋진 분에게 우리의 인사를 전합니다." 그러자 갑자기
위쪽 턱에서 틀니가 빠져 아랫입술로 떨어졌다. 아셴바흐
는 그 틈을 타 빠져나갈 수 있었다. "사랑스러운 분, 곱고
사랑스러운 분에게" 하는 끊기듯 그르렁거리는 소리를 등
뒤로 들으며 그는 밧줄 난간을 붙들고 줄사다리를 타고 아
래로 내려갔다.

난생 처음이거나 아니면 오랜만에 베네치아의 곤돌라
를 타는 거라면, 일시적인 전율, 남모르는 두려움, 숨 막히
는 불안을 느끼지 않을 사람이 어디 있겠는가? 이 이상하
게 생긴 탈것은 담시가 유행하던 시절부터 전혀 변하지 않
은 채 전해졌고, 그 어떤 것에서도 찾아보기 힘들 만큼 아
주 독특한 검은색을 하고 있어서 관을 연상시켰다. 이 배
는 밤중에 찰싹거리는 소리 속에서 벌어지는 숨 막히고 무
시무시한 모험을 생각나게 하고, 그보다 죽음 그 자체를,
침통한 장례식과 조용한 마지막 길을 떠올리게 한다. 관처

럼 검은색을 칠한 이런 작은 배의 의자, 무광택의 검은 쿠션이 달린 이 팔걸이의자가 세상에서 가장 부드럽고 푹신하고, 긴장감이 가장 잘 풀리는 의자라는 사실을 알아차린 사람이 있을까? 아셴바흐는 곤돌라의 뱃머리에 가지런히 모여 있는 짐들을 마주보며 사공의 발치에 앉았을 때 이미 그 사실을 알아차렸다. 사공들은 아직도 삿대질을 하며 알아들을 수 없는 말로 거칠게 말싸움을 벌이고 있었다. 그러나 그들의 목소리는 이 물의 도시의 이상한 정적 속으로 부드럽게 빨려들어가 바다 위로 흩어져버리는 것 같았다. 이곳 항구는 기온이 따뜻했다. 시로코 열풍의 기분 좋은 입김을 받으며, 쿠션의 푹신함에 몸을 맡긴 채 여행객 아셴바흐는 그동안 누리기 힘들었던 달콤한 나른함을 즐기며 눈을 감았다. 배는 얼마 안 가서 도착할 거야, 하고 그는 생각했다. 영원히 끝나지 말았으면! 그는 가볍게 흔들거리며 와자지껄 떠들어대는 무리로부터 미끄러지듯 멀어져가는 것을 느꼈다.

주위가 얼마나 조용해지던지! 노 젓는 소리와 물결이 그 작은 배의 선수에 둔탁하게 부딪히는 소리 외에는 아무 소리도 들리지 않았다. 끝부분에 창도끼 모양의 장식이 달린 검은 뱃머리는 물 위로 가파르게 솟아나와 있었다. 그리고 또 하나의 소리, 중얼거리는 소리가 들렸다. 그것은 사공이 팔에 힘을 줄 때마다 이 사이로 간헐적으로 낮게 내뱉는 소리였다. 아셴바흐는 위를 올려다보았고, 약간 당혹스러운 느낌으로 주변의 얕은 석호가 넓어지고, 배가 한바다로 나아가고 있다는 사실을 알아차렸다. 따라서 그는 너무 느긋하게 쉬고만 있을 게 아니라, 자신이 원하는 방향으로 가도록 신경을 써야만 할 것 같았다.

"증기선 선착장으로 가고 있는 거지요." 그가 몸을 반쯤 돌린 채 말했다. 중얼거림은 멈추었지만 아무런 대답도 들리지 않았다.

"증기선 선착장으로 가는 거냐고요!" 그가 다시 말했다. 그는 이번에는 몸을 완전히 돌려 사공의 얼굴을 올려다보았다. 사공은 그의 뒤편 높은 발판 위에서 흐린 하늘을 배경으로 우뚝 서 있었다. 그는 무뚝뚝한, 아니 그보다 험악한 인상을 가진 남자였다. 선원들처럼 푸른 옷을 입고, 노란색 띠를 두르고, 너덜너덜해지기 시작한 볼품없는 밀짚모자를 비뚜름하게 쓰고 있어서 불손해 보였다. 얼굴 생김새, 살짝 치켜 올라간 코 밑의 곱슬곱슬한 금빛 수염은 이탈리아 혈통이 전혀 아니라는 느낌을 주었다. 비록 몸집이 빈약해서 자신의 직업에 그리 능숙하다고 믿기는 힘들었

지만, 그는 노를 저을 때마다 온몸을 실어 아주 힘차게 노
질을 했다. 너무 힘이 드는지 몇 번 입술을 당겨 하얀 이를
드러내기도 했다. 그는 불그스름한 눈썹을 찌푸리고 손님
을 건너다보며 단호하고 거칠다 싶은 어조로 대답했다.

"손님은 리도로 가시잖소."

아셴바흐가 대꾸했다.

"물론이죠. 하지만 난 이 곤돌라를 단지 산마르코로 가
기 위해 탔을 뿐이오. 수상 버스를 이용할 생각이오."

"수상 버스는 탈 수 없을 거요, 손님."

"왜 그런 거죠?"

"수상 버스는 짐을 실어주지 않기 때문이죠."

그것은 맞는 말이었다. 아셴바흐는 그 사실을 기억하고
는 아무 말도 하지 않았다. 그러나 이 나라에서는 이 작자
처럼 외국인을 매정하고 거만하게 대하는 사람이 거의 없
는지라, 그의 태도가 마음에 들지 않아 이렇게 말했다.

"그건 당신이 상관할 바 아니오. 짐을 보관소에 맡겨도
될 일 아니오. 돌아가시죠."

한동안 침묵이 흘렀다. 노에서 찰싹거리는 소리가 났고,
물이 둔탁하게 선수에 부딪히는 소리가 들렸다. 그리고 다
시 중얼거리며 말하는 소리가 계속되었다. 사공이 이 사이

로 혼자 중얼거리고 있었던 것이다.

어떻게 해야 할까? 바다에서 이 이상하고 반항적이고 고집불통인 남자와 단둘이 있자니 여행객 아셴바흐는 자신의 요구를 관철시킬 수단을 찾을 수가 없었다. 만약 그가 화를 내지 않았더라면 얼마나 느긋하게 쉴 수 있었을까! 그는 배를 타는 것이 오래, 영원히 계속되었으면 하고 바라지 않았던가? 일이란 흘러가는 대로 맡겨두는 것이 가장 현명한 짓이고, 무엇보다 지극히 기분 좋은 일이었다. 등 뒤의 제멋대로인 사공의 노질에 가볍게 흔들리는 의자에서, 이 낮고 검은 쿠션이 달린 팔걸이의자에서 나른함에 빠지게 하는 마력이 흘러나오는 것 같았다. 범죄자의 손아귀에 들어간 거라는 생각이 꿈결처럼 아셴바흐의 머릿속으로 스쳐갔다. 적극적인 방어에 나서는 것은 불가능했다. 이 모든 일이 단순히 바가지를 씌우기 위한 목적이었다면, 더욱 몸서리쳐지는 일이었다. 일종의 의무감이나 자긍심 때문에, 아무튼 그런 일은 막아야 한다는 생각이 들어 그는 다시 한 번 어렵게 결정을 내리고 물었다.

"이렇게 태워주고 원하는 게 뭐요?"

그러자 사공은 건너편을 쳐다보며 대답했다.

"요금을 받는 거지요."

이 말에 어떤 대꾸를 해야 할지는 확고했다. 아셴바흐는 기계적으로 말했다.

"만약 내가 원하지 않는 곳으로 간다면, 나는 절대 내지 않을 거요, 단 한 푼도."

"손님은 리도로 가시려는 거죠."

"하지만 당신과는 안 가겠어요."

"제가 잘 모셔다드리겠습니다."

그건 맞는 말이야, 하고 생각하며 아셴바흐는 긴장을 풀었다. 그래야지, 넌 날 잘 모셔다줄 거야. 네가 현금을 노리고 날 뒤에서 노로 때려 저승으로 보낸다 해도, 잘 모셔다준 것이 되겠지.

다만 그런 일은 일어나지 않았다. 심지어 동반자도 생겼는데, 그것은 음악으로 억지 요금을 요구하는 무리들로 보트를 타고 나타났다. 남녀 무리는 기타와 만돌린으로 반주를 하며 노래를 불렀고, 곤돌라에 바짝 붙어 운행하면서 물 위의 정적을 그들의 탐욕스럽고 이국적인 노랫말로 가득 채웠다. 아셴바흐는 내밀고 있던 모자에 돈을 던져 넣었다. 그러자 그들은 조용해지더니 떠나버렸다. 그리고 가끔씩 희미하게 혼잣말을 하는 곤돌라 사공의 중얼거림이 다시 들려왔다.

이렇게 해서 그는 시내로 향하는 증기선이 일으키는 물살에 흔들리며 목적지에 도착했다. 관청 관리 두 명이 뒷짐을 지고 얼굴은 개펄로 향한 채 물가에서 왔다갔다했다. 아셴바흐는 하선용 발판이 있는 곳에서 베네치아의 선착장마다 볼 수 있는, 갈고리를 이용해 배를 끌어주는 일을 하는 노인의 부축을 받으며 곤돌라에서 내렸다. 그런데 그는 잔돈이 없어서 증기선 선착장 바로 옆의 호텔로 건너갔다. 그곳에서 잔돈을 바꾼 후에 사공에게 적당히 품삯을 지불하려 했던 것이다. 로비에서 용무를 마치고 돌아와서 보니 자신의 짐이 선창의 어떤 수레에 실려 있었다. 그러나 곤돌라와 사공은 사라지고 없었다.

"그 자는 달아나버렸어요." 갈고리를 든 노인이 말했다. "나쁜 작자입니다, 면허도 없이 운항을 하다니요, 나리. 면허도 없이 곤돌라를 모는 사공은 그자뿐이에요. 다른 사공들이 이곳으로 전화를 했어요. 관리들이 기다리고 있는 것을 보고는 달아나버린 거죠."

아셴바흐는 어깨를 으쓱해 보였다.

"나리는 공짜로 탄 셈이죠." 노인이 이 말을 하며 모자를 내밀었다. 아셴바흐는 거기에 동전 몇 닢을 던져 넣었다. 그는 짐을 해안 호텔로 가져가달라고 지시하고 수레를 따라 하얀 꽃이 피어 있는 가로수 길을 지나갔다. 양쪽으로 술집과 상점과 펜션들이 들어서 있는 그 길은 섬을 가로지르며 해변을 향하고 있었다.

그는 뒤편의 정원 쪽 테라스를 지나 널찍한 호텔로 들어섰고, 넓은 로비를 가로질러 현관홀의 사무실로 들어갔다. 도착을 미리 통고해두었기 때문에 신속하게, 협조적으로 접수가 진행됐다. 검은 콧수염을 기르고 프랑스식 프록코트를 입은, 키가 작고 공손하며 낮은 목소리의 지배인이 엘리베이터를 타고 3층까지 따라와서 방을 안내해주었다. 벚나무 가구들이 갖춰진 쾌적한 방은 향기가 풍기는 꽃들로 장식되어 있었고, 높다란 창문들은 확 트인 바다를 향하고 있었다. 지배인이 물러가고 종업원들이 짐을 끌고 와서 방 안에 풀어놓는 동안, 그는 창가로 가서 한적한 오후의 해변을 바라보았다. 태양이 비치지 않는 바다는 밀물 때였고, 파도가 낮고 길게 일정한 간격으로 잔잔하게 물가로 밀어내고 있었다.

고독하고 말없는 사람이 보고 겪는 일들은 남들과 잘 어울리는 사람들보다 더 모호하고 인상적이다. 그런 사람의 생각은 더 무겁고 유별나며 우수의 흔적마저 남긴다. 평소에는 한 번 보고 한 번 웃고 한 번 의견교환을 하고서 가볍게 떨쳐버릴 수 있는 모습이나 느낌들조차 필요 이상으로 뇌리에 남고, 그것들은 침묵 속에서 강해지고 깊어지면서 체험과 모험, 감정이 된다. 고독은 시간이 지나면 독창적인 것, 대담하고 생소한 느낌을 주는 아름다운 것, 허구를 만들어낸다. 그러나 고독은 전도된 것, 과도한 것, 불합리한 것, 금지된 것을 불러오기도 한다. 그래서 이곳으로 오는 동안 사랑스러운 분이라고 헛소리를 해대던 그 끔찍한 멋쟁이 노인, 품삯을 날려버린 무허가 곤돌라 사공의 모습들이 아직까지도 이 여행객의 마음을 짓누르고 있었다. 이성적으로 이해하기에 어려움도 없었고, 사실상 고민거리가 되지도 않는데도 그 모습들은 그에게는 대단히 기이하게 여겨졌고, 어쩌면 바로 이러한 모순 때문에 마음이 무거운지도 몰랐다. 이런 생각을 하는 사이에 그는 바다를 향해 눈인사를 했고, 베네치아가 지척에 있다는 것을 깨닫고 기쁨을 느꼈다. 그는 마침내 몸을 돌려 세수를 하고, 편히 지내는 데 불편함이 없도록 객실 청소부에게 몇 가지 요구를 했다. 그리고 엘리베이터 안내원으로 일하는 푸른 제복의 스위스인의 안내를 받아 일층으로 내려왔다.

그는 바다 쪽으로 향한 테라스에서 차를 마셨고, 그 후에는 밖으로 나와 부두 산책로를 따라 엑셀시오르 호텔 방향으로 상당한 거리를 걸어갔다. 그가 돌아왔을 때는 이미 저녁 식사를 위해 옷을 갈아입어야 할 시간이 다 된 것 같았다. 그는 공들여 치장을 하는 데 습관이 되어 있어서 평소대로 천천히 꼼꼼하게 옷을 갈아입었다. 그런데도 그는 일찍 로비로 들어섰는데, 그곳에 호텔 손님들 상당수가 모여 있는 것을 발견했다. 그들은 서로 서먹하고 관심이 없는 척하면서도 다들 식사가 나오기를 잔뜩 기대하고 있었다. 그는 테이블에서 신문 한 장을 집어 들고 가죽 소파에 앉아 지난 번 휴가지의 손님들과 달리 마음에 드는 사람들을 유심히 살펴보았다.

눈앞에 너그럽게도 많은 것들을 받아들이는 모습이 시야에 넓게 펼쳐졌다. 세계 주요국의 언어로 조심스럽게 소곤거리는 소리가 섞여 들렸다. 세계적으로 문명을 상징하는 제복으로 통용되는 야회복은 겉보기에 다양한 인간들을 예의 바른 동일 집단으로 묶어준다. 한 미국인의 무덤덤하고 따분한 얼굴, 식구가 여럿인 러시아 가족, 영국 귀부인들, 프랑스인 보모가 딸린 독일 아이들이 보였다. 슬라브계 구성원들이 대다수인 것 같았다. 바로 옆에서는 폴란드어로 속삭이는 소리가 들려왔다.

청소년쯤 되어 보이는 아이들이 가정교사나 인솔자인

듯한 여자의 보살핌을 받으며 등나무 테이블 주변에 모여 있었다. 열다섯에서 열일곱 살 가량의 소녀 세 명과 열네 살쯤 되어 보이는 긴 머리의 소년 한 명이었다. 아셴바흐는 그 소년이 완벽할 만큼 아름답다는 사실에 깜짝 놀랐다. 창백하면서도 우아하고 내성적인 소년의 얼굴은 벌꿀색 곱슬머리에 감싸여 있었고, 코는 곧게 쭉 뻗었고, 입술은 매혹적이었고, 표정은 사랑스러우면서도 성스러운 엄숙함을 띠고 있어서 가장 고상한 시기의 그리스 조각상을 연상시켰다. 그리고 지극히 순수하고 완벽한 형태에 너무나 독특하고 개인적인 매력까지 갖추고 있어서 보는 이로 하여금 자연에서도 조형예술에서도 그처럼 성공적인 걸작은 본 적이 없다고 생각될 정도였다. 그 외에도 눈에 띈 것은 그 남매들의 옷차림이나 몸에 배인 습관이 교육적 관점에서 분명히 근본적으로 차이가 느껴진다는 점이었다. 세 소녀들 중 가장 나이가 많은 소녀는 어른스럽긴 했지만, 그들의 차림새는 과할 정도로 엄격하고 정숙했다. 세 소녀는 한결같이 회청색에다 무릎까지 내려오는 길이에, 장식도 없고 일부러 몸에 맞지 않게 재단한 듯한 수녀 같은 복장을 하고 있었다. 하얀 옷깃만이 유일하게 밝은 느낌을 주었다. 그런 차림새는 그들의 몸에서 조금이라도 호감이 느껴지지 않도록 억누르고 방해하는 것만 같았다. 거기에다가 매끈하게 머리에 단단히 당겨 붙인 머리카락은 그들의 얼굴을 수녀처럼 멍하고 무표정해 보이게 만들었다. 그녀들을 이렇게 꾸며준 것은 어머니였을 것인데, 딸들에게 적용시킨 교육상의 엄격성이 아들에게는 전혀 적용되지 않아 보였다. 온화하고 다정해 보이도록 하는 것이 소년을 꾸미는 원칙임을 알 수 있었다. 그의 아름다운 머리카락에 되도록 가위질을 않으려 애쓴 흔적이 보였다. '가시를 빼는 소년'[5]처럼 그의 곱슬머리는 이마로, 귀 위로, 목덜미 훨씬 아래까지도 곱슬곱슬 뒤덮고 있었다. 그는 영국식 세일러복을 입고 있었는데, 불룩한 옷소매는 아래로 갈수록 좁아져서 아직 어린애지만 그래도 가늘고 긴 손의 고운 손목을 꼭 끼게 둘러싸고 있었다. 세일러복은 띠와 리본과 자수로 장식되어 있어서 그가 부유하고 버릇없이 컸다는 인상을 주었다. 그는 관찰자 아셴바흐에게 반쯤 옆얼굴을 보이면서 검은 에나멜가죽 구두를 신은 한쪽 발을 다른 발 앞으로 내밀고, 한쪽 팔꿈치를 등나무 의자 팔걸이에 걸치고, 움켜쥔 손으로 뺨을 괴고 앉아 있었다. 그것은 꾸밈없

5) Spinario Cavaspina, 로마의 카피톨리노 미술관에 있는 청동 조소상.

는 기품을 보이는 자세였고, 누나들에게는 익숙하게 볼 수 있는 맹종하는 듯한 뻣뻣함은 전혀 찾아볼 수 없었다. 저 아이는 병을 앓고 있나? 곱슬머리의 짙은 금색과 눈에 띄게 대조를 이루는 상아처럼 얼굴이 창백했기 때문이다. 아니면 편애와 변덕스러운 사랑 때문에 유약해진 응석받이에 지나지 않아서일까? 아센바흐는 후자라고 믿고 싶었다. 거의 모든 예술가 기질에는 아름다움을 창조하는 편파성을 인정하고, 배타적인 특권에 관심과 경의를 표명하는 방탕하고 배반적인 성향이 선천적으로 내재되어 있는 것이다.

웨이터가 돌아다니며 영어로 식사 준비가 되었다고 알렸다. 손님들은 서서히 유리문을 통해 식당 안으로 몰려갔다. 이제 막 현관 입구에서 들어오고 엘리베이터에서 내린 사람들이 허겁지겁 그의 앞을 지나갔다. 안에서는 음식을 접대하기 시작했지만, 폴란드인 남매들은 아직도 등나무 테이블 곁에 머물고 있었다. 그리고 아센바흐는 편한 안락의자에 깊숙이 앉은 채로, 미소년을 주시하면서 그들과 함께 차례를 기다렸다.

작고 뚱뚱하고 얼굴색이 붉은, 중년에 못 미치는 가정교사가 마침내 일어나라는 신호를 보냈다. 밝은 회색 옷차림에 진주로 치렁치렁하게 치장한 키 큰 여자가 로비로 들어서자, 가정교사는 눈썹을 치켜 올리며 의자를 뒤로 빼고 몸을 숙여 인사를 했다. 방금 들어온 여자의 태도는 냉정하고 신중했다. 가볍게 분을 바른 머리 매무새나 옷차림에서는 모두 경건하고 고귀하게 보이는 집단의 주된 취향인 소박함의 면모가 엿보였다. 독일인이었다면 그녀는 고위관료의 부인 정도 되었을 것이다. 그녀의 모습에서 유일하게 비현실적으로 화려한 면은 장신구를 통해 드러났다. 귀고리와 버찌만한 크기에 은은하게 빛나는, 세 겹으로 둘러진 긴 진주목걸이가 전부였지만 그것은 사실상 평가하기조차 힘들 정도로 가치가 높은 것이었다.

아이들은 황급히 자리에서 일어나 있었다. 그들은 어머니의 손에 키스를 하기 위해 몸을 숙였다. 어머니는 잘 가꾸어진, 그러나 약간 피곤해 보이고 코가 뾰족한 얼굴에 가볍게 절제된 미소를 띠며 아이들의 머리 너머로 가정교사를 건너다보며 불어로 몇 마디 건넸다. 그 후에 그녀는 유리문 쪽으로 걸어갔다. 남매들이 어머니를 뒤따랐다. 소녀들은 나이순으로 차례로 따라갔고, 그 뒤에 가정교사가, 맨 마지막에 소년이 뒤따랐다. 어떤 이유에서인지 그 소년은 문턱을 넘기 전에 몸을 돌렸다. 로비에는 아셴바흐 외에는 아무도 없었다. 그래서 소년의 독특하게 흐릿한 회색 눈이 신문을 무릎 위에 올려놓고 깊은 사색에 잠겨 그들의 뒷모습을 바라보고 있던 아셴바흐의 눈과 마주쳤다.

아셴바흐가 본 것은 분명 어느 모로 보나 조금도 이상한 점이 없었다. 아이들은 먼저 식탁으로 가지 않고 어머니가 나타나기를 기다렸다가 공손하게 인사를 했고, 식당으로 들어갈 때도 관례적인 서열을 지켰다. 다만 그 모든 것에는 너무나 명백하게 예절과 의무와 자긍심이 강조되어 보였기 때문에 아셴바흐는 이상하게도 마음이 짜릿해지는 것을 느꼈다. 그는 잠시 망설이다가 식당으로 건너가서 자

리를 지정받았다. 그 자리가 폴란드인 가족들과 너무 멀리 떨어져 있다는 것을 알고는 그렇게 안타까울 수가 없었다.

그는 피곤했지만 그래도 정신적으로 자극을 받아 오랜 식사시간 동안 추상적인 문제들, 실은 초월적인 문제들에 관해 깊이 생각해보았다. 그는 인간의 아름다움이 생겨나기 위해 법칙성이 개인적인 것에 적용되어야만 하는 신비한 조합에 관해 숙고했다. 그러다가 예술과 형식의 보편적인 문제로 넘어갔고, 결국에는 자신이 생각하고 알아낸 것이 행복해 보이는 꿈속의 기억과 비슷하다고 판단했다. 그

런 것들은 잠에서 깨어 제정신으로 돌아오면 완전히 공허하고 쓸모없는 것으로 입증되는 것이다. 그는 식사를 마치고 밤의 향기가 풍기는 호텔 정원에서 담배를 피우며 잠시 앉았다가 이리저리 거닐며 시간을 보낸 후 일찍 들어와 잠을 청했다. 깊은 잠을 잘 수 있기는 했지만, 생생한 꿈을 여러 번 꾸었다.

다음날에도 날씨는 더 나아질 조짐을 보이지 않았다. 바다 쪽으로 육풍이 불었다. 희미하게 구름이 낀 하늘 아래 바다는 밋밋해 보이는 수평선과 맞닿아 마치 쭈그러든 것처럼 활기를 잃어 조용했고, 해안에서 아주 멀리 물러나 있어서 기다란 모래톱을 여러 줄 드러내 보였다. 아셴바흐가 창문을 열자 개펄의 썩은 냄새가 느껴지는 것 같았다.

그는 불쾌한 기분에 사로잡혔다. 이 순간에 벌써 그는 떠날 생각을 했다. 수년 전에도 이곳은 화창한 봄 날씨가 몇 주 이어지고 나서 이런 날씨가 그를 괴롭혔고, 건강이 안 좋아져서 베네치아를 도망치듯 떠나야 했던 적이 있었다. 벌써 당시의 열이 나는 불쾌한 느낌과 관자놀이가 지끈거리고 눈꺼풀이 무거워지는 증상이 다시 찾아온 것이 아닐까? 휴가지를 또 바꾼다는 것은 귀찮은 일이지. 그러나 바람의 방향이 바뀌지 않는다면 이곳에 머물지 못할 거야. 그는 만일을 위해 짐을 완전히 풀지는 않았다. 9시에 그는 로비와 식당 사이에 별도로 마련된 뷔페에서 아침 식사를 했다.

홀은 대형 호텔들이 흔히 자랑거리로 내세우는 엄숙하고 조용한 분위기였다. 서빙을 하는 종업원들은 발소리를 죽이며 돌아다녔다. 들려오는 것은 찻잔 달그락거리는 소리, 속삭이는 듯한 소리가 전부였다. 아셴바흐는 출입문 대각선 맞은편, 자신의 자리에서 두 테이블 떨어진 한쪽 구석에 폴란드인 소녀들이 가정교사와 함께 앉아 있는 것을 알아차렸다. 그들은 잿빛을 띤 금발 머리를 새로 매끄럽게 빗었고, 눈은 충혈되어 있었다. 조그맣고 하얀 옷깃과 소맷부리에 주름 장식이 달린 뻣뻣한 푸른 아마포 옷을 입고 꼿꼿이 앉아 설탕절임이 든 유리병을 서로에게 건넸다. 그들은 아침 식사를 거의 마친 상태였다. 소년의 모습은 보이지 않았다.

아셴바흐는 미소를 지었다. 홍, 꼬마 페아케족[6]이군! 넌 누나들과는 달리 마음대로 늦잠을 자는 특권을 즐기는 모양이군, 하고 그는 생각했다. 그러자 갑자기 기분이 유쾌

---

[6] 호메로스의 『오디세이』에 나오는 행복한 섬 사람들을 말한다.

해져서 혼자 다음과 같은 구절을 암송했다.

자주 바뀌는 장신구에 따뜻한 목욕과 휴식이라.[7]

그는 서두르지 않고 식사를 했다. 그리고 모자를 벗어들고 홀 안으로 들어온 수위의 손에서 우편물을 건네받아 담배를 피우면서 편지 몇 통을 열어보았다. 이렇게 해서 그는 저 건너편에서 가족들이 기다리고 있던 잠꾸러기 소년이 등장하는 모습까지 보게 되었다.

소년은 유리문을 통해 들어와 조용한 가운데 식당을 비스듬히 가로질러 누나들이 앉아 있는 식탁으로 갔다. 그의 걸음걸이는 상체의 자세에 있어서나 무릎의 움직임, 흰 구두를 신은 발을 내려놓는 모습에 있어서도 대단히 우아했다. 그 모습은 매우 가볍고, 부드러우면서도 자신감에 차 있었고, 게다가 어린애다운 수줍음 때문에 도중에 두 번이나 식당 안을 돌아보며 눈을 들어 올렸다가 내렸다 하는 모습이 아름다워 보이기까지 했다. 소년은 미소를 짓고, 부드럽고 모호한 자기 나라 말로 낮게 뭐라고 말하며 자리에 앉았다. 이제 그 소년은 특히 지켜보고 있던 아셴바흐에게 완전한 옆모습을 보이고 있었다. 아셴바흐는 그 모

---

7) 『오디세이』에 나오는 한 구절이다.

습에 새삼 놀랐는데, 참으로 신과 같은 인간의 아름다움에 경악할 정도였다. 소년은 오늘은 파란 줄과 흰 줄이 섞인, 가벼운 천으로 된 캐주얼한 양복을 입고 있었는데, 가슴에는 빨간 비단 리본을 달고 목에는 단순한 흰색의 스탠드칼라가 단추로 채워져 있었다. 그 양복 스타일에 도무지 어울리지 않는 칼라 위로 꽃처럼 예쁜 그의 머리가 비길 데 없이 사랑스럽게 놓여 있었다. 그것은 에로스 신의 두상 같았다. 그 두상은 파로스 섬의 누르스름한 광택이 나는 대리석으로 되어 있었고, 눈썹은 고상하고 진지했고, 관자놀이와 귀는 꼬불꼬불 말려 들어가는 짙고 부드러운 곱슬머리로 덮여 있었다.

좋아, 좋아! 하고 아셴바흐는 예술가들이 때때로 걸작을 대하면서 감격과 황홀감을 숨길 때처럼 전문가답게 냉철하게 인정했다. 그리고 계속해서 이렇게 생각했다. 내가 기다렸던 것이 바다와 백사장은 아니었으니 네가 있는 동안은 계속해서 여기 있을 거야! 그는 호텔 직원들이 주의 깊게 지켜보는 가운데 홀을 지나 널따란 테라스를 내려가 곧장 판자가 깔린 길을 지나 호텔 손님들을 위해 별도로 막아놓은 해변으로 갔다. 그 아래서는 관리인으로 보이는, 아마포 바지에 선원용 상의를 걸치고 밀짚모자를 쓴 맨발의 노인이 관리인으로 일하고 있었다. 그는 노인에게 해변 방갈로를 빌려서, 바깥의 모래가 잔뜩 있는 널빤지 발판에 탁자와 의자를 내놓도록 시키고, 접이의자를 멀리 바다 쪽 밀랍처럼 누런 모래밭 속으로 끌고 가 그 위에 편히 드러 누웠다.

해변의 모습, 자연의 4대 원소 중 하나인 물 가까이에서 근심 없이 감각적으로 즐기는 이런 문화적인 광경은 이전 과 다름없이 그를 즐겁고 기쁘게 해주었다. 옅은 잿빛 바 다는 이미 물속에서 첨벙대는 아이들, 수영을 즐기는 사람 들 그리고 두 손을 머리 뒤로 포개고 모래톱에 누워 있는 사람들의 다채로운 모습으로 활기를 띠었다. 어떤 사람들 은 빨간색과 파란색으로 칠해진 용골 없는 작은 보트를 타 고 노를 젓다가 뒤집어지며 깔깔거렸다. 길게 늘어선 방갈 로 앞에서는 사람들이 조그만 베란다에서처럼 앉을 수 있 는 발판에서 활기차게 장난을 하고, 게으르게 드러누워 휴 식을 취하고, 서로 찾아와서 잡담을 나누고, 대담하고 기 분 좋게 신체를 노출시키고 이 고장의 자유분방한 관습을 즐기는 이들도 있었고, 아침부터 세심하고 우아하게 꾸미 는 이들도 있었다. 앞쪽의 축축하고 단단한 모래밭에서는 수영복 위에 걸치는 흰 망토나 헐렁하고 강렬한 색채의 셔츠 차림의 해수욕객들이 산책을 하고 있었다. 오른쪽에는 아이들이 복잡한 형태의 모래성에 세계 각국의 조그만 국기들을 빙 둘러 꽂아 놓았다. 행상들이 조개와 과자와 과일들을 펼쳐놓고 팔고 있었다. 왼쪽으로, 나머지 방갈로들이 백사장의 끝을 이루는 바다 쪽으로 비스듬히 줄지어 있는데, 그 중 한 곳에는 러시아인 가족들이 진을 치고 있었다. 턱수염에 커다란 이가 두드러져 보이는 남자들, 기운이 없고 게으른 여자들이 보였다. 발트 해 출신의 처녀 한 사람은 이젤 앞에 앉아서 절망을 외치며 바다를 그리고 있었다. 그리고 마음씨는 착해 보이는 못생긴 아이 두 명과 두건을 쓰고 고분고분하고 비굴한 노예근성을 보이는 늙은 하녀도 있었다. 그들은 그곳에서 유쾌하게 지냈고, 말을 듣지 않고 뛰어다니며 놀고 있는 아이들의 이름을 끊임없이 불러댔고, 짧은 이탈리아어로 사탕과자를 파는 유머감각이 풍부한 노인과 오랫동안 농담을 주고받고, 서로 뺨에 입맞춤을 했는데, 그들은 자신들을 지켜보는 시선은 조금도 개의치 않았다.

그럼 난 이곳에 머물러야겠군, 하고 아셴바흐는 생각했다. 더 나은 곳이 어디 있겠어? 그는 두 손을 무릎 위에 포개면서 눈을 드넓은 바다로 향했다. 그리고 시선을 황량한 풍경의 단조로운 구름 속으로 돌리니 흐릿해지며 흩어져 버렸다. 그가 바다를 사랑한 데는 깊은 이유들이 있었다. 그것은 먼저 힘든 작업을 하는 예술가의 휴식 욕구 때문이었다. 까다롭고 다양한 형태들을 피해 단순함과 광활함의 품속에 숨고 싶은 욕망이 일었던 것이다. 그 다음으로 분류되지 않은 무한하고 영원한 것, 즉 무를 추구하려는 금지된 열망, 필생의 임무와는 정반대되는 것이라서 유혹적이기도 한 그 열망 때문이었다. 완전함 곁에 조용히 머무르려는 것은 탁월한 것을 이루려고 노력하는 자의 갈망이다. 그리고 무는 완전함의 한 형태가 아니던가? 그러나 그가 지금 허공을 바라보며 이토록 깊은 공상에 빠져 있을 때, 별안간 물가의 수평면을 한 인간의 형체가 가로질렀고, 그가 시선을 무한한 것으로부터 거두어들여 집중시키고 보니 미소년이 왼쪽에서부터 다가와 앞쪽의 모래밭을 지나가고 있었다. 소년은 맨발로 물속을 돌아다니려고 이미 옷을 가는 다리의 무릎 위까지 걷어 올리고 있었다. 소년은 천천히 걸었지만 마치 신발을 신지 않고서도 돌아다니는 데 아주 익숙하다는 듯이 가볍고 당당했다. 그러면서 세로로 늘어서 있는 방갈로들을 돌아보았다. 그러나 그곳에서 러시아인 가족들이 쾌활하게 어울리며 활개 치는 모습을 보자 순식간에 분노에 찬 경멸감이 얼굴 전체로 번졌다. 이마에는 침울한 주름이 잡혔고, 입은 비죽 나왔다. 입술이 한쪽으로 쏠렸고, 뺨이 일그러졌다. 소년은 눈썹을 너무나 심하게 찌푸리고 있어서 눈이 움푹 들어갈 정도였고, 그 아래서 불쾌하고 음산하게 증오의 빛을 내뿜었다. 소년은 바닥을 내려다보았고, 다시 한 번 위협적으로 돌아본 후에 몸을 격하게 빼내는 동작을 하며 그 꼴사나운 사람들에게서 등을 돌렸다.

일종의 민감함이나 놀라움, 조심스러움과 당혹감 때문에 아셴바흐는 아무것도 보지 못한 것처럼 고개를 돌리지 않을 수 없었다. 왜냐하면 우연히 격한 감정을 목격하게 되었을 때 신중한 사람이라면 그것을 알게 된 것을 내보이기를 꺼리기 때문이다. 그러나 그는 기분이 좋기도 했고 가슴이 뭉클하기도 했다. 다시 말해 행복했다. 더없이 선량한 삶의 한 단면을 향한 이런 유치한 태도, 그것은 말없고 숭고한 그의 모습에 인간적인 면모를 가져다주었고, 눈요깃감 정도였던 자연의 귀중한 조각품을 더 깊은 관심을 기울일 가치가 있어 보이게 해주었다. 그리고 그것은 그렇지 않아도 그 아름다움 때문에 중요해진 미성숙한 소년에게 나이를 뛰어넘어 진지하게 받아들이게 해주는 배경도 부여했다.

　여전히 고개를 돌린 채 아셴바흐는 그 소년의 높으면서
도 약한 목소리에 귀를 기울였다. 소년은 멀리서 벌써 모
래성 쌓기에 몰두해 있는 놀이친구들에게 인사를 보내며
자신이 온 것을 소리쳐 알리려 했던 것이다. 아이들은 그
의 이름 혹은 애칭을 여러 번 맞받아 외침으로써 그에게
화답했다. 아셴바흐는 호기심에 이끌려 그 소리를 자세히
들어보았지만, '아드지오'같이 들리기도 하고, 마지막에
'우' 소리를 길게 빼며 외치는 선율 같은 두 음절, '아드지
우'로도 들렸는데 더는 정확히 알아들을 수 없었다. 그는
듣기 좋은 소리가 나는 그 울림이 대상에게 어울린다고 여
기며 그것을 마음속으로 조용히 되풀이해보았다. 그리고
흡족한 기분으로 편지와 서류로 눈길을 돌렸다.

　그는 여행용 문구 상자를 무릎 위에 올려놓고 만년필로
이런저런 편지들을 처리하기 시작했다. 그러나 15분이 지
나자 벌써 가장 즐길 만한 상황을 벗어나 중요하지 않은
일을 하며 소홀히 보내는 것이 아깝다는 생각을 했다. 그
는 필기구를 옆으로 치워두고 다시 바다를 향해 고개를
돌렸다. 그리고 얼마 후에는 모래를 쌓고 있던 소년들의
목소리에 정신을 빼앗겨 의자 등받이에 편안하게 기대고

있던 머리를 오른쪽으로 돌려 그 뛰어난 외모를 가진 아드지오가 어디서 무엇을 하고 있는지 다시 찾아보려고 애썼다.

그는 소년을 단번에 찾아냈다. 그의 가슴에 달린 빨간 리본을 잘못 볼 여지는 없었기 때문이다. 소년은 다른 아이들과 어울려 낡은 널빤지를 모래성의 질퍽한 도랑 위에 다리 삼아 놓는 데 열중해서 소리치고 고갯짓을 하면서 지시를 내리고 있었다. 그곳에는 남녀 아이들이 열 명 정도 함께 있었는데, 나이는 같은 또래이거나 약간 어렸고, 언어는 폴란드어, 불어 그리고 발칸 지역의 상투어들이 마구 섞였다. 그래도 그 소년의 이름이 가장 자주 들렸다. 아이들이 그 소년을 열망하고 의지하고 경탄하는 것이 확실했다. 특히 그 소년과 마찬가지로 폴란드인이고, 포마드를 바른 검은 머리에다 벨트 달린 아마포 반코트를 입은, 한 옹골찬 사내아이는 이름이 '야슈' 비슷하게 불렸는데, 소년의 가장 가까운 측근이자 친구인 것 같았다. 모래 쌓기 놀이가 다 끝나자, 두 아이는 서로의 허리를 감싸 안고 백사장을 따라 걸어갔다. 그리고 '야슈'라 불리던 아이가 미소년에게 입맞춤을 했다.

아셴바흐는 그 아이를 손가락질로 위협하고 싶은 기분

이 들었다. 그는 슬쩍 웃으며 생각했다. "내 충고하건대, 크리토불로스[8], 일 년 동안 여행이나 떠나게! 건강을 회복하려면 적어도 그 정도 시간은 필요하니까." 그러고 나서 그는 행상에게 구입한 커다랗고 잘 익은 딸기를 아침 간식으로 먹었다. 비록 태양이 하늘의 구름층을 뚫고 나올 수는 없었지만 날씨는 매우 더워졌다. 바다의 고요함이 주는 엄청나고 아찔한 장관을 즐기고 있는 동안, 정신은 나태함에 빠져들어 있었다. 대충 '아드지오' 비슷하게 들린 그 이름을 정확하게 알아내는 일이야말로 이 진지한 남자에게는 완벽하게 만족감을 주는 적절한 과제이자 일거리인 것 같았다. 그래서 그는 몇 가지 폴란드어에 관한 기억을 더듬으며 그것이 '타데우스'의 축약형이자 부를 때는 '타치우'로 발음되는 '타치오'가 틀림없을 것이라고 단정했다.

타치오는 수영을 하고 있었다. 소년을 시야에서 놓쳐버린 아셴바흐는 바다 멀리서 소년의 머리와 휘저으며 치켜드는 팔을 찾아냈다. 바다는 멀리까지도 얕은 모양이었다. 그런데도 벌써 걱정되는지 금세 방갈로 쪽에서 그를 부르

---

8) 크세노폰의 소크라테스 전기에서 인용한 내용. 크리토불로스가 알키비아데스의 아들에게 키스를 하자 소크라테스가 마음의 상처를 치유하기 위해 이렇게 하라고 충고했다고 한다.

베네치아에서의 죽음
●

174

는 여자들의 음성이 들렸고, 또 다시 그 이름이 튀어나왔다. 그 이름은 마치 따라 외치는 구호나 되는 것처럼 백사장을 뒤덮었다. 그래서 그 소리는 매끄러운 자음들과 마지막의 길게 늘어진 '우' 소리 때문에 감미롭고도 거친 느낌을 주었다. "타치우! 타치우!" 소년은 밀려 나오는 물에 다리로 거품을 일으키며 머리를 뒤로 젖히고 파도를 가르며 돌아오고 있었다. 귀여우면서도 빈약한 그 살아 있는 인물이 곱슬머리에서 물방울을 떨어뜨리며, 신처럼 아름답게 하늘과 바다의 깊숙한 곳에서부터 물 위로 솟아올라 빠져나오는 모습, 이 광경은 신화적인 상상을 불러일으켰다. 그것은 형식이 처음으로 생겨나고 신이 탄생하던 태고 시절에 관한 시인의 옛이야기 같았다. 아셴바흐는 눈을 감고 자신의 내면에서 울려나오기 시작하는 이 노래에 귀 기울였다. 그리고 다시 한 번 이곳이 좋은 곳이며, 자신이 머물고 싶은 곳이라고 생각했다.

그 후에 타치오는 수영에 지친 몸을 쉬기 위해 모래밭에서 걸치고 있던 흰 목욕 가운을 오른쪽 어깨 아래로 당겨 내리고, 드러난 팔에 머리를 올려놓고 누워 있었다. 아셴바흐는 그 소년을 지켜보지 않고 책을 몇 페이지 읽기는 했지만, 소년이 그 자리에 누워 있으며, 고개를 오른편으로 가볍게 돌리기만 하면 감탄이 절로 나오는 그 모습을 볼 수 있다는 사실을 거의 한 순간도 잊지 않았다. 자신이 이곳에 앉아 있는 것이 마치 쉬고 있는 그 소년을 지켜주기 위해서인 것 같은 느낌이 들었다. 그는 몇 가지 일에 정신을 팔고 있었지만, 그러면서도 바로 오른쪽의 그 고귀한 인간의 형상에 꾸준히 주의를 기울이고 있었다. 그리고 아버지 같은 애정, 자신을 희생하며 아름다움을 만들어내는 그가 아름다움을 가진 소년에게 애틋한 관심을 가지니 벅찬 감동으로 설레는 것이었다.

정오가 지나자 아셴바흐는 백사장에서 빠져나와 호텔로 돌아가서 엘리베이터를 타고 자기 방으로 올라갔다. 그는 방 안에서 꽤 오래 거울 앞에서 머물며 자신의 희끗한 머리, 지치고 거칠어진 얼굴을 살폈다. 이 순간 그는 자신의 명성을 떠올렸고, 길에서 많은 사람들이 자신을 알아보고, 정확하면서도 우아한 글솜씨에 경의를 표하며 지켜본다는 사실도 떠올렸다. 그는 자신의 재능이 가져다준 모든 외적인 성공들을 빠짐없이 떠올려보았고, 심지어 자신이 귀족 신분으로 격상된 것도 회상했다. 그러고 나서는 식당으로 내려가 매번 앉던 식탁에서 점심식사를 했다. 그가 식사를 마치고 엘리베이터로 들어서자 마찬가지로 식사를 하고 나오던 한 무리의 소년들이 그를 따라 정지해 있던 엘리베이터 안으로 몰려들었다. 그리고 타치오도 그들 속에 섞여 있었다. 타치오는 아셴바흐 곁에 아주 가까이 왔는데, 소년을 거리를 두고 그림처럼 보는 것이 아니라 인간으로서 세밀하고 정확하게 살핀 것은 처음이었다. 누군가가 소년에게 말을 걸었고, 소년이 말로 표현할 수 없는 사랑스러운 미소를 지으며 대답하는 동안 벌써 2층에 도착했다. 소년은 다시 눈을 내리깔고 뒷걸음질치며 내려버렸다. 아름다움은 수줍음을 만드는가 보군, 하고 아셴바흐는 생각했고, 왜 그렇게 되는지 골똘히 따져보기 시작했다. 그는 타치오의 치아 상태가 그리 좋지 않다는 것을 알아차렸다. 그의 이들은 약간 들쭉날쭉하고 새하얀 색이었는데, 건강한 광택이 없고 가끔 빈혈이 있는 사람들이 그렇듯이 이상하게도 깨지기 쉬운 투명함을 보이고 있었다. 아무래도 소년은 매우 섬세하고 병약한 것 같았다. 그 아이는 아마 오래 살지 못할 거야. 그리고 그는 이런 생각과 함께 만족감이나 안도감 같은 어떤 감정이 생기는 것에 대해 굳이 이유를 따져보려 하지 않았다.

그는 방에서 2시간을 보내고 나서 오후에는 수상 버스를 타고 썩은 냄새가 풍기는 석호를 건너 베네치아로 갔다. 그는 산마르코에서 내려 광장에서 차를 마신 후 일정에 맞춰 거리를 따라 산책을 시작했다. 하지만 바로 이 산책은 그의 기분과 결심을 완전히 뒤바꾸어놓았다.

골목들은 후텁지근해서 기분이 좋지 않았고, 공기는 너무 혼탁해서 집과 가게와 음식점 주방에서 나오는 냄새, 기름의 증기, 향수 냄새와 다른 많은 냄새들이 흩어지지 않고 자욱하게 떠다녔다. 담배연기도 제자리에서 맴돌면서 천천히 흩어질 뿐이었다. 좁은 곳에서 사람들과 계속해서 부딪치다 보니 산책을 하던 아셴바흐는 즐거운 것이 아니라 짜증이 났다. 오래 걸을수록 해풍이 열풍과 더불어 유발하는 것으로 보이는 끔찍한 상태는 그를 더욱 괴롭게 짓눌렀다. 그것은 그를 흥분시키는 동시에 무기력하게 만들었다. 땀이 흘러 불쾌했다. 눈은 제대로 보이지 않았고, 가슴은 갑갑했으며, 열이 올랐고, 머리로 피가 몰려 지끈거렸다. 그는 도망치듯 번잡한 상가에서 다리들을 건너 가난한 주민들이 거주하는 골목으로 빠져나갔다. 그곳에서는 거지들이 그를 끈덕지게 따라다녔고, 운하의 역한 냄새 때문에 숨조차 쉬지 못할 정도였다. 그는 베네치아 안쪽에 위치한, 사람들의 기억에서 잊히고 마법에 걸려 있는 듯한 장소들 중 하나인 조용한 광장에 도달해서 분수대에서 휴식을 취했다. 그는 이마의 땀을 닦으면서 문득 떠나야겠다는 생각이 들었다.

이 도시의 이런 날씨가 그에게 지극히 해롭다는 사실이 두 번째로, 그리고 이제 최종적으로 명확해졌다. 고집스럽게 버티는 것은 사리에 맞지 않아 보였고, 바람의 방향이 바뀔 것 같지도 않았다. 서둘러 결단을 내릴 필요가 있었다. 지금 당장 집으로 돌아갈 수는 없는 노릇이었다. 여름 숙소도 겨울 숙소도 그가 지낼 준비가 되어 있지 않았다. 그러나 이곳에만 바다와 해변이 있는 것은 아니었고, 물가에 악취 나는 찌꺼기도 없고 해로운 증기도 발생하지 않는 바다와 해변은 다른 곳에도 얼마든지 있었다. 그는 사람들이 훌륭하다고 알려준, 트리에스트에서 멀지 않은 곳의 조그만 해수욕장을 떠올렸다. 그곳으로 가서는 안 될 이유가 있나? 더구나 다시 한 번 휴가지를 바꾸는 일이 헛수고로 끝나지 않으려면 지체 없이 떠나야 해. 그는 결정이 난 것으로 정리하고 자리에서 일어섰다. 그리고 가장 가까운 곤돌라 선착장에서 배를 잡아타고 미로 같은 탁한 운하들을 따라 산마르코로 갔다. 그는 양쪽에 사자상이 달려 있는 우아한 대리석 발코니들 아래를 지나고, 미끄러운 벽 모서리를 돌아 커다란 상사 간판들이 쓰레기들이 둥둥 떠다니

는 물속에 비치는 애도의 궁정 앞을 지나갔다. 레이스 공
장과 유리 세공 공장과 결탁한 곤돌라 사공이 물건을 구매
할 수 있는 곳마다 그를 내려주려고 들어서곤 해서 그곳에
도착하기가 그리 쉽지는 않았다. 베네치아를 이렇게 기이
하게 통과하는 운행이 마법 같은 위력을 가지고 있는 것도
같았지만 침몰한 도시의 사기성 사업에 짜증이 났다.

호텔로 돌아와서 그는 저녁을 먹기도 전에 사무실에 들
러 예기치 못한 사정으로 다음날 아침에 떠나지 않을 수
없게 되었다고 설명했다. 그들은 유감이라고 말하며 계산
을 하고 영수증을 끊어주었다. 그는 식사를 마치고 뒤쪽
베란다의 흔들의자에 앉아 잡지를 읽으며 포근한 저녁을
보냈다. 그리고 잠자리에 들기 전에 미리 짐을 완벽하게
꾸려놓았다.

다음날 다시 길을 떠나야 한다는 생각에 심란해져서 그
는 편히 잠을 이루지 못했다. 아침에 창문을 열자 하늘에
는 변함없이 구름이 끼어 있었지만 공기는 더 신선해졌고,
그러자 후회가 몰려오기 시작했다. 호텔에 떠나겠다고 말
한 것은 병적이고 불안정한 상태에서 내려진 성급하고 잘
못된 행동이 아니었을까? 만약 떠나는 것을 약간 늦추었
다면, 그토록 성급하게 포기하지 않고 베네치아의 공기에

적응하려는 노력이나 날씨가 나아지리라고 희망을 걸었더라면, 이렇게 서두르며 귀찮아질 필요가 없고 어제와 마찬가지로 오전 한나절을 해변에서 보낼 수 있었을 텐데. 너무 늦었어. 내가 어제 원했던 대로라면 지금 출발해야만 해. 그는 옷을 차려입고 8시 정각에 아침을 먹으러 엘리베이터를 타고 일층으로 내려갔다.

뷔페에 들어서니 손님은 아무도 없었다. 그가 자리에 앉아 주문한 음식이 나오기를 기다리는 동안 몇 사람이 들어왔다. 찻잔을 입으로 가져가며 그는 폴란드인 소녀들이 인솔자와 함께 들어서는 것을 보았다. 그들은 아침 일찍 일어나 충혈된 눈으로 창가의 구석 자리로 걸어갔다. 그러고 나서 곧바로 수위가 모자를 벗어들고 그에게 다가와 서둘러 출발할 것을 재촉했다. 그와 다른 여행객들을 엑셀시오르 호텔로 데려다줄 자동차가 이미 대기 중이고, 거기서부터는 손님들을 모터보트로 회사의 전용 운하를 통해 역까지 태워다줄 것이라고 했다. 수위는 시간이 없다고 했다. 아셴바흐는 시간이 부족할 리 없다고 판단했다. 자신이 타고 갈 기차가 출발하기까지는 1시간 이상 남아 있었다. 그는 떠나는 손님들을 서둘러 내보내는 숙박업소의 관행에 짜증이 나서 수위에게 자신은 느긋하게 아침을 먹고 싶다고 알렸다. 수위는 머뭇거리며 물러가더니 5분 후에 다시 나타났다. 더 오래 기다리는 것은 불가능하다고 했다. 그렇다면 출발해도 좋으니, 자신의 트렁크나 싣고 가라고 아센바흐는 화를 내며 대꾸했다. 정해진 시간에 증기선을 이용할 것이니, 떠나는 문제는 본인 자신에게 맡겨달라고 부탁했다. 그 직원은 허리 숙여 인사를 했다. 귀찮게 재촉하는 것을 물리친 것이 기뻐서 아센바흐는 서두르지 않고 식사를 마쳤다. 심지어 종업원을 시켜 신문도 한 부 가져오게 했다. 그가 마침내 자리에서 일어섰을 때는 시간이 빠듯해졌다. 공교롭게도 그때 막 타치오가 유리문을 통해 들어왔다.

소년은 자기 식구들이 있는 식탁으로 가면서 호텔을 떠나는 아센바흐와 마주쳤고, 희끗한 머리에 이마가 벗겨진 그 남자 앞에서 겸손하게 눈을 내리깔더니 특유의 사랑스러운 자태로 곧장 다시 눈을 부드럽게 치켜뜨며 쳐다보았다. 그리고 지나가버렸다. 아듀, 타치오! 하고 아센바흐는 생각했다. 난 너를 잠깐밖에 못 보았군. 그리고 그는 평소의 습관과는 달리 생각한 것을 실제로 혼자 뇌까리고는 이렇게 덧붙였다. "신의 가호가 있기를!" 그러고 나서 출발할 채비를 하며 종업원들에게 팁을 나누어주고, 프랑스식 프록코트를 입은, 키가 작고 목소리가 낮은 지배인의 작별 인사를 받았다. 그리고 올 때와 마찬가지로 걸어서 호텔을 떠났다. 그는 가벼운 짐을 든 종업원을 대동하고 하얀 꽃이 피어 있는 가로수 길을 따라 섬을 가로질러 증기선 선착장으로 향했다. 그는 증기선에 올라타고 자리를 잡았다. 그리고 나서는 뼈저리게 후회할 슬프고 괴로운 항해를 해

야만 했다.

그것은 석호를 건너 산마르코를 지나 대운하를 따라 올라가는 친숙한 항해였다. 아셴바흐는 뱃머리의 원형 벤치에 앉아 팔을 난간에 걸치고 손으로 눈 위를 가려 그늘을 만들었다. 시민 공원들을 지나고, 작은 광장이 다시 한 번 당당한 기품을 뽐내며 활짝 드러났다가 사라졌고, 화려한 저택들이 줄지어 늘어선 모습이 보였고, 운하가 꺾어지자 리알토 다리의 화려하게 뻗은 대리석 아치가 나타났다. 여행객 아셴바흐는 그것을 보자 가슴이 찢어지는 것 같았다. 이 도시의 분위기, 너무나 피해 달아나고 싶었던 바다와 습지의 썩은 냄새—그는 이제 이 냄새를 예리한 통증을 느끼며 깊이 들이마셨다. 과연 그가 이 모든 것들에 얼마나 마음이 끌렸는지 몰랐고, 생각해보지 않았다는 것이 말이 되는 것일까? 오늘 아침에는 자신의 행동이 옳은 것인가 하는 것에 아쉬움이 남고 회의가 들었지만, 지금은 그것이 비탄으로, 진정한 슬픔으로, 마음의 고통으로 변했다. 너무나 슬퍼서 몇 번이나 눈물이 나올 정도였다. 이런 정도인 줄은 미처 예견할 수 없었다고 스스로도 인정하지 않을 수 없었다. 그가 그토록 견디기 힘들다고, 사실 때로는 도저히 참을 수 없다고 느꼈던 것은 다시는 베네치아를 보지 못하게 되리라는, 이번이 영원한 이별이 되리라는 생각 때문이었다. 왜냐하면 이 도시가 그의 건강을 해친다는 사실이 두 번째로 입증되었고, 이 도시를 두 번이나 황급히 떠나지 않을 수 없었기 때문에, 앞으로는 이 도시는 머물 수도 없고 머물러서도 안 되는 휴가지가 된 것이다. 자신이 감당할 수도 없고 다시 찾아오려는 시도 역시 무의미해지리라. 그렇다, 지금 이곳을 떠나면 수치심과 고집 때문에라도 자신을 육체적으로 두 번이나 좌절시킨 이 사랑하는 도시를 앞으로 다시는 보지 못하게 될 것이 틀림없다는 느낌이 들었다. 그리고 정신적 애착과 육체적 능력 사이의 이러한 불화는 늙어가는 아셴바흐에게 불현듯 너무나 힘들지만 중요하게 여겨졌고, 육체적 패배는 더없이 굴욕적이어서 어떤 대가를 치르고서라도 극복해야 한다는 생각이 들었다. 그래서 어제 심각한 갈등을 겪은 것도 아닌데 부적절한 결정을 받아들이고 인정했던 그 경박한 체념이 도무지 이해가 되지 않았다.

그런 생각을 하는 사이 증기선은 역에 가까워지고 있었고, 아셴바흐는 괴로움과 당혹감이 커져서 정신이 혼미할 지경이었다. 고뇌에 찬 이 남자에게 떠나는 일은 쉽지 않았고, 돌아가는 것 역시 쉬운 일이 아니었다. 이렇게 심란한 갈등을 겪으며 그는 역으로 들어섰다. 시간이 너무 빠듯해서 기차를 타려면 한순간도 지체해서는 안 되었다. 그는 기차를 타고 싶기도 하고 타고 싶지 않기도 했다. 그러나 시간은 촉박했고, 시간에 쫓겨 떠밀려가지 않을 수 없었다. 그는 서둘러 기차표를 구입하고, 대합실의 혼잡한 틈 속에서 그곳에 배치된 호텔 직원을 찾아 두리번거렸다. 직원이 나타나서 그의 커다란 트렁크는 이미 부쳤다고 알렸다. 벌써 부쳤단 말인가요? 네, 확실합니다. 코모로 말입니다. 코모로요? 그리고 화를 내며 다급하게 이리저리 오가면서 캐묻고 당황한 답변을 듣고 한 끝에 그 트렁크가 엑셀시오르 호텔의 수화물 배송처에서 이미 다른 사람들의 짐과 섞여 전혀 엉뚱한 방향으로 보내졌다는 사실이 밝혀졌다.

아셴바흐는 이런 상황에 어울리는 심각한 표정을 유지하려고 애썼다. 그의 내면에서는 일이 터진 데 대한 기쁨, 믿기 힘든 유쾌함이 거의 발작적으로 가슴을 뒤흔들었다. 직원은 아직 가능하다면 그 트렁크를 찾아오겠다며 급히 달려갔지만, 예상한 대로 성공하지 못하고 돌아왔다. 그래서 아셴바흐는 자신은 짐 없이는 여행을 하고 싶지 않으니 돌아가서 물건이 해안 호텔로 되돌아오기를 기다릴 작정이라고 설명했다. 그가 호텔의 모터보트가 아직 역전에 있는지 묻자, 직원은 배가 아직 문밖에 대기하고 있다고 자신 있게 대답했다. 그리고는 이탈리아어로 장광설을 늘어놓으며 창구 직원에게 끊은 기차표를 물러주도록 유도했고, 전보가 발송될 것이며, 트렁크를 금방 되찾는 데 조금도 소홀함이 없이 최선을 다하겠다고 다짐했다. 그리하여 여행객 아셴바흐는 역에 도착한 지 20분밖에 되지 않았지만 다시 대운하로 돌아가서 리도행 뱃길에 오르는 진풍경이 벌어졌다.

방금 전 커다란 슬픔을 느끼며 영원히 작별을 고했던 장소들을 운명의 변덕에 의해 1시간도 채 지나기 전에 다시보게 되다니! 그것은 이상하게도 믿기 힘들고 치욕적인, 우스꽝스럽고도 꿈같은 모험이었다. 작고 날렵한 배는 선수에 물거품을 일으키며, 곤돌라와 증기선들 사이를 요리조리 능숙하게 빠져나가면서 목적지를 향해 질주했다. 반면에 그 배의 유일한 승객인 아셴바흐는 짜증스럽고 체념하는 듯한 표정 뒤로 가출한 소년의 불안하면서도 넘칠 듯한 흥분을 감추고 있었다. 아직까지도 그의 가슴에서는 이따금씩 이 불운 때문에 웃음이 터져 나왔다. 그는 아무리 행운아라 해도 이보다 더 마음에 드는 불운을 당할 수 없을 거라고 혼자 중얼거렸다. 사람들에게 설명도 해줘야 할 것이고 그들의 놀란 표정들도 보아야 할 것이다. 그러고만 나면 스스로 다짐했듯이 모든 것이 다시 잘될 것이고, 불행을 피한 것이 되고 중대한 실수를 바로잡고, 그러면 그가 등을 돌렸던 모든 것이 다시 나타날 것이고, 언제든지 다시 그의 것이 될 것이다……. 그런데 모터보트의 빠른 속력 때문에 그가 착각을 일으킨 것일까, 아니면 바람이 쓸데없이 이제 와서야 정말로 바다 쪽에서부터 불어오는 것일까?

섬을 가로지르며 엑셀시오르 호텔로 나 있는 좁은 운하의 시멘트벽에 물결이 부딪혔다. 전용 버스 한 대가 그곳에서 다시 돌아오는 손님을 기다리고 있었고, 그를 태우고 파도가 일렁이는 바다 위쪽으로 난 곧은길을 달려 해안 호텔로 데려다주었다. 공들여 만든 프록코트를 입은, 키가 작고 콧수염을 기른 지배인이 그를 맞이하기 위해 옥외 계단을 따라 내려왔다.

지배인은 낮은 목소리로 비위를 맞추면서 돌발 사건에 대해 유감을 표시하고, 그것은 자신이나 회사의 입장에서도 지극히 곤혹스러운 일이라고 설명했다. 하지만 이곳에서 짐이 돌아오기를 기다리려는 아셴바흐의 결정은 확실히 잘한 일이라고 치켜세웠다. 물론 그의 방은 나가고 없지만, 그보다 나쁘지 않은 다른 방을 즉각 사용할 수 있다고 했다. "운이 없으시군요, 손님." 엘리베이터를 타고 올라갈 때 스위스인 안내원이 살짝 웃으며 말했다. 이렇게 해서 탈주자 아셴바흐는 다시 위치나 시설 면에서 이전의 방과 거의 완벽하게 비슷한 방에서 숙박을 하게 되었다.

그는 이 이상한 오전의 소동으로 지치고 정신이 멍해져서 손가방에 든 물건들을 꺼내 방 여기저기에 놓아둔 후 열려진 창가의 팔걸이의자에 주저앉았다. 바다는 연한 녹색으로 물들었고, 공기는 더 가볍고 맑아진 것 같았으며, 하늘은 아직도 우중충했지만 방갈로들과 보트들이 있는 해변은 더 다채로워 보였다. 아셴바흐는 두 손을 무릎 위에 포개고 다시 이곳으로 돌아온 것에 만족해하며 밖을 내다보았다. 그리고 자신이 바라는 것이 무엇인지 알지도 못하고 변덕을 부린 것이 못마땅해서 고개를 가로저었다. 그는 그렇게 1시간가량 앉아 휴식을 취하며 멍하니 공상에 잠겨 있었다. 정오에는 타치오가 빨간 리본이 달린 줄무늬 아마포 양복을 입고 바다에서 해수욕장 출입문을 지나 판자가 깔린 길을 따라 호텔로 돌아오는 것이 보였다. 아셴바흐는 그 높은 곳에서 제대로 눈여겨보기도 전에 즉각 소년을 알아보고는 이런 생각을 했다. 그래, 타치오, 너도 다시 만나게 되었구나! 그러나 바로 그 순간 그는 무심코 나온 인사가 마음속의 진심을 무너뜨리는 것을 느꼈다. 그는 열광하며 끓어오르는 피를, 마음의 기쁨과 고통을 느꼈고, 그토록 떠나기 힘들었던 것이 타치오 때문이었다는 사실을 알아차렸다.

그는 그곳의 높은 자리에서 눈에 띄지 않게 아주 조용히 앉아 자신의 내면을 관찰했다. 그의 표정이 살아났고, 눈썹은 치켜 올라갔고, 조심스럽고 호기심에 찬, 사려 깊은 미소가 입가에 맴돌았다. 그 후 그는 고개를 들고 의자의 팔걸이 위로 축 늘어져 있던 두 팔을 천천히 들어올리는 동작을 취하며 손바닥을 펴보았다. 마치 팔을 활짝 벌리는 것 같았다. 그것은 기꺼이 환영하는 몸짓, 침착하게 맞아들이는 몸짓이었다.

4

이제 신은 날마다 뜨거운 두 뺨을 드러내며 화염을 내뿜는 사두마차를 하늘 곳곳으로 몰고 다녔고, 그의 노란 머리다발이 때마침 터져 나오는 동풍에 흩날렸다.[9] 맑고 부드러운 광채가 느릿느릿 파도가 밀려오는 광활한 바다에 퍼졌다. 모래는 뜨거웠다. 은빛이 어른거리는 파란 하늘 아래 늘어선 해변의 방갈로들 앞에는 적갈색 아마포가 펼쳐져 있었고, 그것이 만들어주는 경계가 뚜렷한 한 조각 그늘 아래서 사람들은 오전 시간을 보냈다. 그러나 공원의 식물들이 향긋한 냄새를 풍기고, 하늘의 별들이 원무를 추며 움직이고, 어둠에 싸인 바다의 파도 소리가 나지막하게 들려오며 마법으로 마음의 근심을 쫓아주는 밤도 근사했다. 그런 밤은 다음날도 해가 비쳐 부담 없는 여가를 즐길 수 있으리라는 즐거운 기대를 품게 해주었다. 그리고 뜻하지도 않은 멋진 일들이 수없이 연이어 일어날 것만 같았다.

그토록 멋지게 찾아온 불운 때문에 이곳에 붙들려 있던 손님 아셴바흐는 짐을 되찾고 나면 새로 출발해야겠다는 생각이 전혀 없었다. 그는 이틀 동안이나 몇 가지 필요한 물건들이 없어도, 대형 식당에 여행복 차림으로 식사를 하러 가야만 하는데도 참고 지냈다. 그 후 마침내 엉뚱한

---

9) 그리스 신화에 나오는 태양의 신 헬리오스의 전형적인 모습

곳으로 보내진 짐이 돌아오자, 그는 당분간 기한을 정하지 않고 머물기로 결심하고 짐을 모조리 풀어 옷장과 서랍을 채웠다. 그는 해변에서 보내는 시간에는 명주옷을 입고 나갈 수 있고, 저녁 식사 때는 다시 멋진 야회복을 차려입고 모습을 드러낼 수 있게 되어 흡족할 뿐이었다.

그는 이런 생활의 나른하고도 단조로운 매력과 아늑하고 호화로운 생활 방식에 금세 사로잡혔다. 남국 해변의 해수욕장에서 보내는 이 멋진 생활의 매력에다 그 기이하고 신비로운 도시를 언제든지 찾아갈 수 있는 지리적 근접성까지 갖춘 이곳은 사실 얼마나 멋진 휴가지던가! 아셴바흐는 즐기는 것을 좋아하지 않았다. 일을 중단하고, 느긋하게 쉬고, 즐거운 나날을 보낼 필요가 있을 때면 언제 어디서든 그는 금세—그리고 특히 젊은 시절에 그랬었는데—불안과 혐오감을 느껴 그 고상하고 고된 작업으로, 성스럽고 냉엄한 일상의 임무로 자신을 내몰았다. 오직 이곳만이 그의 마음을 사로잡았고, 의욕을 누그러뜨렸고, 행복하게 해주었다. 이따금씩 오전에 방갈로 앞에 쳐진 차양 아래서 공상에 잠겨 남국의 쪽빛 바다를 바라보며 꿈꾸듯 시간을 보낼 때, 또는 포근한 밤 산마르코 광장에 오래 머물다 별이 반짝이는 하늘 아래로 찬란한 불빛과 세레나데의 애잔한 울림을 등 뒤로 하며 리도의 숙소로 태워다주는 곤돌라의 쿠션에 기분좋게 기대고 앉아 있을 때면, 그는 여름이면 힘들게 글쓰기 작업을 하던 산속의 별장을 떠올렸다. 그곳에서는 구름이 낮게 떠서 정원을 지나갔고, 밤에 끔찍한 비바람이 몰아쳐 집안의 전등이 나가고, 그에게서 먹이를 받아먹던 까마귀들은 가문비나무 우듬지로 훌쩍 날아가 버리곤 했다. 그런 생각을 할 때면 그는 실로 황홀감에 취해 지구의 끝, 극락의 땅10)으로 들어온 것 같은 느낌이 들었다. 그곳에서는 인간에게 지극히 부담 없는 삶이 주어지고, 눈 내리는 겨울도 찾아오지 않고, 폭풍과 함께 억수같은 비도 쏟아지지 않고, 늘 부드럽게 식혀주는 오케아노스11)의 입김만 피어오르고, 복에 겨운 여가 속에 날들이 흘러가고, 힘든 일이나 다툼도 없고, 모든 것이 오로지 태양과 태양의 축제에만 바쳐진다고 했다.

아셴바흐는 소년 타치오를 자주, 아니 거의 빠짐없이 보았다. 제한된 공간에서 각자에게 주어진 같은 일정에 따라 생활하다 보니 자연히 그 미소년이 잠깐씩 벗어나는 것

---

10)그리스 신화에서 선택된 영웅들이 가게 된다는 이상향이자 극락인 엘리시움을 말한다.

11) 그리스 신화에서 바다의 요정을 말한다.

을 빼고는 하루 종일 가까이에서 지내게 되었다. 그는 소년을 어디서나 보고 어디서나 만났다. 호텔의 일층 공간에서, 시내로 배를 타고 오가며 시원하게 즐기는 중에, 화려한 광장에서 그리고 운이 좋을 때는 틈틈이 거리에서나 판자가 깔린 길에서도 만났다. 그러나 그에게는 주로 해변에서 보내는 오전 시간이 그 사랑스러운 모습을 집중해서 꼼꼼히 살펴볼 수 있는 기회로, 게다가 정기적으로 오래 살펴볼 수 있어 더없이 행복했다. 사실이지 이 떠나지 않은 행복, 날마다 똑같이 되풀이되는 이 유리한 여건이야말로 그에게 만족감과 삶의 기쁨을 주고, 이 휴가지를 소중하게 여기도록 해주고, 해가 뜨는 날이 계속해서 이어지기를 너무나 기분 좋게 기다리게 해주는 요인들이었다.

　그는 평소에 끈질긴 작업 충동에 시달리면 늘 그랬던 것처럼 일찍 일어나 아직 태양의 열기가 강렬하지 않고 바다가 꿈에 잠겨 있어 눈부시고 맑은 이른 시간에 누구보다 먼저 해변으로 나갔다. 그는 해수욕장 출입문을 지키는 경비에게 다정하게 인사를 건넸고, 갈색 차양을 펼쳐주고 방갈로의 의자와 탁자를 발판으로 내와서 자리를 마련해주는 맨발의 흰 수염 노인에게도 친근하게 인사를 하고 의자에 앉았다. 그로부터 서너 시간이 그의 것이었다. 그 동안

해가 중천으로 떠오르며 엄청난 열기를 내뿜고, 바다의 쪽 빛은 점점 더 짙어지고, 그리고 타치오를 볼 수 있었다.

그는 타치오가 왼편에서부터 물가를 따라 다가오는 것을 보거나, 뒤편의 방갈로들 사이에서 나타나는 것을 보기도 했다. 아니면 소년이 오는 것을 몰랐다가 어느 틈엔가 벌써 와 있는 것을 발견하고 놀라며 반가워하기도 했다. 벌써 소년은 해수욕장에서 지금 유일하게 파랗고 흰 수영복 한 장만 걸치고 태양 아래 모래밭에서 늘 하던 대로 놀고 있었다. 이 사랑스럽고 하찮은, 한가롭고 변덕스러운 생활은 놀이이자 휴식이었다. 어슬렁거리며 돌아다니고, 물속에서 첨벙거리고, 모래를 파고, 술래잡기를 하고, 드러누워 쉬고, 발판에서 가족들이 지켜보고 이름을 불러대는 가운데 수영을 했다. 누나들은 새된 목소리로 그의 이름을 외쳤다. "타치오! 타치오!" 그러면 소년은 부지런히 달려가 그들에게 경험한 일을 들려주고, 발견하거나 잡은 것을 보여주었다. 무엇보다 조개, 해마, 해파리, 옆으로 기어 다니는 게 같은 것들이었다. 아셴바흐는 소년이 한 말을 한마디도 알아듣지 못하고, 그것이 아주 일상적인 내용이라 해도 그의 귀에는 불분명하지만 듣기 좋은 소리로만 들렸다. 소년에게서 울려나오는 낯선 언어는 음악으로 승화되었고, 맹렬하게 타오르는 태양은 소년에게 현란한 빛을 아낌없이 쏟아 부었고, 넓게 펼쳐진 장엄한 바다는 늘 소년의 모습을 부각시켜주는 후광이자 배경이 되었다.

아셴바흐는 얼마 지나지 않아 그토록 고상하고 그토록 숨김없이 드러내는 소년의 모든 몸의 선과 자세를 알아보았고, 이미 친숙한 모든 아름다움에 새롭게 기뻐했고, 끝없이 경탄하고 섬세한 감각의 환희를 느꼈다. 언젠가 가족들이 소년을 불러 방갈로로 찾아온 손님에게 인사를 하도록 시켰다. 소년이 달려왔고, 아마도 물에서 젖은 채로 달려왔던 모양으로 곱슬머리를 뒤로 넘기며 한쪽 발에 몸을

의지한 채 다른 발은 발끝으로 버티면서 손을 내밀었다. 소년이 매혹적으로 몸을 돌리면서 굽히는 순간 그 모습에는 우아한 긴장감이 넘치고, 사랑스럽게도 부끄럼을 타고, 고결한 의무감에 마음에 들려고 애쓰는 것이 보였다. 어떤 때는 목욕 수건을 가슴에 두르고 다리를 쭉 뻗고 엎드려 섬세하게 빚어진 팔로 모래를 짚고 손으로 턱을 괴고 있었다. '야슈'라 불리는 아이가 그 옆에 쪼그리고 앉아 아양을 떨었는데, 그 빼어난 소년이 자신을 떠받드는 열등한 아이를 올려다보며 눈과 입으로 미소 짓는 모습만큼 매력적인 것도 없을 것이다. 타치오는 가족들과 떨어져 아셴바흐와

아주 가까운 물가에 똑바로 서 있기도 했는데, 두 손을 목 뒤로 깍지 끼고 엄지발가락 끝을 천천히 흔들거리며 허공을 멍하니 쳐다보고 있는 동안 밀려오는 잔잔한 파도가 그의 발가락을 적셨다. 소년의 벌꿀색 머리카락은 둥그렇게 말려 관자놀이와 목덜미에 달라붙어 있었고, 태양이 척추 윗부분의 솜털을 환하게 비추었다. 그의 갈비뼈의 미세한 윤곽과 밋밋한 가슴이 몸통을 충분히 감싸지 못한 수영복 밖으로 드러났고, 겨드랑이는 조각상에서 본 것처럼 매끈했고, 무릎 뒤편의 오금은 번들거렸다. 그리고 거기에 돋은 푸르스름한 핏줄들로 인해 그의 몸이 그보다 더 투명한 재료로 만들어진 것처럼 보였다. 이 쭉 뻗은, 소년으로서 완벽한 육체에는 얼마나 뛰어난 질서와 얼마나 정밀한 사고가 표현되어 있는가! 하지만 보이지 않게 작용하면서 이 신과 같은 조각품을 드러나게 할 수 있었던 엄격하고 순수한 의지, 그 의지는 예술가인 아셴바흐도 잘 알고 있고 친숙한 것이 아니던가? 그 의지는 이 예술가가 진지한 열정에 넘쳐 머릿속에서 보았고, 사람들에게 정신적 아름다움의 전형이자 본보기로 묘사했던 이 날씬한 형체를 언어라는 대리석 덩이에서 드러냈을 때 그의 내면에도 작용하지 않았을까?

전형이자 본보기였다! 그의 눈길은 저기 푸른 바닷가에 서 있는 고귀한 형상을 구석구석 살폈고, 끓어오르는 황홀감에 도취되어 이 형상을 보는 것으로 아름다움 그 자체를 이해한 것이라고 믿었다. 신의 생각 속의 형체이자 유일하고 순수한 완전체로서 정신 속에 깃들어 있는 아름다움, 그 아름다움의 모상인 한 인간이 이곳에 편하고 귀엽게 숭배를 받기 위해 서 있었다. 그의 도취는 그 정도였다. 그리고 늙어가는 이 예술가는 주저 없이, 심지어 탐욕스럽게 그것을 받아들였다. 그의 정신은 진통을 겪었고, 교양은 요동쳤고, 기억은 청춘을 통해 전해졌지만, 여태껏 한 번도 자력으로 살아난 적이 없었던 태곳적 생각을 불러일으켰다. 태양은 우리의 주의력을 지적인 것에서 감각적인 것으로 돌려놓는다고 책[12]에도 나와 있지 않았던가? 또한 태양이 이성과 기억을 너무나 마비시키고 매혹시켜서, 영혼은 즐거운 나머지 자신의 원래 상태를 완전히 망각하고 태양이 비쳐주는 대상들 중 가장 아름다운 것에 놀라고 경탄하며 매달리게 된다고 하지 않았던가? 영혼은 오직 육신의 도움이 있어야만 더 수준 높은 성찰을 위한 도약을

---

12) 토마스 만의 일기에 의하면 플루타크의 〈에로티코스〉를 이른다.

할 수 있다는 것이다. 아모르 신이 이해력이 부족한 아이들에게 순수한 형태의 구체적인 그림들을 보여주는 것은 수학자들과 다름이 없었다. 그 사랑의 신도 우리에게 정신적인 것을 볼 수 있게 해주기 위해 젊은이의 형상과 색을 즐겨 이용한 것이다. 그 신은 젊은이를 온갖 아름다운 여운들로 치장해 기억의 도구로 삼았고, 그 모습을 보면 우리는 확실히 고통과 희망으로 불타올랐다.

황홀감에 도취된 남자 아셴바흐는 그렇게 생각했고, 그런 감정을 느낄 수 있었다. 그리고 바다의 속삭임과 태양의 찬란한 빛에 자극받아 어떤 매력적인 모습이 떠올랐다. 그것은 아테네 성벽에서 멀지 않은 곳에 있던 오래된 플라타너스 나무였다. 그곳에는 성스럽게 그늘이 지고 서양모형나무 꽃들의 향기로 가득한 장소로, 님프와 아켈로스[13]를 기리기 위해 성화와 경건한 물건들로 장식되어 있었다. 넓게 가지를 벌리고 있는 그 나무의 뿌리 쪽 매끈한 자갈들 위로 아주 맑은 시냇물이 흘렀다. 귀뚜라미들이 울고 있었다. 그러나 약간 비탈이 져서 드러누우면 고개를 치켜들게 되는 잔디밭에는 한낮의 땡볕을 피해 두 사람이 휴식을 취

---

13) 강의 신 아켈로스를 지칭한다.

하고 있었다. 그들은 꽤 나이 든 남자와 소년, 못생긴 남자와 잘생긴 소년, 사랑스러운 소년 옆에 누운 현자였다. 그리고 점잖은 말과 재치 있는 구애의 농담을 해가며 소크라테스가 파이드로스에게 갈망과 미덕에 관해 가르치고 있었다. 노인은 소년에게 사랑하는 자가 영원한 아름다움의 외관을 목격할 때 겪는 강렬한 두려움에 관해 언급했다. 그리고 아름다움의 모상을 보고서도 경외심을 일으키지 못해 아름답다고 생각할 수 없는 불경하고 사악한 자의 욕망에 관해 말했다. 또 신과 같은 얼굴, 완벽한 몸매가 나타날 때 고귀한 자를 사로잡는 성스러운 불안에 관해서도 언급했다. 그리고 그때 그 자가 벌벌 떨며 정신이 나가 감히 쳐다볼 엄두도 내지 못하고 아름다움을 가진 자를 공경하고, 심지어 사람들에게 멍청하게 비치는 것도 두려워하지 않는다면 신에게 하듯 그에게 제물을 바치게 될 것이라고도 말했다. 왜냐하면 아름다움, 파이드로스여, 오로지 아름다움만이 사랑스럽고도 동시에 볼 수 있는 것이기 때문이다. 아름다움은 우리가 감각으로 받아들일 수 있고, 감각으로 견딜 수 있는 정신적으로 유일한 형태임을 명심하라! 그렇지 않고 그 외의 신적인 것, 즉 이성과 미덕과 진리가 우리에게 감각적으로 드러난다면 어떻게 되겠는가! 우리는 세멜레[14]가 이전에 제우스 앞에서 그랬듯이 사랑 앞에서 불에 타 죽어버리지 않겠는가? 그러므로 아름다움은 사랑하는 자가 정신으로 이르는 길, 오로지 길이며 수단일 뿐이니, 어린 파이드로스여……. 그러고 나서 교활한 바람둥이 소크라테스는 가장 미묘한 문제를 꺼냈다. 사랑하는 자가 사랑 받는 자보다 더 신적이라는 생각 말이다. 왜냐하면 신은 사랑하는 자에게 들어 있지, 받는 자에게 들어 있는 것이 아니기 때문에, 어쩌면 지금껏 생겨났던 생각들 중에서 가장 연약하고 가장 조소할 만한 것으로 바로 이 생각에서 갈망의 모든 악행과 가장 비밀스러운 욕정이 생겨났을지 모른다는 것이다.

작가는 순전히 감정으로 변할 수 있는 생각, 순전히 생각으로 변할 수 있는 감정에서 행복을 느낀다. 고독한 남자 아셴바흐는 당시에 바로 이런 약동적이면서도 정확한 감정을 느꼈다. 말하자면, 정신이 아름다움 앞에 경의를 표하게 되면, 자연스럽게 환희로 몸을 떨게 된다는 것이다. 그는 별안간 글을 쓰고 싶다는 욕구를 느꼈다. 비록 에로스 신은 게으름을 매우 좋아하고, 오로지 그것을 위해서

---

14) 테베의 왕인 카드모스의 딸로 제우스의 아내가 된다.

만 태어났다고 사람들은 말하지만 말이다. 그러나 이 위기의 시점에 괴로움에 시달리던 그가 느낀 자극은 창작으로 향해 있었다. 글을 쓰는 계기는 어쨌거나 상관없었다. 문화와 취향의 어떤 중대하고 시급한 문제에 관해 솔직한 개인적인 의견을 요청하고 싶었던 지식인으로서의 마음이 이 여행객에게 스며들었다. 그 주제는 그에게 친숙한 것으로 체험했던 것이었다. 그것을 자신의 말로 빛나게 다듬어보고 싶은 욕구를 별안간 억제할 수 없게 되었다. 더구나 그의 소망은 타치오 곁에서 작업을 하고, 글을 쏠 때 소년의 신체를 모델로 삼고, 신적으로 여겨지는 소년의 몸매에 어울리게 문체를 다듬고, 소년의 아름다움을 이전에 독수리가 트로이의 목동[15])을 채서 날아 올라갔듯이 정신적으로 고양시키고 싶었다. 그는 말에서 이토록 달콤한 쾌감을 느낀 적이 없었으며, 그 위태롭고 소중한 몇 시간만큼 에로스가 말 속에 들어 있음을 깨달았던 적도 없었다. 그는 그동안에 차양 아래에 놓인 거친 탁자 곁에서 우상이 된 타치오의 모습을 보고, 목소리를 음악처럼 들으며 소년

---

15) 독수리로 변한 제우스가 납치해서 올림포스 산으로 데려가 신들의 술시중을 들게 한 미소년 가니메데스를 말한다.

의 아름다움에 관해 짧은 글을, 삽시간에 수많은 사람들의 경탄을 자아내게 될 순결함과 고귀함과 폭넓은 감정의 변화가 담긴 한쪽 반짜리 정선된 산문을 작성했다. 세상 사람들이 그 글의 기원이나 탄생 배경은 상관없이 멋진 작품으로만 대한다면 확실히 좋을 것이다. 왜냐하면 그 예술가에게 영감이 흘러들어간 근원을 알게 되면 종종 세상 사람들은 혼란에 빠지고, 놀라 겁을 먹은 나머지 작품의 탁월함이 사라지고 말기 때문이다. 그 몇 시간이 얼마나 묘했던가! 이상하게도 얼마나 힘들고 기력이 소진되었던가! 이 정신과 육체의 교류는 얼마나 이상한 느낌을 만들어냈던가! 아셴바흐는 자신이 쓴 글을 정리하고 해변을 떠날 때, 기진맥진해서 완전히 탈진한 느낌이었다. 그는 마치 방종한 짓을 하고 난 후처럼 양심의 가책이 느껴지는 것만 같았다.

　다음날 아침이 되어 그는 막 호텔을 나서려는데 옥외 계단에서 타치오가 이미 바다로 가기 위해, 그것도 혼자서 해수욕장 출입문에 다다라 있는 것을 발견했다. 그에게는 이 기회를 이용해 자신도 모르는 사이에 그토록 큰 기쁨과 감동을 불러일으킨 그 아이와 가볍고 유쾌한 관계를 맺고, 말을 걸고, 대답을 듣고, 그의 시선을 즐기려는 소망,

단순한 생각이 순간 떠올라서 좀체 머리에서 떠나지 않았다. 그 미소년은 어슬렁거리며 걸어가고 있어서 아셴바흐는 쉽게 따라잡을 수 있을 것 같아 발걸음을 빨리했다. 방갈로 뒤편의 판자가 깔린 길에서 소년을 따라잡았고, 손을 소년의 머리에, 어깨에 얹으려 했고, 어떤 말, 다정한 불어 몇 마디가 혀끝에 맴돌았다. 바로 그때 그는, 어쩌면 서둘러 걸었기 때문이기도 하겠지만, 심장이 마치 망치로 치는 것처럼 두근거리고 너무 숨이 차서 억눌리고 떨리는 목소리가 나올 것 같은 기분이 들었다. 그는 망설이며 마음을 진정시키려 했다. 별안간 너무 오래 소년 뒤를 바짝 붙어서 가고 있는 것 같아 두려워졌다. 그 아이가 알아차릴까 봐, 의아하다는 듯이 돌아볼까봐 염려가 되었다. 그는 다시 한 번 시도하려다가 실패하자 단념한 채 고개를 숙이고 그 옆을 지나갔다.

너무 늦었어! 하고 그는 이 순간에 생각했다. 너무 늦었어! 하지만 너무 늦었을까? 그가 하려다 말았던 이 행동은 유익하고 후련하고 유쾌한 결과, 미몽에서 깨어나는 건전한 결과를 불러왔을 가능성이 매우 높았다. 다만 그렇게 하지 않은 이유는 단지 이 늙어가는 남자가 그런 각성을 원하지 않았고, 도취가 너무 소중했기 때문일 것이다.

누가 예술가의 본질과 특성을 규명할 것인가! 누가 그것의 핵심인 규율과 방종의 그 깊은 본능적 결합을 이해할 것인가! 왜냐하면 건전하게 미몽에서 깨어나기를 바랄 수 없다는 것은 방종해지는 것이기 때문이다. 아셴바흐는 더 이상 자기비판을 하고 싶지 않았다. 그의 취향, 나이에서 오는 지적 수준, 자긍심, 성숙함, 노년의 단순함 때문에 그는 동기들을 분석하고 의도한 것을 실행하지 못한 것이 양심의 가책 때문인지 아니면 경솔하고 나약했기 때문인지 판단할 마음이 생기지 않았다. 그는 당황했고, 해수욕장 경비일 수도 있었지만 누군가가 자신이 서둘러 따라가다가 실패한 것을 목격했을지도 몰라 두려웠고, 조롱의 대상이 될까봐 매우 염려되었다. 게다가 자신의 우습고도 심각한 불안감을 속으로 비웃었다. "싸움에서 겁을 먹고 날개를 접은 수탉처럼 쩔쩔 매는군. 사랑스러운 것을 보는 순간 용기가 꺾이고, 자긍심이 이토록 짓밟혀버리다니, 과연 신다운 짓이군." 하고 그는 생각했다. 그는 이런 생각으로 혼자 즐기며 공상에 빠졌고, 오만하게도 두려워하지 않고 몰두했다.

그는 스스로 정해놓았던 휴가 기간이 끝나가는 것에 더 이상 신경 쓰지 않았다. 여행을 마치고 돌아갈 생각조차 없었다. 돈은 이미 넉넉히 챙겨놓았다. 그의 관심은 오로지 그 폴란드인 가족이 혹시 떠나지 않을까 하는 데 쏠려 있었다. 하지만 은밀히 호텔의 이발사에게 대수롭지 않게 물어본 끝에 이 손님들은 그가 도착하기 직전에 이곳으로 왔다는 사실을 알아냈다. 태양이 그의 얼굴과 손을 갈색으로 바꾸어놓았고, 염분기 섞인 자극적인 바람은 감정을 감당할 만큼 기력을 높여주었다. 그리고 이전에 상쾌한 기분, 수면, 식사, 자연을 통해 보충한 원기를 모조리 작품 활동에 소진시키는 데 익숙해 있었듯이, 이제는 태양, 여가, 바다 공기를 통해 날마다 얻어지는 힘을 대범하게도 도취와 감각에 아낌없이 쏟아 부었다.

그는 깊이 잠들지 못했다. 단조로운 낮을 소중하게 보내다 보면 곧 행복한 불안이 가득한 짧은 밤으로 이어졌기 때문이다. 밤 9시쯤 타치오가 시야에서 사라져버리고 나면, 자신의 하루도 끝난 것 같아서 일찍 물러나는 것이었다. 하지만 첫 새벽 어스름이 몰려올 때 부드럽게 스며드는 공포가 그를 깨웠고, 그는 모험에 빠져 있는 자신을 떠올렸다. 그는 더 이상 침대에 누워 있을 수가 없어 잠자리에서 일어났다. 그리고 새벽의 한기를 이기기 위해 가볍게 몸을 감싼 채 열린 창가에 앉아 태양이 떠오르기를 기다렸다. 이 경이로운 광경은 잠으로 깨끗해진 그의 마음을 경건함으로 가득 채웠다. 하늘과 땅과 바다는 아직 으스스하게 투명한 어스름 속에 놓여 있었다. 지는 별 하나가 아직 허공에서 희미하게 보였다. 그러나 한줄기 바람이 불어와 접근하기 불가능한 신의 거처에서 새벽의 여신 에오스[16]가 남편의 옆자리에서 일어나고 있음을 알렸다. 그리고 하늘과 땅이 한 줄로 맞닿는 머나먼 곳에서 천지창조를 온몸으로 느끼게 해주는 장엄한 아침노을이 떠오르기 시작했다. 여신이 다가오고 있었다. 클레이토스와 케팔로스를 납치하고, 모든 올림포스의 신들의 시기에도 불구하고 아름다운 오리온[17]과 사랑을 누렸던 여신이었다. 저 세상 끝에서 장미 꽃잎이 뿌려지기 시작하자 이루 말할 수 없이 사랑스럽게 빛나고 꽃피는 광경이 펼쳐졌다. 어린아이 같은 구름들이 환한 빛으로 가득 채우고서 마치 시중을 드는 사랑의 동신(童神)들처럼 붉고 푸르스름한 연무가 되어 떠다녔다. 심홍색 빛이 바다 속으로 떨어지자 바다는 그것을 둥실둥실 앞으로 떠밀어 보내는 것 같았다. 황금빛 창들이

---

16) 그리스 신화에 나오는 새벽의 여신으로 로마 신화에서는 오로라이다.
17) 그리스 신화에 나오는 사냥꾼으로 포세이돈의 아들이라고도 한다.

아래서부터 하늘 위로 치솟았고, 그 광채는 큰 불길로 변했다. 화염과 일렁이는 불꽃이 소리 없이, 엄청난 위력으로 솟구쳐 올랐고, 여신의 형제인 헬리오스의 성스러운 말들이 지구의 둥근 표면 위로 말발굽을 박차며 뛰어 올랐다. 태양신의 화려한 광채를 온몸으로 받으며 고독한 파수꾼 아셴바흐는 앉아 있었다. 그는 눈을 감고 신의 후광에 눈이 부셔 눈꺼풀에 힘을 주었다. 엄격한 생활을 지키느라 사멸해버린 오래전의 느낌들, 이전의 소중한 마음의 압박들이 이제 이토록 이상하게 변해 그에게로 돌아왔다. 그는 그것들을 알아보고 당혹스럽고 놀라워 미소를 지었다. 생각에 잠기고, 공상에 빠져 있던 그가 입술을 천천히 움직이며 이름 하나를 발음했다. 그는 여전히 미소를 거두지 않은 얼굴을 위로 치켜들며 두 손은 무릎 위에 포개고서 안락의자에서 다시 한 번 잠이 들었다.

그러나 그토록 정열적이고 장중하게 시작된 하루는 송두리째 이상하게 들뜨고 신비롭게 변해 있었다. 별안간 이토록 부드럽고 의미심장하게, 마치 신의 속삭임같이 관자놀이와 귀에 감돌고 있는 이 입김은 어디서 왔으며 누구의 것일까? 하얀 새털구름들이 마치 신들의 초원에서 풀을 뜯고 있는 짐승들처럼 넓게 무리지어 하늘에 떠 있었다.

더 강한 바람이 불어왔고, 바다의 신 포세이돈의 준마들이 뒷발을 박차며 달렸다. 그 푸른빛의 곱슬머리 신[18]의 소유인 황소들도 포효하며 뿔을 숙이고 돌진했다. 하지만 제법 먼 해변의 바위 무더기 사이에서는 파도가 뛰어오르는 염소들처럼 높이 치솟았다. 목신(牧神)[19]의 짐승들로 가득 차 성스럽게 변한 세계가 넋을 놓고 있는 남자를 에워쌌고, 그의 영혼은 감미로운 우화들을 상상했다. 베네치아 너머로 태양이 가라앉으면, 그는 공원의 벤치에 앉아 타치오를 여러 번 바라보곤 했다. 타치오는 알록달록한 벨트가 달린 흰색 옷을 입고 고르게 다져진 자갈밭에서 공놀이에 빠져 있었는데, 아셴바흐는 히아킨토스[20]를 보고 있다고 믿었다. 히아킨토스는 두 신의 사랑을 한 몸에 받아 죽어야 할 운명이었다. 그렇다, 아셴바흐는 신탁도 활도 키타라도 잊고 항상 그 미소년과 놀았던 연적 아폴로에 대한 제피로스의 애타는 질투심을 느꼈다. 그는 끔찍한 질투심에 사로잡힌 제피로스가 던진 원반이 그 사랑스러운 소년의 머리를

---

18) 호메로스가 포세이돈을 이렇게 표현했다. 말과 황소를 신성시한다.

19) 반인 반양의 피리 발명자로 공포와 두려움의 신이다.

20) 아폴로와 제피로스가 총애한 미소년으로 제피로스가 질투심에서 원반을 던져 소년을 죽이자 그 자리에서 히아신스(히아킨토스) 꽃이 피어났다고 한다.

맞추는 것을 보았고, 그 자신도 안색이 창백해져서 허리가 꺾인 소년의 몸통을 팔에 안았다. 그리고 소년의 선혈에서 피어난 꽃에는 한없는 탄식을 쏟아내는 비문이 새겨져 있었다…….

눈으로만 보고서 아는 사람들의 관계보다 더 이상하고 미묘한 것도 없다. 그들은 날마다, 심지어 매 시간마다 서로 만나고 자세히 살피면서도 동시에 인습이나 자신만의 사고방식 때문에 인사도 하지 않고, 말도 건네지 않고, 끝까지 냉담한 태도를 보인다. 그런 사람들 사이에서는 알고 싶고 소통하고 싶은 욕구가 채워지지 못하고 부자연스럽게 억눌려 생기는 히스테리에 불편함과 지나치게 예민한 호기심, 특히 일종의 긴장 어린 조심성도 존재한다. 왜냐하면 인간은 누군가를 평가할 수 있는 입장이 아닌 한 그 상대를 좋아하고 존중하며, 갈망은 충분히 알지 못하면 생겨나는 것이기 때문이다.

아셴바흐와 소년 타치오 사이에도 어떤 관계와 친분이 필연적으로 형성될 수밖에 없었다. 그리고 연장자인 아셴바흐는 자신의 관심과 주의에 전혀 반응이 없지는 않다는 사실을 확인하고 짜릿한 기쁨을 맛보았다. 예를 들어 그 미소년이 아침에 백사장에 나타날 때, 이제는 결코 방갈로 뒤편의 판자가 깔린 길이 아니라 늘 앞쪽의 길로만 다니는 이유가 무엇일까? 소년은 그 길로 해서 모래밭을 가로질러 아셴바흐가 머무는 거처를 지날 때, 때때로 괜히 바짝 붙어서 의자와 탁자를 거의 스치듯 하면서 가족들의 방갈로로 어슬렁거리며 걸어갔던 것이다. 그렇다면 아셴바흐의 매혹적이고도 강렬한 감정이 미숙하고 무심한 상대에게 효과를 미친 것인가? 아셴바흐는 날마다 타치오를 기다리다가 정작 소년이 나타나면 바빠서 못 본 척했다. 그러나 가끔씩은 쳐다보기도 했는데, 그러면 두 사람의 시선이 마주쳤다. 그들 두 사람은 그 순간에 매우 진지했다. 연장자의 교양 있고 위엄에 찬 표정에는 내면의 동요가 전혀 드러나지 않았다. 그러나 타치오의 눈에는 탐문하는, 생각에 잠기며 따지고 싶은 기색이 보였고, 걸음걸이에도 망설임이 나타났다. 소년은 땅바닥을 내려다보다가 다시 사랑스럽게 올려다보았다. 돌아보지 못하는 것은 가정교육 때문인 것 같았다.

하지만 한 번은, 어느 날 저녁에는 사정이 달라졌다. 폴란드인 남매들과 가정교사가 저녁식사 시간인데 대형 식당에 보이지 않았다. 아셴바흐는 그것을 알아차리고 근심에 휩싸였다. 그는 식사를 마치고 그들이 어디로 갔을까 불안해하며 야회복을 입고 밀짚모자를 쓴 채 호텔 앞을 서성거리다 테라스 끝부분으로 갔다. 그때 수녀 같은 누나들이 가정교사와 함께 아크등 불빛 속에서 나타나고, 네 걸음 정도 뒤처져 타치오가 오는 것이 보였다. 그들은 어떤 이유에서인지 시내에서 식사를 하고 증기선 선착장에서 오는 것 같았다. 아마 물길은 시원해졌을 것이다. 타치오는 금색 단추들이 달린 짙푸른 세일러복을 입고 머리에도 그에 딸린 모자를 쓰고 있었다. 태양과 해풍에도 소년은 심하게 그을리지 않아서 피부는 처음처럼 대리석 같은 누런 색 그대로였다. 하지만 소년은 오늘은 평소보다 안색이 더 창백해 보였는데, 그것은 싸늘한 공기 때문이거나 아니면 달빛처럼 희게 만드는 아크등의 불빛 때문이었을 것이다. 소년의 균형 잡힌 눈썹은 더 선명하게 두드러졌고, 눈은 푹 꺼져 어두워 보였다. 소년은 말로 표현할 수 없을 정도로 아름다웠는데, 아셴바흐는 이미 여러 번 느꼈듯이 말이 감각적인 아름다움을 찬미할 수 있을 뿐 재현할 수는 없음에 마음이 괴로웠다.

아셴바흐는 그 훌륭한 모습을 예상하지 못하고 뜻하지 않게 보게 된 것이라 침착하고 근엄한 표정으로 가다듬을 여유가 없었다. 그보다는 보지 못해 안타까웠던 소년과 시선이 마주치자 기쁨과 놀라움과 경탄을 분명하게 드러내고 만 것 같았다. 그 짧은 순간 타치오가 미소를 지었다. 소년의 입술이 서서히 벌어지며 아셴바흐에게 뚜렷하고 친근하며, 매혹적이면서도 솔직한 미소를 지어 보였다. 그것은 자신의 모습이 비치는 수면 위로 몸을 숙이던 나르시스의 미소였고, 물에 비친 자신의 아름다운 모습을 향해 팔을 뻗으며 보여주는 그윽하고 아련하며 매력적인 미소였다. 그것은 물에 비친 자신의 아름다운 입술에 키스하려 해봐도 가망이 없다는 걸 알고서 살짝 일그러지는 미소, 요염하고 호기심에 차 있으며 괴로운 동시에 매혹당해 있으면서도 매혹시키는 그런 미소였다.

이런 미소를 받은 남자는 불길한 선물을 받은 것처럼 서둘러 그 자리를 떠나버렸다. 그는 너무나 심한 충격을 받아 테라스의 불빛, 앞뜰의 불빛을 피해 달아나지 않을 수 없었다. 그래서 성급한 걸음으로 뒤쪽의 어두운 정원으로 갔다. 이상하게 화가 치밀면서도 부드러운 훈계가 입에서 새어나왔다. "넌 그런 미소를 지어서는 안 돼! 제발, 누구한테도 그런 식으로 미소를 지어서는 안 된다고!" 그는 벤치에 털썩 주저앉아 정신없이 풀과 나무들의 밤 향기를 들이마셨다. 그리고 몸을 뒤로 기대고 팔을 축 늘어뜨리고 넋을 잃고 전율에 사로잡혀 몇 번이나 마음속에서 우러나오는 판에 박힌 갈망의 상투어를 중얼거렸다. 이 상황에서 해서는 안 되고, 터무니없고, 받아들이기 힘들고, 우스꽝스럽지만 그래도 신성하고, 여전히 존경할 만한 말을. "너를 사랑해!"

5

구스타프 폰 아셴바흐는 리도에 체류한 지 3주가 되었을 때 바깥세상과 관련한 몇 가지 불안스러운 사실을 알아냈다. 첫째, 피서철이 한창으로 치닫는데도 자신이 묵고 있는 호텔의 손님 수가 늘어나는 것이 아니라 줄어드는 것으로 보였다. 특히 주변에서 들리던 독일어는 첨차 줄어들어 거의 들리지 않게 되었고, 결국 식탁에서나 해변에서는 거의 낯선 말들만 귀에 와 닿는 것 같았다. 그런데 어느 날 요즈음 부쩍 자주 찾아가는 이발사와 대화를 나누다 깜짝 놀랄 만한 말을 들었다. 이발사는 얼마 전에 잠깐 머물다 떠나버린 한 독일 가족 얘기를 꺼냈는데, 스스럼없이 아부하며 이렇게 덧붙였다. "손님께서는 머물고 계시는 걸

보니 그 질병이 두렵지 않으신가 보군요?" 아셴바흐는 그를 쳐다보았다. "질병이라뇨?" 하고 그가 되물었다. 그 수다쟁이는 말을 멈추고 바쁜 척하며 질문을 못 들은 체했다. 아셴바흐가 다시 다그치자 그는 아무것도 모른다고 변명했고, 당황해서 수다를 떨며 화제를 다른 곳으로 돌리려 했다.

그것이 정오의 일이었다. 오후가 되어 아셴바흐는 바람이 잠잠하고 뙤약볕이 내리쬐는 가운데 베네치아로 향했다. 그는 폴란드인 남매들이 가정교사와 함께 증기선 선착장으로 향하는 길로 접어드는 것을 보고서 그들을 따라가보려는 병적인 욕망에 사로잡혔다. 그는 우상이 된 그 소년을 산마르코에서 발견하지 못했다. 그러나 그는 광장의 그늘진 곳에 놓인 둥근 철제 탁자에서 차를 마시다가 별안간 대기 중에서 독특한 냄새를 맡았다. 돌이켜보니 의식하지는 못했지만 그 냄새는 이미 며칠 전부터 그의 감각을 자극했던 것 같았다. 그것은 재앙과 상처, 그리고 미덥지 못한 청결 상태를 떠올리게 해주는 불쾌한 약품 냄새였다. 그는 곰곰이 생각한 끝에 그 냄새에 대해 알아냈다. 그래서 간단한 식사를 끝내고 성당 맞은편의 광장을 벗어났다. 좁은 길로 들어서자 그 냄새는 더 강해졌다. 길모퉁이에는 인쇄된 벽보들이 붙어 있었는데, 그것은 주민들에게 이런 날씨에 흔히 발생하는 위장 계통의 어떤 질병이 우려되니 굴과 조개를 섭취할 때 조심하고, 운하의 물도 사용하지 말도록 시청 당국자가 경고하는 내용이었다. 무언가 얼버무리고 넘어가려는 기색이 분명하게 보였다. 다리와 광장에는 주민들이 말없이 무리지어 모여 있었다. 그리고 이 이방인은 무슨 일인지 염탐하며 골똘히 생각에 잠겨 서 있었다.

그는 산호 목걸이와 인조 자수정 장신구들이 진열된 아치형 문가에 몸을 기대고 있던 가게 주인에게 그 불길한 냄새에 관해 물었다. 주인은 그를 심각한 눈길로 살피더니 쾌활한 태도로 돌변했다. "일종의 예방책입니다, 손님!" 그는 몸짓을 섞어가며 대답했다. "경찰이 내놓은 규정이고, 우리는 거기에 마땅히 따라야만 해요. 이런 찌무룩한 날씨는 답답한 느낌을 주고, 열풍은 건강에 좋지 않아요. 이해하시겠지만 어쩌면 지나치게 조심하는 것 같아 보일 수도 있죠……." 아셴바흐는 그에게 고맙다고 인사하고 그곳을 떠났다. 이제 리도로 돌아가는 증기선에서도 병균을 물리치는 소독제 냄새를 맡을 수 있었다.

호텔로 돌아와서 그는 즉각 로비의 테이블로 가서 신문

을 뒤져보았다. 다른 나라 신문들에서는 아무런 내용도 발견하지 못했다. 독일신문들은 소문을 언급했고 서로 다른 수치들을 보도했는데, 당국의 반박문을 그대로 옮겨놓았고, 진위 여부를 의심하는 내용이었다. 이렇게 해서 독일과 오스트리아 사람들이 빠져나간 이유를 알 수 있었다. 다른 나라 사람들은 아무것도 모르고 있는 것이 분명했고, 어떤 예감조차 하지 못해 아직은 불안해하지 않았다. "알면 안 되는 거야!" 하고 아셴바흐는 흥분해서 신문을 테이블 위에 내던지며 생각했다. "세상에는 비밀로 해야겠지!" 그러나 동시에 그는 마음속으로 바깥세상 사람들이 빠져들려는 이 모험에 대해 흡족하게 생각했다. 왜냐하면 일상의 확고한 질서와 안정은 범죄에 도움이 되지 않듯이 시민 사회의 구조가 조금이라도 느슨해지고, 세상이 조금이라도 혼란스러워지고 화를 당하면, 사랑의 열정도 바람직해질 수 있기 때문이다. 사랑의 열정은 거기서 힘을 얻을 수 있을지도 모른다. 그래서 아셴바흐는 베네치아의 더러운 골목길에서 당국이 은폐하고 있는 일들에 음험한 만족감을 느꼈다. 이 도시의 범죄적인 비밀, 그것은 그의 가장 내밀한 비밀과 결합되어 있고, 따라서 비밀을 유지하는 것이 그에게도 매우 중요했던 것이다. 왜냐하면 사랑에 빠진 남자 아셴바흐는 타치오가 떠날지도 모른다는 사실 외에 염려되는 건 아무것도 없었고, 그런 일이 일어나면 놀랍게도 자신은 더 이상 살아갈 수 없으리라는 사실을 알아차렸기 때문이다.

최근 들어 그는 단지 규칙적인 일과와 행운에 기대어 미소년을 가까이서 바라볼 수 있는 것으로는 만족하지 않았다. 그는 소년을 추적하고 따라다녔다. 예를 들어 일요일에는 폴란드인 가족들은 결코 해변에 나타나지 않았다. 그러면 그는 그들이 산마르코에서 거행되는 미사에 참석한다는 사실을 알아내고 서둘러 그곳으로 갔다. 그리고 광장의 열기에서 벗어나 황금빛 성소의 어둑한 곳으로 들어서면 그렇게도 그리워하던 소년이 있었다. 소년은 기도용 탁자 위에 몸을 숙이고 미사를 올리는 중이었다. 아셴바흐는 뒤쪽의 굵은 선으로 나누어진 모자이크 바닥에서 무릎을 꿇고 기도를 중얼거리며 성호를 긋고 있는 사람들 한가운데 섰다. 동방의 성전의 당당한 화려함은 그의 감각을 한껏 짓눌렀다. 앞에서는 화려한 의복으로 치장한 설교자가 이리저리 오가며 의식을 집전하고 찬송가를 불렀다. 향연이 피어오르더니 제단에서 약하게 타오르고 있던 촛불을 뿌옇게 감쌌고, 희미하고 은은한 향기 속으로 서서히 다른 냄새가 섞여드는 것 같았다. 그것은 병에 걸린 도시의 냄새였다. 그러나 뿌연 연기와 반짝이는 불꽃 사이로 아셴바흐는 미소년이 앞쪽에서 고개를 돌려 자신을 찾는 모습을 보았다.

그 후 사람들이 열려 있는 정문을 통해 비둘기들이 우글거리는 환한 광장으로 빠져나가자, 넋이 나간 남자 아셴바흐는 현관에서 몸을 숨겼고, 몰래 숨어서 소년이 나오기를 기다렸다. 그는 그 폴란드인들이 성당에서 나오는 것을 보았고, 어머니가 남매들에게 의례적인 작별인사를 받고 숙소로 돌아가기 위해 작은 광장 쪽으로 몸을 돌리는 것을 보았다. 그는 미소년과 수녀 같은 누나들, 가정교사가 오른편 시계탑 출입문을 지나 항구로 향하는 길로 접어드는 것을 확인했다. 그리고 그들과 거리를 유지하며 뒤따라갔다. 베네치아를 두루 산책하는 그들을 눈에 띄지 않게 따라다닌 것이다. 그들이 멈칫거리고 있으면 멈춰 서야만 했고, 돌아오는 그들에게 들키지 않기 위해 간이음식점의 부엌과 주택 안마당으로 피해야만 했다. 그들을 한 번 놓치고서는 열기가 오르고 지칠 대로 지친 상태에서 다시 그들을 찾아 다리를 건너고 지저분한 막다른 골목으로 들어갔다. 그러다가 갑자기 피하기가 불가능한 좁은 골목에서 그들이 마주 오는 것을 발견하고 숨이 멎을 듯한 고통을 몇 분간 참아야 했다. 그렇지만 괴로웠다고만은 말할 수 없을 것이다. 머리와 가슴은 멍했고, 발걸음은 인간의 이성과 위엄을 짓밟는 것을 즐기는 악령의 지시를 따르고 있었기 때문이다.

그 후 타치오와 그 일행은 어디에선가 곤돌라를 탔는데, 그들이 배를 타는 동안 건물 돌출부와 분수대 뒤에 숨어 있어야 했던 아셴바흐는 그들이 물가를 떠난 직후에 마찬가지로 곤돌라를 탔다. 그는 사공에게 팁을 넉넉히 주겠다고 약속하고 방금 앞에서 건물 모퉁이를 돌아간 곤돌라를 가리키며 어느 정도 거리를 두고 눈치채지 못하게 따라가자고 낮고 다급하게 말했다. 사공이 중개인처럼 교활하고 싹싹한 태도로 시키는 대로 성실히 따르겠다고 다짐하는 말을 듣자 그는 등골이 오싹해졌다.

그렇게 해서 그는 부드럽고 검은 쿠션에 몸을 기댄 채 흔들리며 물위를 미끄러져 가면서 끝이 새부리 모양으로 돌출된 검은 배를 뒤쫓는 일에 열중하고 있었다. 가끔 그 배가 시야에서 사라질 때도 있었다. 그러면 그는 걱정이 되고 불안해졌다. 그러나 사공은 이런 임무에는 능숙하다는 듯이 매번 약삭빠르게 진로를 바꾸고 급히 가로지르고 지름길을 통과해 그가 갈망하는 대상을 다시 눈앞에 보여주었다. 공기에서는 냄새가 배어났고, 태양은 하늘을 회청색으로 물들이고 있는 운무를 뚫고 따갑게 내리쬐었다. 물결이 철썩거리며 나무와 돌에 부딪혔다. 경고 같기도 하고 인사 같기도 한 사공의 외침에 멀리서부터 미로의 고요를 뚫고 이해하기 힘든 화답이 들려왔다. 높은 곳에 자리한 작은 정원들에는 흰색과 보라색 꽃송이들이 아몬드 향기를 풍기며 쇠락한 담벼락 너머로 늘어져 있었다. 아라비아식 창틀은 흐릿한 물속에 비쳤다. 어떤 교회의 대리석 계단 일부가 물속에 잠겨 있었다. 거지 한 사람이 그 위에 웅크리고 앉아 자신의 곤궁한 처지를 호소하며 모자를 내밀고는 장님인 것을 드러내 보이고자 눈의 흰자위를 번득거렸다. 한 골동품상은 자신의 초라한 가게 앞에서 배를 타고 지나가는 그에게 바가지를 씌울 심산으로 애처로운 몸짓을 해가며 배에서 내릴 것을 권했다. 이것이 아양을 떨면서도 수상쩍은 낌새를 보이는 미녀 같은 느낌의 베네치아였다. 겉으로는 동화 같은 멋진 모습이면서도 실은 관광객들을 속이는 함정이기도 했다. 이 도시의 건전하지 못한 공기 속에서 한때 예술이 관능적으로 번성했고, 음악가들은 음란하게 흔들어 잠재우는 자장가에 대한 영감을 얻었다. 모험에 빠진 남자 아셴바흐는 눈이 그 관능에 도취되고, 귀는 그런 곡들에 기분 좋게 끌려들었다. 그는 또한 이 도시가 병들어 있고, 이득에 눈이 멀어 그 사실을 숨기고 있다는 기억도 떠올렸다. 그는 앞에서 두둥실 떠가는 곤돌라를 더욱 노골적으로 엿보았다.

이렇게 혼란스러워진 남자 아셴바흐는 자신의 마음에 불을 붙인 그 대상을 끊임없이 추적하고, 그가 없을 때는 그에 관한 공상을 하고, 연인들이 하는 방식대로 그의 단순한 환영(幻影)에도 다정한 말을 거는 것 외에는 아무것도 몰랐고 원하지도 않았다. 고독과 낯선 환경 그리고 뒤늦게 찾아온 깊은 도취가 주는 행복감으로 인해 그는 아무리 어색한 짓도 겁먹거나 부끄러워하지 않고 감행하기도 했다. 그래서 밤늦게 베네치아에서 숙소로 돌아오면서 호텔의 2층 미소년의 방문 앞에서 완전히 넋이 나가 이마를 문돌쩌귀에 기대고 오랫동안 그곳에서 떠나지 않았다. 그는 그토록 정신 나간 상태에서 누군가에게 들켜 손가락질 당할 위험도 무릅썼던 것이다.

그렇다 해도 그가 그런 행동을 중단하고 반쯤 정신이 돌아오는 순간도 없지 않았다. 그럴 때 그는 내가 무슨 짓을 하고 있는 거지! 하고 생각하며 어쩔 줄 몰라 했다. 무슨 짓을 하고 있었던 것인가! 천부적 소질 덕분에 자신의 고귀한 가문에 대해 관심을 기울이게 되는 모든 남자들처럼 그는 필생의 업적과 성과를 거둘 때 선조들을 떠올리는 습관이 있었고, 마음속으로 그들이 칭찬하고 만족하고 부득이하게 존경해주지 않을 수 없을 것이라고 여겼다. 이토록 부적절한 경험에 빠져들고, 이토록 유별난 감정의 탈선에 사로잡힌 지금 여기서도 그는 선조들의 위엄 있는 엄격함, 남자다운 성품을 생각하고 씁쓸하게 미소를 지었다. 선조들은 뭐라고 말할까? 하지만 선조들이 타락에 이를 정도로 벗어나버린 그의 삶에 관해 무슨 말을 하겠는가! 그 자신도 젊었을 때 선조들의 공공심에 입각해 그들의 삶과 근본적으로는 너무나 비슷했던 예술의 마법에 사로잡힌 삶을 그토록 조소하지 않았던가. 그도 전쟁에 나갔고, 여러 선조들과 똑같이 군인이고 병사였다. 왜냐하면 예술은 일종의 전쟁이었고, 오늘날에는 사람들이 오래 버텨내지 못하는 소모적인 싸움이었기 때문이다. 그가 세심하고 시대에 맞는 영웅적 행동에 대한 상징으로 형상화시켰던 자기극복과 불굴의 의지를 보인 삶, 가혹하고 단호하고 절제하는 삶―확실히 그 삶만이 남자답고, 용감한 것이라고 해도 좋을 것이다. 그리고 그에게는 자신을 사로잡고 있는 에로스 신이 어떤 면에서는 이러한 삶에 특별히 적합하고 어울릴 것 같았다. 그 신은 가장 용맹스러운 민족들에게서 대단한 명성을 누리지 않았던가? 심지어 그 신은 용기를 불어넣어주기 때문에 그들의 도시에서 번성했다고 책에 나와 있지 않았던가? 고대의 수많은 전쟁 영웅들이 자진해서 그 신의 멍에를 짊어졌다. 왜냐하면 그것은 결코 굴복으로 통하지 않기 때문이다. 만약 다른 목적으로 그랬더라면 비굴하다고 비난받았을 행위들, 즉 무릎을 꿇고, 서약을 하고, 애걸복걸하고, 비굴해지는 것—이런 행위들은 사랑하는 사람에게는 치욕이 아니라 오히려 칭송을 받았다.

사랑에 현혹된 남자 아셴바흐의 사고방식은 이런 상태였기 때문에 자신을 지탱하고 위엄을 지키려고 노력했다. 그러나 동시에 그는 베네치아 내부에서 벌어지는 그 비열한 일들에 관해서도 끊임없이 염탐하고 꾸준하게 주의를 기울였다. 바깥세상의 그 모험적인 일은 음험하게 자신의 가슴속의 모험과 합류해서 하나가 되고, 사랑의 열정에 불확실하고 터무니없는 희망을 불어넣었다. 그는 그 질병의 상태와 진전 상황에 관해 새롭고 확실한 사실을 알아내는 일에 정신이 팔려 시내의 카페들을 돌아다니며 독일 신문을 샅샅이 뒤졌다. 여러 날 전부터 호텔 로비의 신문 테이블에서 독일 신문들은 치워져버렸기 때문이다. 신문에서는 주장과 반박이 이어졌다. 환자와 사망자의 수는 20명, 40명, 아니 100명 또는 그 이상 된다는 주장이 나왔고, 바로 뒤이어 그 전염병의 발병 원인이 단호하게 부정하지는 못하고 아주 드물지만 외부에서 병을 옮겨온 환자들 때문일 것이라는 내용이 있었다. 남국 당국의 그 위험한 조치에 대해 경계하는 의구심과 항의가 섞여 있었지만, 확실한 것은 없었다.

그럼에도 고독한 남자 아셴바흐는 그 비밀에 개입할 수 있는 특별한 권리가 있음을 의식하고 있었다. 그는 비록 그 비밀에서 배제되어 있었지만 사실을 알고 비밀에 부치기로 합의한 사람들에게 유도성 질문을 던져 뻔한 거짓말을 하지 않을 수 없도록 만드는 데서 야릇한 만족감을 느꼈다. 그래서 그는 어느 날 대형 식당에서 아침 식사를 하다가 프랑스식 프록코트를 입은, 키가 작고 조용히 처신하는 지배인에게 답변을 요구하기로 했다. 지배인은 관리 차원에서 인사를 건네고 식사하는 손님들 사이를 돌아다니다 아셴바흐의 식탁에서도 몇 마디 잡담을 하기 위해 멈춰섰던 것이다. 그러자 손님은 무심하게 지나가는 말로 물었다. 대체 왜 얼마 전부터 베네치아를 소독하며 난리를 떠는 건가요? "그건 그러니까……." 그 위선자가 대답했다. "경찰의 조처입니다, 네. 찌는 듯하고 이례적인 무더운 날씨 때문에 발생할지도 모르는 공중 보건상의 온갖 폐해와 사고들을 제때 방지하기 위해서죠. 의무를 다하는 겁니다." "칭찬받을 만한 경찰이군요" 하고 아셴바흐는 대꾸했다. 지배인은 그와 기상에 관해 몇 마디 주고받다가 물러갔다.

바로 그날 밤, 저녁 식사 후에 시내에서 온 떠돌이 가수 몇 사람이 호텔의 앞뜰에서 노래 공연을 하는 일이 벌어졌다. 남녀 두 사람씩인 그들은 아크등의 쇠기둥 곁에 서서 하얗게 분장한 얼굴로 넓은 테라스를 올려다보았다. 그곳에는 휴양객들이 그 서민적인 공연을 보려고 커피나 청량음료를 마시며 앉아 있었다. 호텔 직원들, 엘리베이터 안내원, 웨이터, 사무원들도 로비의 문가에 모여 귀를 기울이고 있었다. 즐기는 일이라면 빠지지 않는 열성적인 러시아인 가족들은 공연을 더 가까이서 보기 위해 등나무 의자를 앞뜰에 내려다놓고 반원을 그리며 흡족한 마음으로 앉아 있었다. 그 주인들 뒤에는 터번 모양의 두건을 쓴 늙은 하녀가 서 있었다.

유랑 악사들의 손에서 만돌린, 기타, 하모니카 그리고

끼끼거리는 소리를 내는 바이올린이 연주되었다. 악기 연주와 교대로 노래도 나왔는데, 가령 찢어질 듯 날카로운 목소리의 젊은 여자가 달콤한 가성을 내는 테너와 함께 갈망에 찬 사랑의 노래를 듀엣으로 불렀다. 그러나 그 패거리의 진정한 재주꾼이자 우두머리는 의심의 여지없이 기타를 연주하고 바리톤 가수로 광대 역할을 하는 남자라는 사실이 드러났다. 그는 말은 거의 하지 않았지만 표정연기에 능숙했고, 사람들을 웃기는 재능이 뛰어났다. 그는 자주 그 커다란 악기를 팔에 안고 동료들과 떨어져 우스꽝스런 몸짓으로 무대 앞쪽으로 돌진했고, 사람들은 그의 당돌한 행동에 흥겨운 웃음으로 보답했다. 특히 가장 가까이 앉아 있던 러시아인들은 남국의 그토록 쾌활한 기질에 열광하며 갈채와 환호를 보냈고 그는 더욱 대담하고 자신감 넘치는 연기를 보여주었다.

아셴바흐는 난간 옆에서 앞에 놓인 유리잔에 든 홍옥색으로 빛나는 석류 탄산수로 가끔씩 입술을 적시며 앉아 있었다. 그의 신경은 단조롭게 연주되는 악기 소리와 거칠고 애달픈 멜로디를 열심히 받아들였는데, 사랑의 열정은 까다로운 감각을 마비시키고, 맨정신이라면 우스운 것으로 받아들이거나 언짢아 거부하게 될 자극들에도 아주 진지해지게 만들기 때문이다. 그의 표정은 그 곡예사가 뛰어오르는 바람에 굳어졌다가 괴로운 미소로 일그러졌다. 그는 느긋하게 자리에 앉아 있는 듯했지만, 극도로 주의를 기울이며 긴장하고 있었다. 왜냐하면 여섯 걸음 앞 돌난간에 타치오가 기대어 있었기 때문이다.

소년은 그곳에서 저녁 식사 때 간혹 입었던 벨트 달린 흰 양복을 입고 늘 그렇듯이 타고난 우아한 자세로 서 있었다. 왼쪽 팔뚝은 난간 위에 올려놓고, 두 발은 엇갈려서 딛고, 오른손은 중심을 잡고 있는 엉덩이에 붙이고 미소라기보다는 은근한 호기심, 공손하게 보이는 정도의 표정을 지으며 유랑 가수들을 내려다보고 있었다. 그는 어떤 때는 똑바로 서서 가슴을 펴며 두 팔을 멋지게 놀려 흰 재킷을 가죽 벨트 아래로 당겨 내렸다. 또 어떤 때는 망설이며 조심스럽게 혹은 무언가 급한 행동을 취해야 할 필요가 있다는 듯이 재빠르고 급하게 머리를 왼쪽 어깨 너머로 돌려 자신을 사랑하는 사람의 자리를 쳐다보기도 했다. 늙어가는 아셴바흐는 그것을 알아차리고 정신이 몽롱해지는 승리감과 함께 전율을 느꼈다. 소년은 그의 눈을 보지 못했다. 왜냐하면 넋이 나간 남자 아셴바흐는 수치심과 근심으로 인해 시선을 마주치지 못했기 때문이다. 테라스 뒤편에

는 타치오를 돌보는 여자들이 앉아 있었고, 따라서 사랑에
빠진 이 남자는 그들의 눈에 띄어 의심을 받을까 두려워하
지 않을 수 없는 상황이었다. 사실 해변에서나 호텔 로비
에서 그리고 산마르코 광장에서도 그들이 타치오를 그의
곁에 가지 못하게 하고, 멀리하도록 애쓰는 모습을 몇 번
이나 보고 몸이 굳어지곤 했다. 그럴 때마다 그는 지독한
모욕감을 느끼지 않을 수 없었다. 그의 자존심은 유례없는
고통으로 뒤틀렸고, 모욕이 아니라고 부인하려 해도 양심
이 허락하지 않았다.

　　그러는 동안 기타 연주자는 직접 반주를 하며 솔로 곡
을 부르기 시작했는데, 그것은 당시 이탈리아의 모든 지역
에서 유행하던 여러 소절로 된 통속 유행가였다. 그는 노
래를 생동감 넘치고 인상적으로 불렀고, 곡의 후렴부에 가
서는 동료들이 악기들을 동원하여 합창을 했다. 그는 몸집
이 가냘프고 얼굴도 수척했는데, 해진 펠트 모자를 눌러
쓰고 있어서 챙 아래 목덜미로 빨간 머리 한 다발이 불거
져 나와 있었다. 그는 자신의 패거리와는 떨어져서 대단한
인물이라도 되는 양 거만하게 자갈밭에 서 있었다. 그리
고 기타 줄을 손가락으로 가볍게 퉁기며 감동적인 서창(敍
唱)으로 흥을 돋우고 있었다. 자신의 기량을 보여주려고 너

무 애쓴 나머지 이마에는 핏줄이 부풀어 올랐다. 그는 베네치아 출신이 아니라 오히려 나폴리의 익살꾼 타입으로 보였는데, 반은 뚜쟁이에 반은 위선자였고, 거칠면서도 넉살이 좋았고, 흉악해 보이면서도 재미있었다. 그의 노래는 가사만 치자면 보잘것없었지만, 실제로 부를 때 표정 연기와 몸동작, 풍자적으로 눈짓을 하고 혀로 음탕하게 입언저리를 핥는 것을 보고 있으면 외설적인 분위기, 무언가 상스러운 분위기를 느낄 수 있었다. 도시풍의 옷차림에 받쳐 입은 캐주얼한 셔츠의 부드러운 옷깃 위로는 눈에 띄게 커다란 목젖과 함께 비쩍 마른 목이 솟아 있었다. 수염을 기르지 않은 얼굴이라 나이를 짐작하기는 어려웠지만, 뭉툭한 코에 창백한 얼굴은 찡그림과 나쁜 버릇으로 생긴 주름이 가득했다. 불그스름한 양 눈썹 사이에 거만하고 위압적이고 거의 야만스러워 보이는 두 줄의 깊은 주름은 히죽거리는 입과 이상하게도 잘 어울리는 것 같았다. 하지만 고독한 남자 아셴바흐가 정말로 그에게 깊은 주의를 기울이게 된 것은 그 수상쩍은 인물이 수상쩍은 분위기도 일부러 풍기고 다니는 것 같았기 때문이었다. 말하자면 후렴이 다시 시작되면 그 가수는 얼굴을 찌푸린 채로 인사라도 하듯 손을 흔들며 무대를 한 바퀴 돌면서 아셴바흐의 자리 바로

아래로 지나갔는데 그 순간마다 그의 옷과 몸에서 나는 강한 석탄산 냄새가 테라스로 풍겨 올라왔던 것이다.

풍자 노래를 끝낸 후 그는 돈을 거두기 시작했다. 그는 기꺼이 돈을 건넬 것으로 보이는 러시아인들에게서 시작해서 차츰 계단을 따라 올라왔다. 연주를 할 때는 그토록 뻔뻔스럽더니 테라스에 올라와서는 너무나 공손한 태도를 보였다. 그는 오른발을 살짝 뒤로 빼고 고양이처럼 등을 구부리며 인사를 하고 테이블 사이로 살금살금 돌아다녔다. 그가 음흉하고 비굴해 보이는 미소를 짓자 뻐드렁니가 드러나면서 동시에 붉은 눈썹 사이로 계속해서 두 줄의 주름이 위협적으로 잡혔다. 사람들은 그런 식으로 생계비를 거둬들이는 그 낯선 존재의 모습을 호기심과 약간의 역겨움을 느끼며 지켜보았고, 손가락 끝으로 동전을 그의 펠트 모자에 던져 넣으면서 거기에 닿지 않으려고 조심했다. 배우와 품위 있는 사람들 사이에 실제 거리가 사라지면, 그전에 즐거움이 아무리 컸다 하더라도 늘 어느 정도 당혹감이 생기는 법이다. 그는 그 사실을 느끼고 아부하는 태도로 굽실거렸다. 그는 아셴바흐에게로 왔고, 주변의 누구도 개의치 않는 냄새도 따라왔다.

"이봐요!" 홀로 앉아 있던 아셴바흐가 목소리를 죽여 거의 무표정하게 말했다. "베네치아에서 소독을 하던데, 그 이유가 뭐죠?" 익살꾼이 쉰 목소리로 대답했다. "경찰 때문이죠! 이런 무더위에 열풍이 불 때는 규정상 그렇게 해야 합니다, 선생님. 열풍은 불쾌감을 만드는데다 건강에도 좋지 않아서……." 그는 그런 질문을 한다는 게 이상하다는 듯이 대답하고는 열풍이 얼마나 불쾌한지 표현하는 것처럼 손바닥으로 내리누르는 시늉을 했다. "그럼 베네치아에 질병이 돌고 있지 않는다는 건가요?" 아셴바흐는 이 사이로 매우 낮게 소리를 내어 물었다. 광대가 어쩔 줄 몰라 하자 우락부락한 표정이 우스꽝스럽게 일그러졌다. "질병이라뇨? 대체 무슨 질병을 말씀하시는 건가요? 혹시 우리 경찰이 질병에 걸렸다는 건가요? 농담도 잘하시네! 질병이라뇨? 말도 안 돼요! 예방 조치, 이해하시겠지요! 찌는 듯한 날씨의 부작용에 대비한 갑작스런 지시로……." 그는 손짓 발짓을 했다. "그럼 다행이군요." 아셴바흐는 이번에도 낮은 목소리로 짧게 말하고 재빨리 지나치게 큰 액수의 동전 하나를 모자 속에 떨어뜨렸다. 그런 다음 그 사람에게 눈짓으로 가보라는 신호를 보냈다. 그는 히죽 웃고 절을 하며 시키는 대로 했다. 그러나 그가 계단에 이르기도 전에 두 명의 호텔 종업원이 달려들어 얼굴을 바짝 들이 밀고 속삭이는 목소리로 무슨 말을 했는지 캐물었다. 그는 어깨를 들어올려 보이며 아무것도 알려주지 않았다고 다짐하고 맹세했다. 사람들은 그 광경을 똑똑히 보았다. 그들에게서 풀려난 후 광대는 앞뜰로 돌아왔고, 아크등 아래서 패거리와 잠시 상의를 하더니 작별의 노래를 부르기 위해 다시 등장했다.

그것은 고독한 남자 아셴바흐가 들은 적이 있었는지 기억도 나지 않는 그런 노래였다. 그것은 알아들을 수 없는 사투리로 된 저속한 유행가로 후렴부에서는 웃음소리를 내야 했는데, 패거리가 매번 요란한 웃음소리를 내며 끼어들었다. 이때는 노래도 악기 반주도 멈추었고, 리듬이 어느 정도 정해져 있기는 했지만 매우 자연스럽게 표현되는 웃음소리밖에 남지 않았다. 특히 그 솔로 가수는 뛰어난 기량으로 생생하고 근사한 웃음소리를 냈다. 자신과 품위 있는 손님들 사이에 예술적 거리감이 다시 생겨나자 그는 이전의 뻔뻔한 태도를 완전히 되찾았고, 그의 인위적인 웃음은 거침없이 테라스로 울려 올라가 비웃음이 되었다. 노래가 끝나가자 그는 웃음을 억제할 수 없어 힘들어하는 것 같았다. 그는 숨을 헐떡였고, 음정은 불안정했다. 그는 손으로 입을 틀어막고 어깨를 비틀다가 더 이상 참을 수 없는지 갑자기 미친 듯이 웃음을 터뜨렸다. 그 웃음은 너무나 생생해서 전염시키는 작용을 했고, 청중들에게 저절로 전해져서 테라스 위로 폭소의 물결이 퍼져나갔다. 그러나 바로 이것이 그 가수의 방자한 태도를 더욱 부추긴 것으로 보였다. 그는 무릎을 굽히고, 허벅지를 두드리고, 옆구리를 움켜잡고, 배를 움켜쥐고서는 이제 웃는 것을 넘어서 소리를 질렀다. 그는 손가락으로 테라스에서 웃고 있는 이 고상한 손님들보다 더 우스운 것은 없다는 듯이 그 위를 가리켰다. 그래서 마침내 앞뜰과 베란다에 있던 모든 사람들 그리고 웨이터와 엘리베이터 안내원과 문가에 모인 직원들에 이르기까지 모두가 웃고 있었다.

아셴바흐는 더 이상 의자에 조용히 앉아 있지 못하고, 어떤 공격에 저항하거나 아니면 달아나려고 시도하는 것처럼 몸을 벌떡 세우고 앉았다. 그러나 웃음소리, 위로 풍겨오는 소독제 냄새, 가까이에 있는 미소년이 한데 얽혀 그것은 부서뜨릴 수도 벗어날 수도 없을 정도로 이성과 감각을 짓누르는 악몽으로 변했다. 모두가 신나서 기분 풀이를 하는 동안에 그는 타치오를 슬쩍 건너다보았다. 그 미소년도 자신의 눈길에 응답하며 자신과 마찬가지로 심각한 표정을 짓고 있다는 것을 알아차릴 수 있었다. 흡사 그 소년은 시선이 마주친 상대방에게 태도와 표정을 맞추고, 주위 분위기에는 신경 쓰지 않는 듯했다. 여러 가지를 암시하는 이 어린애다운 순종 속에는 모든 걸 무력화시키고 압도하는 힘이 있어 머리가 희끗한 남자 아셴바흐는 얼굴을 두 손에 파묻고 싶은 충동을 겨우 억제할 수 있었다. 또 타치오가 때때로 몸을 곧게 세우고 심호흡을 하는 것을 보면 가슴이 답답해서 한숨을 짓는 것처럼 보이기도 했다. "저 아이는 병약하고, 오래 살지·못할지도 몰라." 그는 이런 경우에는 이따금씩 도취와 갈망이 이상하게도 사라지며 돌아오는 냉철한 정신으로 생각했다. 그리고 그의 마음은 소년에 대한 순수한 배려와 더불어 비정상적인 만족감으로 차올랐다.

베네치아에서 온 가수들은 그 사이에 공연을 마치고 물러가는 중이었다. 그들에게 박수갈채가 쏟아졌고, 우두머리는 퇴장하는 걸음조차 익살로 장식하는 것을 빼먹지 않았다. 그가 오른발을 뒤로 빼며 인사를 하고 손으로 키스를 보내자 웃음이 터져 나왔고, 그래서 그는 그것을 한 번 더 해야 했다. 일행은 이미 밖으로 나가고 없는데도 그는 뒷걸음질을 하다가 아크등 기둥에 심하게 부딪히며, 아파 죽겠다는 시늉을 하며 몸을 웅크린 채로 정문으로 조심조심 걸어갔다. 정문에 이르자 그는 마침내 허리를 다친 광대 연기를 벗어던지고, 몸을 일으켜, 아니 재빨리 벌떡 일어나서 테라스에 있는 손님들에게 뻔뻔하게 혀를 날름 내밀고 나서 어둠속으로 사라졌다. 손님들은 뿔뿔이 흩어졌다. 타치오는 오래전에 이미 난간에서 떠나고 없었다. 그러나 고독한 남자 아셴바흐는 테이블 위에 석류 탄산수를 남겨둔 채 아직도 자리를 지키고 있어서 종업원들을 당혹스럽게 만들었다. 밤은 깊어갔고, 시간은 흘러갔다. 수년 전 부모님의 집에 모래시계가 하나 있었다. 그는 그 부서지기 쉽고 소중한 물건이 별안간 자기 앞에 놓여 있는 것처럼 생생하게 보였다. 적갈색으로 물든 모래가 소리 없이 미세하게 줄어들며 가는 유리관을 통해 흘러내렸고, 모래가 위쪽 우묵한 곳에서 다 떨어질 무렵 그곳에는 작고 급격한 소용돌이가 생겼다.

다음날 오후에 완고한 남자 아셴바흐는 바깥세상을 시험해보기 위한 새로운 시도를 했는데, 이번에는 상당한 성과를 거두었다. 그는 산마르코 광장으로 가서 영국 여행사에 들어갔다. 창구에서 약간의 돈을 환전한 후에 의심 많은 외국인의 표정을 지으며 상대 직원에게 난처한 질문을 던진 것이다. 그 직원은 모직 옷을 차려입은 영국인으로 아직 젊었고, 머리는 가운데 가르마를 탔으며 두 눈은 바짝 붙어 있었다. 그의 신중하고 성실한 태도는 교활하고 수완 좋은 남국에서 너무나 낯설고 기이하게 여겨졌다. "염려하실 필요 없습니다, 손님. 별 의미 없는 조치입니다. 무더위와 열풍이 건강에 해로운 작용을 미치는 것을 예방하기 위해 자주 취해지는 그런 규정이죠⋯⋯." 그러나 직원은 푸른 눈을 들어 올리다가 가벼운 경멸감을 보이며 자신의 입술을 향하고 있는 외국인의 맥 빠지고 서글픈 듯한 시선과 마주쳤다. 그러자 영국인은 얼굴을 붉혔다. "그 말은⋯⋯" 하고 그는 낮은 목소리로 약간의 동요를 보이며 말을 이었다. "공식적인 해명으로, 그렇게 주장하는 것이 유익하다고 이곳 관청 사람들은 여기고 있습니다. 솔직히 배후에는 다른 사실을 숨기고 있다고 말씀드릴 수 있습니다." 그러고 나서 그는 유창하고 편안한 자기나라 말로 사실대로 말해주었다.

몇 해 전부터 인도 콜레라는 이미 확산되고 있었다. 그 전염병은 갠지스 강 삼각주의 무더운 습지에서 발생했고, 울창하고 쓸모없는, 호랑이가 웅크리고 있는 인적이 드문 대나무 숲 같은 원시림과 섬의 밀림에서 생겨난 유독한 증기와 함께 위로 올라갔다. 그러더니 북인도 전역을 사나

운 기세로 휩쓸었는데, 동쪽으로는 중국, 서쪽으로는 아프
가니스탄과 페르시아까지 퍼졌고, 주요 대상(隊商) 무역로
를 따라 아스트라칸, 심지어 모스크바까지 공포에 떨게 만
들었다. 유럽은 그 급박한 위험이 육로를 통해 닥쳐올지도
모른다고 떨고 있었는데, 예기치 못하게 시리아의 무역선
에 의해 해로를 통해 지중해의 여러 항구들에서 거의 동시
에 나타났다. 그것은 툴롱과 말라가에서 머리를 내밀었고,
팔레르모와 나폴리에서 여러 번 얼굴을 드러냈고, 칼라브
리아와 아풀리아 전역에서 더 이상 물러가지 않을 기세였
다. 그래도 이탈리아 반도의 북부는 해를 입지 않고 있었
다. 하지만 올해 5월 중순 결국 베네치아에서도 그 끔찍한
나선상균이 부두 막노동꾼과 야채상 여자의 쇠약해지고
거무스름하게 변한 시신에서 같은 날 발견되고 말았다. 그
환자들은 비밀에 부쳐졌다. 일주일 후에 환자의 수는 10명,
20명, 30명으로 늘어났고 더구나 서로 다른 구역에서 발생
했다. 베네치아에 놀러와 며칠 머물렀던 오스트리아 변방
출신의 한 남자가 자기 고향 도시로 돌아가 명확한 징후를
보이며 사망했고, 그렇게 해서 이 해안 도시에 재앙이 발
생했다는 소문이 독일 일간신문에 실리게 되었던 것이다.
베네치아 당국은 도시의 보건 상황은 과거 어느 때보다 좋

았으며, 그 병을 퇴치하기 위해 필요한 조치를 내렸다는 성명서를 냈다. 그러나 어쩌면 야채, 육류, 우유 같은 식료품이 이미 감염되어 있었는지 모른다. 당국의 부인과 은폐에도 불구하고, 그 전염병은 비좁은 골목에서 주변으로 확산되었고, 때 이르게 시작된 여름 더위는 운하의 수온을 미지근하게 높여놓아 병이 번지는 데 특별히 유리해졌다. 전염병의 위력은 더욱 강해졌고, 그 병원체의 내성과 번식력은 배가된 것 같았다. 환자가 회복되는 일은 드물었다. 그 병에 걸린 사람들은 100명 중 80명이 사망했고, 게다가 끔찍하게 죽어갔다. 왜냐하면 그 질병은 지극히 심한 증세로 발병해서 '건조증'이라 불리는 가장 위험한 형태로 발전했기 때문이다. 이 증세는 몸의 혈관들로부터 대량으로 분비되는 수분을 배출시키지 못해서 몇 시간 만에 바싹 마르고, 타르처럼 끈적끈적하게 변한 혈액 때문에 경련을 일으키는 것인데 쉰 목소리로 탄식을 하며 숨이 막혀 죽게 된다. 가끔 몸이 약간 불편한 정도로 발병한 후 깊은 혼수상태에 빠지는 경우도 있는데, 비록 깨어나지 못하거나 깨어나기 힘들다 해도 오히려 다행인 셈이다. 6월 초에 은밀하게 시립 병원의 격리병동이 환자들로 채워졌고, 두 곳의 고아원 건물은 자리가 부족해지기 시작했다. 그리고 새로 기반시설을 갖춘 항구와 공동묘지로 사용되는 산미켈레(San Michele) 섬 사이에 왕래가 소름끼치게도 활발해졌다. 그러나 모두가 입게 될 손해에 대한 두려움, 최근에 시민 공원에서 개최된 미술 전시회도 신경 써야 했고, 공황 상태에 빠지고 평판이 나빠질 경우에 호텔, 상점, 각종 관광업체들 전체가 직면하게 될 엄청난 결손액을 생각지 않을 수 없었다. 이러한 두려움 때문에 이 도시에서는 진실을 밝히고 국제 협약을 존중하기보다는 이러한 사실을 비밀에 부치고 부인하는 정책을 완강하게 지속할 수밖에 없었다. 명망 높은 베네치아의 최고위 보건 책임자는 격분해서 직위에서 물러났고, 그 자리는 비밀리에 더 고분고분한 인물로 교체되었다. 시민들은 그 사실을 알고 있었다. 그리고 상류층의 부패는 도처에서 넘쳐나는 불안정, 판을 치는 죽음 때문에 부득이하게 선포된 비상사태와 더불어 하류층의 도덕성을 무너뜨리는 결과를 불러왔고, 비양심적이고 반사회적인 충동을 부채질하는 결과를 초래했다. 무절제와 파렴치한 행동, 범죄가 늘어났다. 밤에는 이전과 달리 취한 사람들이 눈에 많이 띄었다. 불량배들이 밤거리를 불안하게 만들었다. 강도 사건에 심지어 살인도 반복되었다. 전염병에 감염되어 죽었다는 사람이 사실은 자신의 친척들에 의해 독살되었다는 사실이 두 번이나 드러났다. 그리고 상도덕의 타락상은 이 도시에서 이전에는 없었던 일로 이탈리아의 남부 지방과 동양에서나 다반사였던 그런 볼썽사납고 무절제한 형태로 벌어졌다.

이런 일들에 관해 그 영국인 남자는 결정적으로 중요한 말을 털어놓았다. "손님께서는 하루 속히 서둘러 떠나시는 게 좋습니다." 그리고 이렇게 말을 맺었다. "이삼 일 내에 통제조치가 내려질 수도 있을 겁니다." "감사합니다." 아셴바흐는 이 말을 하고 여행사에서 나왔다.

광장은 해는 비치지 않았지만 후텁지근했다. 사정을 모르는 외국인들이 카페 앞에 앉아 있거나 성당 앞에서 온통 비둘기들에 둘러싸인 채 새들이 모여들고, 날개를 퍼덕이고, 서로 밀치며 오목한 손바닥에 놓인 옥수수를 쪼아 먹는 모습을 지켜보고 있었다. 고독한 남자 아셴바흐는 진실을 알아냈다는 승리감에 도취되어 견디기 힘들 정도로 흥분했고, 그러면서도 혀끝으로 구토가 느껴지고, 가슴 속으로는 엄청난 전율이 일어남을 느끼며 화려한 성당의 포석 위를 이리저리 거닐었다. 그는 양심의 가책을 떨쳐버릴 품위 있는 행동을 궁리하고 있었다. 그는 오늘 밤 저녁 식사를 마치고 진주로 치장한 부인에게 다가가 알려줄 수 있을 것이다. "부인, 이 낯선 이가 개인적인 욕심 때문에 알려드리지 못하고 있었습니다만 충고를, 경고를 한마디 하도록 허락해주십시오. 즉각 타치오와 따님들을 데리고 떠나십시오! 베네치아에는 전염병이 돌고 있습니다." 이 말을 마치고 그는 작별 인사로 조롱하는 신의 앞잡이인 소년의 머리를 쓰다듬고 몸을 돌려 이 궁지에서 빠져나와 달아날 수 있을 것이다. 그러나 동시에 그는 자신에게 진정으로 그런 짓을 할 생각이 전혀 없다는 것을 알고 있었다. 그렇게 말하고 나면 그는 자기 자리로 돌아갈 것이며 제정신을 되찾게 될 것이다. 그러나 제정신이 아닌 사람에게는 다시 정신을 차리는 것만큼 꺼려지는 일도 없다. 그는 저녁노을에 빛나는 글귀가 새겨진 밝은 색 건축물을 떠올렸다. 그 글귀에서 내비치는 신비한 내용에 그는 마음을 빼앗기며 몰두해 있었다. 그리고 또 늙어가는 자신에게 젊은 시절 저 멀고 낯선 곳으로 가고 싶어 했던 동경을 일깨워주었던 그 이상한 방랑자 같던 사람의 모습도 떠올렸다. 그리고 집으로 돌아가서 신중함과 냉정함을 되찾고, 고통스럽게 글을 쓰는 대가로서의 능력을 발휘해야 한다는 생각을 하니 너무나 역겨워 메스꺼움에 얼굴 표정이 일그러질 정도였다. "그들은 입을 열지 않을 거야!" 하고 그는 격하게 중얼거렸다. 그리고 또 이런 말이 튀어나왔다. "나도 알려주지 않을 거고!" 비밀을 함께 알고 있다는 공범 의식은 포도주 몇 방울이 지친 뇌를 취하게 하듯이 그를 도취시켰다. 재앙을 당해 황폐해진 도시의 모습이 머릿속에서 무질서하게 어른거리며 그의 내면에 희망을 불타오르게 했다. 그것은 이해할 수 없는, 비이성적이면서도 엄청나게 달콤한 희망이었다. 이 기대감에 비한다면 그가 얼마 전에 한순간 꿈꾸었던 행복은 무엇이란 말인가? 혼돈이 가져올 매력에 비하면 예술과 미덕이 무슨 소용이 있단 말인가? 그는 입을 다문 채 꼼짝도 하지 않았다.

이날 밤, 그는 끔찍한 꿈을 꾸었다. 만약 다음과 같은 육체적, 정신적 체험을 꿈이라고 부를 수 있다면 말이다. 그것은 비록 깊은 잠 속에서, 의지와는 상관없이 감각이 또렷한 상태에서 일어난 일이지만, 그 일들이 벌어지는 공간 밖에서 자신이 존재하거나 돌아다니는 것은 아니었다. 오히려 자신의 정신이 무대가 되었고, 그 일들은 그의 저항을—격렬한 정신적 저항을—강제로 물리치고 뚫고 들어와 그의 존재, 일생 동안 쌓아온 교양을 송두리째 황폐화시키고 파괴시켜놓았다.

처음에는 두려움을 느꼈다. 두려움과 기쁨, 그리고 어

떤 일이 벌어질지에 대한 겁에 질린 호기심으로 시작되었다. 밤이 깊어갔고, 그의 감각은 긴장한 채로 열려 있었다. 멀리서부터 요란하고 세찬 소리, 여러 소음이 뒤섞인 소리가 다가오고 있었기 때문이다. 그것은 짤랑거리거나, 요란하게 울려 퍼지거나, 먹먹하게 쿵쾅거리는 소리, 환호하는 소리에 '우—' 하고 길다랗게 울부짖는 특이한 소리도 들렸다. 이 모든 소리들을 뚫고 감당할 수 없는 감미로움으로 압도하는, 오묘하게 떨리며 무자비할 정도로 끈질기게 피리 소리가 들려왔다. 그 소리는 대담하게 마음속으로 파고들어 애간장을 녹이는 듯했다. 그는 이것을 한 마디로 말할 수 있었다. 그것은 "낯선 신"[21]이었다. 연기를 내며 불꽃이 번쩍 타올랐다. 그때 여름 별장 주변의 산들과 비슷한 산악 지대가 보였다. 일렁이는 불꽃 속에서, 숲으로 덮인 산꼭대기로부터, 나무줄기들과 이끼가 긴 바위 조각들 사이에서 무언가 구르고 소용돌이치며 떨어져 내리는 것이 있었다. 그것은 떼를 지어 날뛰는 인간들과 짐승들의 무리였다. 그리고 산비탈은 살덩이들, 불꽃들, 난장판, 날뛰는 윤무로 가득 찼다. 여자들이 허리에 두른 긴 모피 옷

---

21) 원래 인도에서 온 낯선 신으로 통하는 술과 도취의 신 디오니소스를 가리킨다.

자락에 걸려 비틀거리며 머리를 뒤로 젖힌 채 신음소리를 내며 탬버린을 울려댔고, 흩날리는 횃불과 단검을 빼들고서 흔들었고, 혀를 날름거리는 뱀의 몸뚱이 한가운데를 붙들고 있거나 아니면 날카로운 소리를 지르며 자신의 젖가슴을 두 손으로 움켜쥐었다. 이마에 뿔이 달리고 가죽 옷을 걸치고 피부에는 털이 덥수룩한 남자들은 고개를 숙이고 팔과 허벅지를 들어 올렸고, 놋쇠로 만든 악기를 요란하게 두드리고 북을 세차게 내리쳤다. 반면에 피부가 매끈한 소년들은 잎사귀들이 붙은 막대기로 숫염소들을 찔렀고, 염소들의 뿔에 매달렸다가 껑충껑충 뛰자 환성을 지르며 질질 끌려갔다. 그리고 신에 사로잡힌 사람들은 부드러운 자음과 끝에 '우' 소리를 길게 끌며 내는 함성을 질렀는데, 그것은 지금껏 들어본 적이 없는 감미롭고도 거친 소리였다. 이쪽에서 사슴의 울음소리 같은 함성이 공중으로 요란하게 울리기 시작하면, 저쪽에서 다시 여러 사람이 승리의 기쁨에 도취되어 함성으로 답했고, 서로가 그렇게 해서 춤을 추고 사지를 흔들어대며 독려했고, 이 함성은 끝날 줄을 몰랐다. 그러나 그 속을 뚫고 들어온 오묘하게 유혹하는 피리 소리가 이 모든 것을 압도했다. 그 소리는 꿈속에서 그 모든 일에 빠져들지 않으려 버티면서 경험하고

있는 아셴바흐도 무자비하고 끈질기게 지극한 희생과 광
란의 축제 속으로 끌어들이려고 유혹하지 않는가? 그의
혐오는 엄청났고 두려움도 엄청났다. 자신의 침착하고 품
위 있는 정신의 적인 그 낯선 신에 맞서 마지막까지 도리
를 지키려는 그의 의지는 곧았다. 그러나 요란한 소음, 울
부짖는 소리는 주변을 둘러싼 바위벽에 부딪쳐 울려 퍼지
더니 압도적으로 커졌고, 마음을 파고드는 광기로 부풀어
올랐다. 냄새들이 감각을 괴롭혔는데, 숫염소들의 코를 찌
르는 악취, 헐떡이는 몸에서 풍기는 체취, 썩어가는 물에
서 나는 것 같은 불쾌한 냄새, 거기에다 또 다른 친숙한 냄
새가 추가되었다. 그것은 사방으로 번져가는 상처와 질병
의 냄새였다. 북소리에 가슴이 떨려왔고, 머리가 빙글거리
며 돌았다. 그는 분노에 사로잡혔고, 현혹되었고, 감각을
마비시키는 욕정이 찾아왔고, 그의 마음은 낯선 신의 윤무
에 동참하기를 열망했다. 나무로 거대하게 만들어진 음란
의 상징물이 모습을 드러내며 높이 세워졌다. 그러자 그들
은 더욱 광란해서 구호를 외쳤다. 그들은 입에 거품을 물
고 날뛰었고, 음탕한 몸짓과 사랑을 나누는 손짓으로 서로
를 자극했고, 웃고 신음을 토해내는 가운데 뾰족한 막대기
로 서로의 몸을 찔렀고, 사지에 흘러내리는 피를 핥아먹었

다. 그러나 꿈을 꾸는 아셴바흐는 이제 그들과 함께, 그들 속에 있었고, 그 낯선 신을 섬기게 되었다. 사실, 신에게 희생의 제물을 바치느라 짐승들에게 달려들어 찢고 죽여서 따뜻한 김이 나는 고깃덩어리를 삼키는, 파헤쳐진 이끼 바닥 위에서 마구 뒤섞여 혼음을 하는 그들은 그 자신이었다. 그리고 그의 영혼은 파멸로 향하는 간음과 광란을 맛보았다.

괴로움에 시달리던 아셴바흐는 꿈에서 깨어나자 신경이 쇠약해지고, 정신이 혼미해지고, 악령에 붙들려 무기력해져 있었다. 그는 더 이상 사람들의 눈길을 두려워하지 않았다. 자신이 의심을 받고 있는지도 염려하지 않았다. 그들도 사실 이곳을 달아나거나 떠나고 있었던 것이다. 해수욕장의 방갈로는 수없이 비어 있었다. 사람들로 가득했던 식당의 자리는 꽤 많이 비어 있었다. 그리고 시내에서 외국인은 거의 찾아볼 수 없었다. 이제 비밀이 새나간 것으로 보였고, 이해 관계자들의 끈질긴 단속에도 불구하고 공황 상태는 더 이상 막을 수 없게 되었다. 그러나 진주 장신구를 단 부인은 가족들과 함께 남아 있었다. 소문이 그녀의 귀에 들어가지 않았기 때문이거나, 아니면 너무 당당하고 대담해서 그런 소문에 동요하지 않기 때문일 것이다.

아무튼 타치오는 남아 있었다. 그리고 악령에 사로잡힌 아센바흐는 가끔 모든 귀찮은 사람들이 도피와 죽음으로 주변에서 떨어져나가, 자기 혼자만 그 미소년과 이 섬에 남을 수 있을 것 같은 기분이 들었다. 사실, 오전에 해변에서 꼼짝 않고 침울하고 뻔뻔하게 소년을 갈망하며 물끄러미 바라볼 때, 날이 저물녘에 체면도 버리고 역겨운 죽음이 비밀스럽게 돌아다니고 있는 골목으로 소년을 뒤따라갈 때, 그 파렴치한 짓은 그에게 희망을 주는 것 같았고 도덕관념은 효력을 잃고 무너지는 것 같았다.

사랑에 빠진 사람이라면 누구나 그렇듯이 상대방에게 잘 보이고 싶었고, 그것이 불가능할지도 몰라 심한 불안을 느꼈다. 그는 젊은이처럼 밝게 보이도록 양복에 몇 가지 요소를 추가했다. 보석을 끼고 향수를 뿌렸고, 하루에도 몇 번씩 치장을 하는 데 많은 시간을 들였다. 그는 그렇게 꾸미고 흥분과 긴장감을 느끼며 식탁으로 갔다. 그렇지만 마음을 사로잡은 매력적인 소년을 보자 자신의 늙어가는 몸에 역겨움이 느껴졌다. 희끗한 머리카락, 사나운 얼굴 표정은 그를 치욕과 절망으로 몰아넣었다. 그는 육체적으로 원기를 불어넣어 되돌리고 싶은 충동을 느꼈다. 그래서 호텔의 이발사를 찾아가는 일이 잦아졌다.

이발 가운을 걸치고 수다쟁이 이발사가 머리를 손질하는 동안, 그는 의자에 몸을 묻고 괴로운 눈길로 거울에 비친 자신의 모습을 바라보았다. "머리가 희끗해졌군." 그가 입을 비죽거리며 말했다.

"약간 세었습니다." 하고 이발사가 말했다. "이해를 못 하는 건 아니지만 유명인사들이 외모에 좀 소홀하고 무관심하기 때문이죠. 그건 칭찬할 만한 일은 아니고, 특히 그런 인물들이 자연적인 것과 인위적인 것에 대해 편견을 가져서는 안 된다는 점에서 더더욱 그렇죠. 화장술에 반대하는 일부 사람들이 그 도덕적 엄격성을 사리에 맞게 치아에도 적용한다면, 그들은 적잖이 불쾌해할 겁니다. 결국 우리는 우리의 정신, 우리의 가슴이 느끼는 만큼 늙기 때문이죠. 희끗한 머리를 그대로 두는 것은 경우에 따라서는 염색을 해서 감추는 것보다 더 심한 위선이 될 수 있습니다. 손님의 경우에는 원래의 머리색을 되찾아야 마땅하다고 봅니다. 간단한 일인데 머리색을 원래대로 되돌려드릴까요?"

"어떻게 한단 말인가요?" 아셴바흐가 물었다.

그러고 나서 이 수다스러운 남자가 손님의 머리를 두 가지 종류의 물, 즉 맑은 물과 검은 물로 씻기자 젊은 시절처

럼 검어졌다. 이발사는 머리를 뜨거운 열로 지져서 부드럽
게 말아 올리고 뒤로 물러서서 손질된 머리 모양을 살폈
다. "자, 이제 얼굴에만 생기가 돌면 됩니다."

그리고 쉽게 만족할 수 없어 일을 끝내지 못하는 장인처
럼 그는 활기차고 분주하게 이런저런 손질을 연이어 했다.
거절하기가 쉽지 않아 편안히 몸을 기대고 어떤 모습이 될
지 오히려 기대에 부풀어 있던 아셴바흐는 거울에 비친 자
신의 모습을 보았다. 그의 눈썹은 더욱 또렷해지면서 아치
모양을 이루었고, 눈매는 더 길어졌고, 눈꺼풀에 가볍게
밑칠을 하자 눈의 광채가 선명해졌다. 눈 아래로 갈색이었
던 피부에 살짝 덧칠을 하자 붉은색으로 살아났고, 입술은
조금 전만 해도 핏기가 없었지만 검붉은 색으로 부풀어 올
랐고, 뺨과 입 주변의 깊은 주름과 눈가의 주름살은 크림
을 바르고 젊음의 색깔로 보이지 않게 만들었다. 그는 고
개를 끄덕이며 한창 피어나는 젊은이의 모습을 보았다. 화
장을 해준 이발사는 그런 부류의 사람들이 흔히 그러듯이
상대에게 비굴하게 고마움을 표시하며 마침내 만족스러워
했다. "그저 조금 꾸몄을 뿐입니다" 하고 그는 아셴바흐에
게 마지막으로 손질하며 말했다. "이제 손님께서는 마음
놓고 사랑에 빠지셔도 될 겁니다." 넋이 나간 남자 아셴바

흐는 꿈결처럼 행복했지만, 혼란스럽고 소심한 마음으로 이발소에서 나왔다. 그의 넥타이는 빨간색이었고, 챙이 넓은 밀짚모자에는 알록달록한 띠가 둘러져 있었다.

후텁지근한 폭풍이 불어오더니 비가 내렸다. 비는 자주 내리지 않았고 양도 많지 않았지만, 공기는 습하고 흐리고 썩은 냄새로 가득했다. 귓가에서는 푸드득거리고, 딸각닥거리고, 윙윙거리는 소리가 들려왔다. 화장 때문에 열이 오른 그 남자에게는 사악한 바람의 악령들이 공중에서 소동을 부리는 것 같았고, 심술궂은 바다 새들이 자신의 식사를 파헤치고 갉아먹고 똥칠을 해놓는 것 같았다. 후텁지근한 날씨에 식욕이 나지 않은 데다 음식이 병균에 감염되었을 것이라는 생각이 머릿속을 떠나지 않았기 때문이다.

어느 날 오후에 아셴바흐는 미소년을 뒤쫓다가 그 병든 도시의 뒤얽힌 내부로 깊숙이 빨려 들어간 적이 있었다. 그곳 미로의 좁은 골목, 운하, 다리, 광장들은 서로 너무나 비슷했고 어디인지 더 이상 확실하지 않았다. 방향감각을 잃어버린 그는 애타게 뒤쫓고 있던 소년의 모습을 시야에서 놓치지 않으려고만 신경을 썼다. 그리고 창피하게 들키지 않으려고 벽에 몸을 바짝 붙이거나, 지나가는 사람의 등 뒤에 숨기도 했다. 그래서 그는 지속적인 감정과 긴장으로 신체와 정신이 피로와 탈진 상태에 있음을 오랫동안 의식하지 못했다. 타치오는 가족들 뒤에서 걸어갔고, 가정 교사와 수녀 같은 누나들을 좁은 길에서는 보통 앞서 가게 했다. 소년은 혼자 어슬렁거리며 가끔씩 고개를 돌려 어깨 너머로 자신을 사랑하는 사람이 따라오는 것을 저녁 어스름처럼 흐릿하면서도 독특한 눈으로 슬쩍 확인했다. 소년은 그를 보았지만, 그 사실을 가족들에게 알리지는 않았다. 이 사실을 깨닫고 감격해서, 그런 눈길에 현혹되어, 어리석은 사랑의 열정이 이끄는 대로 아셴바흐는 터무니없는 희망의 꽁무니를 몰래 따라갔다. 그는 마침내 그 희망이 사라진 것을 깨달았다. 그 폴란드인들은 약간 솟아오른 다리를 건너갔는데, 다리의 아치 모양에 가려 그들의 모습이 보이지 않았다. 그가 그곳에 다다랐을 때 그들은 사라지고 없었다. 그는 그들을 찾아 세 방향, 다시 말해 똑바른 방향과 좁고 지저분한 선창을 따라 난 양쪽 방향을 살펴보았으나 허사였다. 심한 피로감으로 기력이 떨어져서 그는 마침내 찾는 일을 포기해야만 했다.

머리는 찌근거렸고, 몸은 끈적끈적한 땀으로 뒤덮였고, 목도 부들부들 떨렸고, 더 이상 참기 힘든 갈증으로 너무나 괴로웠다. 그는 어떤 것이 되었든, 즉각 원기를 회복시켜줄 것을 찾아 주위를 두리번거렸다. 조그만 야채가게에서 과일을 약간 샀다. 너무 익어 짓무른 딸기를 걸어가면서 먹었다. 황량하고 마법에 걸린 듯한 작은 광장이 앞에 나타났다. 그는 그곳을 알고 있었고, 온 적도 있었다. 몇 주 전에 헛된 도피 계획을 세웠던 곳이다. 그는 광장 한가운데 있는 분수대 난간에 털썩 주저앉아 머리를 돌기둥에 기댔다. 그곳은 조용했고, 포석들 사이에는 풀이 자라 있었고, 사방에 쓰레기가 널려 있었다. 주변의 비바람에 상한 높고 낮은 집들 중에는 고딕식 아치형 창문들과 사자상이 조각된 조그만 발코니도 달려 있는 화려한 저택도 보였다. 창문 안쪽은 텅 비어 있었다. 다른 집의 일층에는 약국이 자리하고 있었다. 갑작스럽게 불어오는 무더운 바람에 간간이 석탄산 냄새가 실려 왔다.

그는 그곳에 앉아 있었다. 위엄 있는 예술가이자 『고난자』의 저자인 그는 그토록 뛰어나게 순수한 표현 형식으로 집시 기질과 음험한 세계를 거부했고, 타락에 공감하지 않고, 방종한 것을 물리쳤던 대가였다. 그는 출세를 하고, 자신의 지식으로 궤변을 부리지 않았고, 성장하여 모든 비난에서 서서히 벗어났고, 대중의 신뢰에 걸맞게 본분을 다했다. 그의 명성은 공식적으로 인정받고, 귀족의 신분으로 격상되었고, 그의 문체는 아이들이 따라야 할 모범이 되었다. 그런 그가 그곳에 앉아 있었다. 그의 눈은 감겨 있었고, 가끔씩만 눈꺼풀 아래서 조소적이고 당황한 시선이 옆으로 번득였다가 급히 다시 사라졌다. 그리고 화장으로 돋보이게 한 늘어진 입술은 반쯤 잠들어 있는 그의 뇌가 꿈처럼 이상한 논리로 힘들게 내보내는 말을 한 마디씩 웅얼거렸다.

"파이드로스여 명심하라, 아름다움, 오직 아름다움만이 신적이면서 동시에 볼 수 있는 것이다. 그렇기 때문에 어린 파이드로스여, 아름다움은 실로 감각적인 것의 길이요, 예술가가 정신으로 향하는 길인 것이다. 그러나 너는 감각을 지나 정신으로 향하려는 사람이 언젠가 지혜와 진정한 남자다운 위엄을 얻을 수 있다고 믿느냐? 아니면 그것이 오히려 (결정은 네 마음대로 해도 좋다) 필연적으로 미혹시키는 위험하고도 사랑스러운 길, 진정으로 오도하고 죄를 짓는 길이라고 믿느냐? 너는 에로스 신이 우리 작가들과 한패가 되어 안내자로 자처하지 않고서는 아름다움의 길을 갈 수 없다는 사실을 알아야 한다. 우리가 비록 나름대로 영웅이고 행실 바른 전사라 해도, 우리를 고양시키는 것은 사랑의 열정이고, 우리가 동경하는 것은 여전히 사랑일 수밖에 없기 때문에 여자들과 다름없다. 그것은 우리의 기쁨이자 치욕이다. 너는 이제 우리 작가들이 현명해질 수도 품위를 지킬 수도 없다는 것을 확실히 알겠느냐? 우리가 불가피하게 길을 잘못 들고, 불가피하게 방탕해져서 감정의 모험가로 남아야 하는 것을 알겠느냐? 우리의 문체가 대가답게 보이는 것은 허구이자 웃음거리이며, 우리의 명성과 영예로운 지위는 터무니없는 것이니, 대중들이 우리를 신뢰하는 것은 지극히 우스꽝스러운 일이며, 예술을 통해 대중과 청소년들을 교육시키려는 시도는 무모한 것으로 금지되어야 마땅하다. 개선의 여지가 없고 선천적으로 타락에 빠질 성향을 타고난 자가 어떻게 교육자로 적합하겠느냐? 우리는 타락을 부인하고 명예를 얻을 수도 있겠지만, 어떤 방향을 택하든 타락은 우리의 마음을 사로잡기 마련이지. 그래서 우리는 가령 정신을 좀먹는 인식을 거부하는데, 인식이란, 파이드로스여, 아무런 위엄과 엄격성을 가지고 있지 않기 때문이다. 인식은 알게 해주고, 이해시켜주고, 납득시켜주지만 침착성과 형식이 없다. 인식은 타락에 공감하니, 인식이 곧 타락이지. 그래서 우리는 이것을 단호히 거부하고, 이제부터 추구하는 바는 오로지 아름다움뿐이다. 더 분명히 말하자면 단순함, 위대함, 새로운 종류의 엄격성, 재탄생한 공정함, 형식이 주는 아름다움이지. 그러나 파이드로스여, 형식과 순박함은 도취와 욕망을 초래하고, 고귀한 마음을 가진 자를 어쩌면 자기 자신의 뛰어난 엄격성이 파렴치하다고 비난해 마지않는 끔찍할 정도로 불경한 감정에 빠지게 할지도 몰라. 그리고 타락을 초래하지. 내 말해두지만, 그것들은 우리 작가들을 타락하게 만들어. 왜냐하면 우리는 스스로 정신을 높일 수 없고, 오직 방탕한 짓만 일삼을 수 있을 뿐이기 때문이야. 이제 나는 떠나고, 파이드로스여, 그대는 이곳에 남게 돼. 그리고 내가 더 이상 보이지 않거든, 그때 비로소 그대도 떠나도록 하라."

며칠 후 구스타프 폰 아셴바흐는 몸이 불편하다는 느낌이 들어 평소보다 늦은 아침 시간에 해안 호텔을 나섰다. 그는 반드시 육체적인 것만은 아닌 어떤 현기증과 맞서 싸워야 했는데, 거기에는 급격히 치솟는 불안에, 탈출구와 가망이 없다는 느낌이 수반되었고, 그것이 바깥세상과 관련된 것인지 자기 개인의 존재와 관련된 것인지는 명확하지 않았다. 그는 로비에서 발송 준비를 마친 엄청난 양의 짐들을 보고 문지기에게 떠나는 사람이 누구인지 물었다. 그 대답에서 그가 마음속으로 예상하고 있던 폴란드 귀족의 이름이 나왔다. 그는 그 이름을 듣고서도 초췌한 얼굴 표정을 바꾸지 않은 채 고개만 약간 치켜들었다. 그것은 원래 알 필요가 없었던 어떤 것을 지나는 길에 우연히 알아들었을 때처럼 보이려는 태도였다. 그가 더 물어보았다. "언제 떠나나요?" 문지기가 그에게 대답했다. "점심식사 후에 떠납니다." 그는 고개를 끄덕이고 나서 바다 쪽으로 갔다.

해변은 황량한 모습이었다. 백사장과 첫 번째로 펼쳐진 모래톱 사이에 들어찬 넓고 얕은 물의 수면 위로 회오리치는 돌풍이 불어왔다가 뒤로 물러났다. 한때 그토록 다채롭게 활기를 띠었지만 이제는 거의 떠나버린 휴양지 위로 철 지난 가을의 정취가 감도는 것 같았다. 백사장을 관리하는 사람도 없었다. 물가에는 주인이 없어 보이는 사진기가 삼각대 위에 고정된 채 놓여 있었다. 그것을 덮어둔 검은 천이 꽤 쌀쌀한 바람에 소리를 내며 펄럭였다.

타치오는 아직 남아 있는 서너 명의 놀이친구들과 함께 자기 방갈로 앞 오른편에서 돌아다니고 있었다. 그리고 아셴바흐는 바다와 늘어선 해수욕장 방갈로들 가운데쯤 되는 곳에 접이의자를 놓고 누워 무릎에 모포를 덮고 그 소년을 다시 지켜보았다. 여자들은 아마 떠날 준비에 바쁜 모양인지 아무도 지켜보는 사람이 없었다. 그들의 놀이는 무질서해 보였고 난잡해졌다. '야슈'라 불리던 벨트 달린 옷을 입고, 포마드를 바른 검은 머리의 옹골찬 소년이 얼굴에 모래를 뿌린 타치오에게 화가 나서 씨름을 강요했고, 그것은 곧 몸이 더 약한 미소년이 넘어지는 것으로 끝났다. 그러나 작별의 시간이 되자 순종하던 소년의 열등감은 사납고 야비한 행동으로 돌변해서 그동안 오래 굽실거린 것에 대한 복수라도 하겠다는 듯이, 그 승리자는 타치오의 등에 올라타서 무릎으로 계속해서 얼굴을 모래 속에 처박아 넣고 있었다. 그러지 않아도 씨름으로 숨을 헐떡이던 타치오는 거의 질식하기 직전이었다. 위에서 누르고 있는 소년을 타치오는 필사적으로 흔들어 떼어버리려 애썼고, 그 움직임은 순간적으로 중단되더니만 몸만 움찔거리는 것이었다. 아셴바흐가 깜짝 놀라 구해주러 몸을 벌떡 일으키려는 순간, 그 폭군은 마침내 희생자를 놓아주었다. 얼굴이 새하얗게 질린 타치오는 몸을 반쯤 일으켜 한쪽 팔에 의지한 채 헝클어진 머리와 가물거리는 눈으로 몇 분 동안이나 꼼짝 않고 앉아 있었다. 그 후에 그는 완전히 일어서서 천천히 친구들에게서 멀어져갔다. 아이들이 그를 불렀는데, 그들의 목소리는 처음에는 쾌활했지만 나중에는 걱정되고 애원하는 듯이 들렸다. 타치오는 들은 척도 하지 않았다. 검은 머리의 소년은 금세 자신의 폭력 행위에 대해 후회를 느꼈는지 뒤쫓아 가 화해를 시도했다. 타치오는 어깨를 세차게 흔들어 그 소년을 뿌리쳤다. 타치오는 백사장을 비스듬하게 가로질러 물가로 내려갔다. 그는 맨발에 빨간 리본이 달린 줄무늬 아마포 양복을 입고 있었다.

그는 물가에서 서성거리며 고개를 숙이고 한쪽 발끝으로 축축한 모래밭에 그림을 그리고 있었다. 그러더니 가장 깊은 곳이라 해도 그의 무릎까지도 차지 않는 얕은 바닷물 속으로 들어가더니 힘들이지 않고 그곳을 건너 모래톱에 도달했다. 그곳에서 그는 얼굴을 먼 곳으로 돌리고 잠깐 서 있었다. 그러더니 길고 좁게 펼쳐진 밋밋한 모래톱 왼쪽으로 천천히 걸어 내려가기 시작했다. 넓은 물을 사이에 두고 육지로부터 멀어진 채, 오만한 충동으로 친구들과도 떨어진 채 소년은 돌아다녔는데, 그것은 지극히 고립되고 단절된 기묘한 모습이었다. 그는 그곳 바다 가운데에서 불어오는 바람에 머리카락을 흩날리며, 자욱한 운무가 끝없이 펼쳐진 수평선을 배경으로 돌아다녔다. 그는 전망을 살펴보기 위해 다시 한 번 걸음을 멈추었다. 그리고 별안간 어떤 기억이 떠오른 것처럼, 어떤 충동을 느낀 것처럼 한 손을 엉덩이에 대고, 원래의 자세에서 상체를 멋지게 돌리더니 어깨 너머로 해변을 바라보았다.

지켜보던 아셴바흐는 이전에 소년이 식당 문턱에서 돌아보면서 이 어스름처럼 흐릿한 시선과 처음으로 마주쳤을 때 그랬던 것처럼 그곳에 앉아 있었다. 그의 머리는 의자의 등받이에 기댄 채 천천히 돌아다니고 있는 소년의 움직임을 따라갔다. 이제 그는 머리를 마치 그 시선을 마주대하는 것처럼 들어 올리더니 그만 가슴 위로 폭 꺾었고, 아래를 내려다보는 꼴이 되었다. 그의 얼굴은 깊이 잠들어축 늘어지고 골똘히 생각에 잠긴 표정이었다. 그러나 그의눈에는 저 바깥에 나가 있는 창백하고 사랑스러운 영혼의인도자[22]가 자신을 향해 미소를 짓는, 손짓을 하는 것처럼보였다. 마치 그 소년이 손을 엉덩이에서 떼고 저 바깥의엄청난 희망이 있는 광대한 곳을 가리키며 앞서 떠가는 것같았다. 그리고 그는 자주 그랬듯이 그 소년을 따라가기시작했다.

몇 분이 지나서야 사람들이 의자에서 옆으로 고꾸라진남자를 돕기 위해 급히 달려왔다. 사람들은 그를 방으로

---

22) 지하 세계로 영혼을 인도하는 헤르메스를 가리킨다.

데려갔다. 그리고 그날 세상 사람들은 존경하는 그의 죽음
에 대한 소식을 듣고 충격에 빠졌다.

역자 후기

　토마스 만은 1875년 독일 북부의 한자동맹 자유 도시 뤼베크에서 태어났다. 청소년 시절부터 문학에 관심이 많았던 그는 대학에 진학하지 않고 작가로서의 앞날을 모색하며 몇 편의 단편 작품을 발표했다. 그러다가 1901년 『부덴브로크가의 사람들』이 출간되면서 일찍부터 문단의 큰 호평을 받았다. 이 작품은 그 후 1929년 노벨 문학상을 받는 계기가 되기도 했다. 60여 년에 걸친 창작 기간 중 그는 중단편 소설 30여 편, 장편소설 8편 외에도 자전적 에세이, 평론, 연설문 그리고 사후에 발간된 일기까지 실로 방대한 작품을 발표해 독일의 명실상부한 대표 작가가 되었다.

　그러나 양차 세계대전을 겪고 나치가 집권하는 격동의

세월 속에서 그는 작가로서 순탄한 생활을 하지 못하고 스위스와 미국으로 망명하는 고난도 겪었다. 해외에서도 나치에 대한 저항활동을 멈추지 않고 집필을 계속한 그는 종전 후 망명 생활을 마치고 스위스에 정착했지만 다시 독일로 돌아가지 못하고 1955년에 그곳에서 생을 마감했다. 토마스 만은 오늘날 독일 산문문학의 전통을 계승해 완성시켰고, 독일문학을 진정한 세계문학으로 끌어올렸다는 칭송을 받고 있다.

곡물상인 아버지와 남미 이민자 집안 출신의 어머니 사이에서 태어난 토마스 만은 아버지로부터 '올곧고 위엄 있고 검소한' 시민적 기질을, 어머니로부터는 '보다 활달하고 감성적인' 예술가 기질을 물려받았다. 여기서 '충실하고 냉철한 양심과 매우 신비롭고도 열정적인 충동이 결합해' 이 특별한 예술가가 탄생한 것이다. 이렇게 물려받은 시민적 기질과 예술적 기질의 대립은 이후 그가 창작활동을 하면서 작품 속에 끊임없이 되풀이해 나타나는 중심 테마가 된다.

이 책에 실린 〈베네치아에서의 죽음〉과 〈마리오와 마술사〉는 모두 이탈리아를 배경으로 한 작품이다. 이 두 작품은 작가가 실제로 이탈리아 여행에서 경험한 일들을 다듬어 작품으로 형상화한 것이며, 둘 다 영화로 제작된 공통점이 있다. 뿐만 아니라 비평가들에 의해 토마스 만 작품에서 자주 다루어지는 테마인 시민성과 예술성, 삶과 예술, 작가의 동성애 문제에 관해 서로 대조해가며 고찰하는 작품들이기도 하다.

우선 〈베네치아에서의 죽음〉은 『부덴브로크가의 사람들』이라는 대작으로 작가로서 의외로 일찍 성공을 거둔 후 자신이 추구하는 위대한 문학작품을 탄생시키기 위해 고민을 거듭하던 끝에 1911년에 나온 것이다. 이 작품에서 그는 작가로서의 삶과 예술의 본질, 미를 추구하다 죽음에 이르는 과정을 매우 치밀하게 한 편의 드라마를 다루듯 서술하고 있다.

이렇듯 구성이 매우 치밀하고 문체가 정교하고 까다로운 것은 이 작품 2장에서 괴테를 지칭한 듯한 다음 구절이 작가 자신의 경우에도 해당함을 잘 보여주고 있다.

"사실 그것(『프리드리히 대왕』)은 하루하루의 성과를 모아 이루어진 수백 개의 창작과 관련된 영감들을 방대한 이야기로 짜 맞춘 것이었다. 그것이 모든 면에서 철두철미했던 이유는 오로지 굳은 의지와 끈질긴 태도로 수년에 걸쳐 동일한 한 작품이 주는 압박감을 견뎌냈고, 가장 효과적이고 가치 있는 시간들을 오로지 글쓰기에 투입했기 때문이다."

다행히 이 작품의 묘사는 줄거리를 이해하는 데 어려움이 있을 정도로 까다롭지는 않다. 산책을 하다가 만난 이국적인 남자, 젊은이 옷차림을 한 수다스러운 노인, 수상한 곤돌라 사공, 노골적인 떠돌이 악사 등 죽음의 상징들이 병색이 짙은 타치오와 어떤 연관성을 가지고 소설가 아셴바흐에게 다가오는지, 이 죽음과 예술의 양극성을 해소하기 위해 곳곳에 배치된 신화 모티프의 의미와 상징이 줄거리와 어떻게 연결되는지 따져가며 읽어보면 도움이 될 것이다.

〈마리오와 마술사〉는 그가 1929년에 노벨 문학상을 받은 후 발표된 첫 작품으로 앞의 작품에 비해 한결 여유로워진 태도가 엿보인다. 이 시기부터 그의 작품에서 사회비판적인 태도도 찾아볼 수 있다.

이 작품은 크게 두 부분으로 나눌 수 있는데, 앞부분에서는 이탈리아 대중들의 정신적 분위기와 날씨, 휴가지에서 일어난 에피소드를 엮어 전하고 있다. 그러나 뒷부분에서는 마술사 치폴라의 등장과 함께 이야기는 곧장 정점으로 치달으며 전개된다. 토마스 만은 이탈리아에서 대중들의 정신적 분위기와 독재자 무솔리니에 비유되는 마술사 치폴라가 대중을 장악하는 교묘한 술수와 그의 종말을 화자를 통해 대가다운 솜씨로 그려내고 있다. 그렇지만 여기서는 자세한 사항을 일일이 다 설명하기가 불가능하다. 독자의 입장에서는 치폴라에 소극적으로나 적극적으로 저항하는 인물들의 모습과 서서히 동화되어가는 대중의 모습을 화자의 설명과 더불어 반추하며 따라가 보면 이해하기 쉬워질 것이다.

토마스 만은 우리나라에서도 노벨 문학상 수상자로 이름이 널리 알려져 있지만, 의외로 그의 작품 세계에 접근하기란 쉽지 않은 실정이다. 그 이유는 앞서 설명한 대로 작품의 치밀한 구성과 까다로운 표현이 가장 큰 걸림돌이 되었을 것이다. 또한 그의 대표적인 장편소설들의 분량이 만만치 않기 때문인 것으로도 보인다. 번역자들도 종종 이런 어려움을 호소하곤 한다. 토마스 만의 작가로서의 가장 큰 장점이 우리나라에서는 부담으로 작용해 그의 위대한 작품들이 제대로 평가받지 못하는 아이러니한 상황이 지속되고 있다 하겠다. 우리나라에 소개된 그의 작품이 중단편집을 제외하면 몇 권 되지 않는 이유도 여기에 있다.

비슷한 시기에 작가로서 활동하고 마찬가지로 노벨 문학상을 받은 헤세의 경우 최근 들어 수십 권의 작품들이 번역되어 소개되고 있는 상황과는 사뭇 대조적이라 할 수 있다.

그리고 토마스 만이 그의 형 하인리히 만에게서도 적지 않은 영향을 받았으며, 평생 서로 경쟁과 대립 관계에 있었던 것도 널리 알려진 사실이다. 그러나 하인리히 만의 작품이 『운라트 선생』 한 권밖에 번역되어 있지 않아 그의 작품 세계를 들여다보고 두 사람의 관계를 이해하는 것도 독자로서는 어려움이 있다.

세계적인 문호 토마스 만의 작품을 번역하는 것은 따라서 번역자에게도 하나의 도전이자 과제라 할 수 있다. 역자는 이 책이 우리 독자들에게 토마스 만의 작가로서의 탁월함을 맛볼 수 있는 계기가 되어주기를 바라며, 앞으로 그의 또 다른 작품을 소개할 기회가 찾아오기를 기대한다.

2014년 8월
염정용

마리오와 마술사

초판 1쇄 인쇄 | 2014. 8. 11
초판 1쇄 발행 | 2014. 8. 18

글쓴이 | 토마스 만
옮긴이 | 염정용
본문디자인 | 이미연
펴낸이 | 박옥희
펴낸곳 | 도서출판 인디북

등록일자 | 2000. 6. 22
등록번호 | 제 10-1993호
주소 | 서울시 마포구 마포대로 11나길 6(염리동)
전화번호 | 02)3273-6895~6
팩스번호 | 02)3273-6897
e-mail | indebook@hanmail.net

ISBN 978-89-5856-141-5 03850

「이 도서의 국립중앙도서관 출판시도서목록(CIP)은 서지정보유통지원시스템 홈페이지
(http://seoji.nl.go.kr)와 국가자료공동목록시스템(http://www.nl.go.kr/kolisnet)에서 이용하실
수 있습니다.(CIP제어번호: CIP2014023038)」